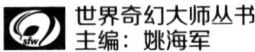

世界奇幻大师丛书
主编：姚海军

SOMETHING WICKED

必有恶人来

THIS WAY COMES

[美]雷·布拉德伯里　著

郭卫文　译

四川科学技术出版社

图书在版编目（CIP）数据

必有恶人来 /（美）雷·布拉德伯里 著；郭卫文 译
—— 成都：四川科学技术出版社，2016.6
ISBN 978-7-5364-8366-8

Ⅰ.①必… Ⅱ.①雷… ②郭… Ⅲ.①奇幻文学—长篇小说—美国—现代 Ⅳ.① I712.84

中国版本图书馆 CIP 数据核字（2016）第 123987 号

世界奇幻大师丛书

必有恶人来

出 品 人	钱丹凝
丛书主编	姚海军
著　　者	［美］雷·布拉德伯里
译　　者	郭卫文
责任编辑	宋　齐
特邀编辑	李克勤
封面绘画	刘军威
封面设计	杨　爽
版面设计	杨　爽
责任出版	欧晓春
出版发行	四川科学技术出版社

四川省成都市槐树街 2 号 出版大厦　邮政编码：610031

成品尺寸	160mm×228mm
印　　张	17.25
字　　数	210 千
插　　页	2
印　　刷	四川省南方印务有限公司
版　　次	2016 年 7 月成都第一版
印　　次	2016 年 7 月成都第一次印刷
定　　价	30.00 元

ISBN 978-7-5364-8366-8

■ 版权所有　侵权必究 ■

■本书如有缺页、破损、装订错误，请寄回印刷厂调换。
厂址：四川省眉山市彭山区彭祖大道南段 135 号　邮编：620860

Contents
目 录

引子

对男孩们来说，十月是个稀罕月份。当然所有月份都是稀罕的，但用海盗的话讲，有好月份，有坏月份。比如九月就是个坏月份：学校开学了。想想八月，好月份：学校还没开学。七月，嗯，七月棒极了：连学校的影子都瞧不见。六月，没有半点疑问，六月是所有月份中最棒的：校门大开，而九月还在一百万年以外。

现在再说说十月。开学已经一个月了，这匹马儿也算骑惯了，能自自在在跑下去了。你有了时间琢磨怎么把垃圾倒在那个叫普里克特的老头子的大门口、拾掇那件毛茸茸的猩猩装，好在月底万圣节前夜的基督教青年会派对上出风头。如果是到处一股烟熏味儿、日出时天空橘红日落时天空灰白的十月二十日左右，这时候，你会觉得万圣节再也不会来了：头上再也不会落下扫帚，街角后面也不会响起挥舞床单的噗噗声①。

---

① 指万圣节时孩子们的恶作剧。

1

但是,在一个奇怪的、阴沉的、漫长的年头,万圣节提前到了。

那一年,万圣节降临在十月二十四日,午夜之后三个小时。

那一刻,家住橡树街 97 号的詹姆斯·赖谢十三岁十一个月零二十三天。在他家隔壁,威廉·哈洛韦十三岁十一个月零二十四天。两个人都已经几乎够到了十四岁,它几乎已经在他们的手里打哆嗦了。

而就在十月的那一周,他们一夜之间便长大了。从那以后,他们再也不像之前那么年轻……

第一部

到 来

1

那个兜售避雷针的推销员来到了伊利诺伊州的格林镇，正好赶在暴风雨前头。这是十月的一天，天色近晚，天空乌云密布，他走在小镇的街道上，偶尔转头向后面瞄一眼。在他身后不算太远的地方，一道道巨大的闪电落向大地。在某个地方，风暴已是势不可当，像一头长着可怕獠牙的巨兽。

推销员随身携带一个大皮袋。他挨门逐户地叫卖，放在工具箱里的金属零件在他走动时相互碰撞，一路发出刺耳的铿锵声。最后，他终于走到小镇尽头。这里有两幢紧挨在一起的房屋，房前是一片刚刚修剪过的空旷草地。

不，不能用空旷二字来描述这块草地。推销员抬起头，看见两个个头相近的男孩斜躺在草地的缓坡上，每人手里拿一小段嫩树枝，削制着可以吹着玩儿的小口哨。他们兴高采烈地聊天，也许正在憧憬未来，或者缅怀最近逝去的这个暑假。可以想象，在无拘无束的暑假生活中，他们的指纹印满了格林镇的大街小巷,足迹踏遍了小镇周边的湖泊和小溪。

"嗨,小伙子们!"穿着一身黑雨衣的推销员走向两个男孩,招呼道:"家里有大人在吗?"

两个男孩转眼打量着推销员,同时摇了摇头。

"那,你们有钱吗?"

两个男孩再次摇了摇头。

"哦——"身穿闪电雨衣的推销员沉吟着,转回身踱开三步,又停下来,突然缩了缩脖子,似乎脖颈被远处房间的窗户或者寒冷的天空中射出的一束看不见的冷光叮了一下。他慢慢转过身来,仰起鼻子嗅了嗅空气。风把四周橡树上枯秃的树丫吹得吱吱作响,一缕透过云缝的微弱阳光给残存在橡树上的树叶镀上了一道金边。不过阳光稍纵即逝,刚才还像金币般的树叶瞬间黯然失色,天空又变成一片死灰色。推销员用力摇摇头,好像正努力从某个魔咒中挣脱出来。

他缓步走上草坡。

"小伙子,"他说,"你叫什么名字?"

被问到的男孩歪着脑袋,长着像奶蓟草一样细密的浅金色头发。他闭着一只眼,睁开的那只眼清澈明亮,如同一滴夏日的雨珠。

"我叫威尔^①。"他斜睨着推销员说,"大名威廉·哈洛韦。"

穿黑雨衣的售货先生转头问另一个男孩:"你呢?"

第二个男孩侧着头趴在秋日的草地上一动不动,好像正在盘算着应该编造一个什么样的名字。他浓密的头发乱蓬蓬地,色泽如同打过蜡的栗子,浅绿色的眼睛如同水晶般透出冷光,一副拒人千里之外的眼神。他懒洋洋地伸手揪下一棵枯草,漫不经心地放在嘴里咬住。

① 后文中的"威利"与此处的"威尔"皆为威廉的昵称。

"吉姆^①·赖谢。"他说。

推销员点点头,好像早知道答案一样。

"赖谢。这个姓氏了不得。"

"这个姓氏^②跟他特别般配。"威尔·哈洛韦道,"我出生在 10 月 30 日午夜前一分钟,吉姆出生在 10 月 30 日午夜后一分钟。他只比我小两分钟,生日却成了 10 月 31 日。"

"万圣节。"吉姆说。

不大功夫,两个男孩把他们的故事全都讲了出来:两位母亲如何为他们的出生感到骄傲;两家房子挨房子的近邻,怎样一同跑医院,一同焦急地等待分娩;两家的儿子又是怎样相继降生。

男孩们告诉推销员,两个家庭每年都会聚在一起给他们过生日。他们在同一个生日蛋糕上,严格按照时辰,依次点燃并吹熄自己的生日蜡烛。威尔在万圣之夜前一天的最后一分钟吹蜡烛,两分钟后,吉姆吹灭蜡烛,意味着万圣之夜这一天终于到来了。

威尔滔滔不绝地讲述着;吉姆安静地倚在草坡上,不时点头表示认可。赶在暴风雨前到来的推销员耐心地面对着两个孩子,认真倾听,直到威尔讲完他们的传奇。

"嗯。哈洛韦,赖谢,你们刚才说自己没钱,对吧?"

推销员面带忧色,打开他的大皮袋,小心翼翼地拿出一件铁铸的物品。

"来,免费赠送!想知道为什么吗?因为如果不安装这根避雷针,你们这片地方将会有一幢房屋被闪电击中。砰!烈焰腾腾,灰飞烟灭,最后

---

① 詹姆斯的昵称。

② Nightshade,意为夜的影子。

化为一片焦土。听明白了吗？拿好了！”

　　推销员递过避雷针。吉姆没有动弹，不过威尔伸出手，屏住呼吸接过那根古怪的避雷针。

　　“小心，这东西沉着哩。你们以前绝对没有见过像这样的避雷针。你一点兴趣也没有吗？吉姆！”

　　吉姆终于转过头来，像猫一样伸了个懒腰。他的绿眼睛在看到威尔手中的避雷针的一瞬，瞪大了一下，接着眯成一条缝。

　　避雷针的主体是十字架形状，顶端铸有一弯新月。主杆上凹凹凸凸，粘连着各种各样的花饰和小玩意儿，看样子是后来陆续焊接上去的。整个金属铸件表面布满细密的铭刻：像咒语一样弯弯扭扭的奇怪文字，莫名其妙的数字和算式，以及类似昆虫和动物模样的象形符号。

　　“这是埃及神虫。”吉姆指着焊接在主杆上一个正对他鼻子的虫子说，“圣甲虫^①。”

　　“说得不错。”

　　吉姆斜眼打量着避雷针，“这部分的文字，应该是腓尼基^②语吧。”

　　“懂得不少啊！小伙子！”

　　“这上面为什么要铭刻那么多种文字？”吉姆问道。

　　“你是想知道为什么上面要铭刻埃及语、阿拉伯语、埃塞俄比亚语、乔克托语和其他各种语言吗？”推销员说，“嗯，这么说吧，风用什么语言说话？雷暴诞生在哪个国家？雨有国籍吗？闪电属于哪个民族？雷声响过之后去了哪里？小伙子们，无法回答这些问题吧？所以，我们必须作好防

---

　　①圣甲虫俗称屎壳郎，学名蜣螂。古埃及人认为太阳由一只巨大的圣甲虫像滚粪球一样推动着东升西落，所以圣甲虫也就成为人类与太阳神阿蒙沟通的使者。

　　②此处的腓尼基和后文中涉及的一系列古老民族，皆曾在人类历史上创造过灿烂的文明。

备,让避雷针可以用任何方言与圣埃尔摩之火①对抗,让那些像猫一样啾啾作响、形状各异的闪电知难而退。明白吗? 你们眼前的这根避雷针举世无双,这些铭文能克制地球上任何地方发生的雷电,让所有风暴都像绵羊一样驯顺!"

推销员口若悬河,侃侃而谈。但威尔的目光却瞄向了对方身后的两幢房屋。

"哪一幢?"他说,"哪幢房子会被雷电击中?"

"哪一幢么? 别急,先听我把话说完。"穿黑雨衣的推销员盯着两个男孩的脸说道,"有些人会引来闪电,就像婴儿的呼吸会引来猫咪一样。明白吗? 有些人带着负电,有些人带着正电。如果你有超强的能力,就会看见一些人哪怕在黑暗中也会灼灼发光,而另一些人则完全隐没在黑暗之中。你们应该知道,正负电极之间——"

"你凭什么认定闪电会击中这里?"吉姆突然插嘴,打断了推销员的演讲。他明亮的眼睛直视着对方。

推销员似乎缩了缩身子,"凭什么? 凭我拥有超能力的嗅觉、视觉和听觉。你们能听到吗? 我身后这两幢木结构房屋的某处大梁正在发出嘶嘶声。"

两个男孩侧耳倾听。似乎确实有些响动,也许是秋日下午的冷风在鸣咽?

"闪电像河流一样,要有通道才能运行。那两幢房屋顶层的某处正好有一条闪电所需的通道。它正等待着闪电的穿透,恰如干涸的河道盼望流水一样。今天晚上,一切就将分晓!"

---

①意指闪电。雷雨时海船桅杆顶端的一种发光现象,航行于地中海的水手们把它命名为圣埃尔摩之火,祈愿受到他们所信仰的圣徒埃尔摩的保护。

"今天晚上?"吉姆兴奋地坐起身来。

"是的,而且不是你们曾经见过的那些雷暴。"推销员说,"这正是我,汤姆·富雷,想要告诉你们的话。你们不觉得对一个卖避雷针的人来说,'富雷'①是个很好的姓氏吗?我能辜负自己的姓氏吗?不能!这个姓氏会激发我的职业自豪感吗?当然会!自从我长大成人以后,就看见乌云背后跃动的邪恶天火,在世界各地横行无忌,让地球上的人类四处奔逃躲藏。我怒火满腔,暗暗发誓:我要捕捉风暴运行的轨迹,画出预测风暴的气象地图,赶在风暴到达之前安装上我特制的避雷针,抵御雷电。我做到了!在此之前,我已经帮助数以万计敬畏上帝的人们免受雷电的侵袭。所以,我要对你们说,孩子们,你们现在急需这根避雷针。你们必须在黄昏之前爬上屋顶,将避雷针安装牢固,接好地线。"

"但你还没告诉我们要安在哪幢房屋顶上呢。究竟是哪一幢?"威尔问道。

推销员转过身,从身上抽出一张大手绢,悬提在鼻子前面,吹了一口气,似乎在测定方位。接着他轻手轻脚地缓缓穿过草坪,走向威尔家门前,如同靠近一个危险的定时炸弹。

他伸手摸了一下威尔家门廊前的楼梯柱子,又摸了摸门牌和地板,然后将身体贴紧在房屋外壁,闭上眼睛,似乎在接收来自房屋内部的信息。

推销员踌躇片刻之后,又轻手轻脚地向隔壁吉姆家的房屋走去。

吉姆站起身,专注地看着推销员的一举一动。

推销员的指尖在吉姆家油漆斑驳的外壁上敲击了几下。

"这一幢。"他的语气十分肯定,"就是这幢屋子。"

吉姆看上去颇有几分不以为然。

---

①Fury,英文狂怒者的意思。

推销员头也不回地说道："吉姆·赖谢，是你家吗？"

"正是我家。"吉姆说。

"果然不出所料。"穿黑雨衣的人说。

"喂，我家没事么？"威尔说。

推销员又退回到威尔家屋前，用力嗅了嗅，"不错，你家不会有事。嗯，最多有几串电火花溅到你家排水管上。真正危险的是你家隔壁的赖谢家！"

推销员突然加快了步伐，穿过草坪，提起他那硕大的皮袋子。

"小伙子们，我得上路了。雷暴即将降临。吉姆，赶快行动，否则的话，砰的一声巨响之后，你会看到，你收藏的各种硬币都将被闪电熔解变形。甚至有可能熔化成金属液体，粘满你的牛仔裤。还有你自己看不见的一幕呢！所有被闪电击中的男孩，无一例外，眼球全都会翻出眼睑，亮晶晶的，像两颗印着主祷文的漂亮图钉。上帝保佑！我可以向你描述一下这个世界在你眼里留下的最后一幅影像：天火从天而降，像吹玩具口哨一样吮吸你的灵魂，将你从通向光明的天梯上拉下来！小伙子！抓紧时间！天黑前在屋顶上钉稳避雷针，要不然你必死无疑！"

推销员抬起头，眼里精光闪烁。他对着天空、屋顶和树梢扫视一圈，最后闭上眼，一边走动，一边嗅探，嘴里念念有词："是的，感觉到了，真强大，正对这里，虽然距离还远，却移动得飞快……"

他拉起雨衣上的兜帽，提起大皮袋，转身向来时的方向走去。装满避雷针的袋子一被拖动，立即发出阵阵刺耳的金属摩擦声。

穿黑雨衣的男人的背影很快消失在街道尽头。阴沉的天空突然间变得有几分诡异，站在草坪上的吉姆和威尔面面相觑，两人脚下的中间静静地躺着那根避雷针。

"吉姆。"威尔说,"别发呆了。刚才那人说你家房子会遭雷劈,还不赶紧把避雷针装上你家屋顶?"

"别信那家伙的鬼话。"吉姆笑着说,"他在拿我们开玩笑。"

"开玩笑?别说傻话。我这就去拿梯子。你去拿钉锤,钉子和接地用的电线。"

吉姆待在原地没动。威尔转身跑回家。很快,威尔扛着梯子出来了。

"吉姆。想想你的妈妈,你不会希望她被闪电烧焦吧?"

威尔架好梯子,爬上吉姆家屋顶,向下俯视,眼光里透出责怪的意思。

吉姆慢吞吞地走到梯子下面,一级一级向上攀爬。

冷风嗖嗖,刮过吉姆家的屋顶。

即使吉姆也不得不承认,今天的空气闻起来的确新鲜得有些过分。

2

对于吉姆来说,书本中的幻想世界与生活中的现实世界泾渭分明。生活中不可能出现冒险小说里的那些场景:什么人死了之后被炸成上千片碎块啦,什么炽热的熔浆突然从城堡墙壁上挂着的木偶饰物嘴里源源不断地涌出啦,等等。是的,你可以在幻想世界中为所欲为,甚至去盗窃国家银行;不过在现实世界中你必须循规蹈矩,最多只能在万圣之夜穿上蝙蝠衣潜伏在暗处,用弹弓搞点恶作剧。

与吉姆不同,威尔常常沉浸在书本世界中,难以自拔。

两个男孩将十字架新月状的避雷针钉牢在吉姆家屋顶之后,威尔感到骄傲。吉姆却觉得因为一个荒诞不经的威胁而做了一件违心之事，多少有些难为情。

当天晚些时候，两个男孩吃过晚饭，迎来了他们每周一次去图书馆借书的时间。

与所有同龄的男孩一样，威尔和吉姆从来不好好走路。他们喜欢在平路上绕着弯跑，时不时还蹦跶一下。两个男孩目标明确，像在赛跑，但没人在乎输赢。他们似乎只想一路跑下去，以这种方式来印证友谊。两人形影不离，球鞋底的花纹印满了沿途经过的草地、灌木丛和树干。最后，他们的手会一起推开图书馆的门扉，之后挺胸抬头同时冲过现实世界和书本世界之间的界线。两个男孩都是冠军，没有输家。

每周去图书馆的路上，两个男孩都会重复这一进程。

这天晚上也不例外，两个男孩张开双臂，手指和臂弯间感受着越吹越冷的秋风。他们在想象中飞翔。和以往一样，他们到达位于小镇中心的图书馆时，恰好在8点左右。

跨上图书馆门前的十二格梯级只用四步：三、六、九、十二。到了！两个男孩的手同时拍在图书馆的大门上。

吉姆和威尔相视一笑。生活如此美好，秋夜宁静的图书馆内，绿罩书灯和封面泛黄的神奇书籍正在等待他们的到来。

吉姆突然一凝神，"慢着，听！什么声音？"

"没听到什么呀？只有风吹的响动。"威尔回应道。

"不，有点像音乐……"吉姆轻轻转过脖子，眯缝着眼瞧向身后的地平线。

"哪里有什么音乐，你发神经吧？"威尔说。

吉姆缓缓摇摇头，"那个声音消失了。也许我真的有点神经过敏。走，咱们进去吧！"

两个男孩推开门，走进图书馆。

奇异的世界在图书馆深处静静地等着他们去探寻。

与外面平淡无奇的世界不同，这个用书砖堆出的图书世界里什么事
都可能发生。每一本精美的图书中都隐藏着一个神奇的世界。在吉姆和
威尔极富想象力的耳朵里，这些世界正在发出各种各样的声音：百万大军
在旷野上厮杀的枪炮声；锋利的铡刀从断头台上滑落的咔嚓声；古代中
国士兵四人一排向前行进的脚步声。这个世界里充满了异国情调和奇幻
场景。

图书馆大厅最靠前的台桌后平时坐着一位和蔼的老夫人，沃翠丝小
姐。她会在你借阅的书上盖一个紫色邮戳。此刻她在整理书架，那一道
书廊两边的书架上放的是关于西藏、南极洲、刚果等地区的书籍。旁边
第二道书廊里，另一位图书管理员威尔丝小姐，正把一些与中国、蒙古、日
本、印尼相关的书籍放上书架。更远的第三道书廊里，略显昏暗的光线下，
一个上了年纪的男子正用扫帚轻轻地将地上的灰土归拢成一小堆。

威尔凝视着这个上了年纪的男子，那是他的父亲——查尔斯·威
廉·哈洛韦。每次见到父亲，威尔都多少有些难为情，因为父亲年纪老迈，
姓名滑稽，而且工作又那么不起眼。

老父亲回过头来，脸上带着一丝惊慌。他透过长长的书廊，看着长相
与自己极其相似的儿子。每次看到威尔的时候，父亲脸上都会先流露出
这种略显胆怯的表情，犹如突然间看到了少年时代的自己。

接下来，查尔斯·哈洛韦才露出微笑。

父子俩相向而行，慢慢走到一起。吉姆跟在威尔身后。

"来啦？威尔。你今天从早上起床之后好像又长高了一英寸哩。"查

尔斯·哈洛韦说，然后掉过目光，"吉姆，你怎么了？两眼无神，脸色苍白。谁惹你生气啦？"

"鬼惹我生气了。"吉姆咕哝道。

"我们这里可没有真正的鬼。"威尔爸爸说，"不过这排"A"字头的书架上倒有一本写地狱和恶鬼的书，阿里盖利①的《神曲》。"

"我不喜欢寓言故事。"吉姆说。

"我可真是个书呆子。"威尔爸爸笑着从书架上抽出一本书来翻开，"我说的是但丁。瞧，书里有很多精美的插图。地狱里的情景很可怕。这是些跌落在泥淖里不停挣扎的灵魂，这个鬼跌了个倒栽葱呢，有意思吧？"

"画得真棒！"吉姆伸出拇指翻了几页，"里面有恐龙的图画吗？"

威尔爸爸摇了摇头。"与恐龙相关的书在另一边书架上。"他带着两个男孩绕进另一条书廊，"就在这里！看：翼手龙。史上最狂暴的风筝！霸王龙。传说中的雷霆巨蜥！每走一步都会踏响死亡之鼓。精神振作点了吧？吉姆。"

"我早没事啦！"

查尔斯·哈洛韦转头对儿子使了个眼色，威尔会意地眨眨眼，表示回应。儿子一头玉米金的黄发，父亲一头月亮银的白发。儿子的脸像夏日多汁的青苹果，父亲的脸像冬天发蔫的皱苹果。爸爸老了，威尔心里感慨道，他突然想起，有几次自己在深夜两点左右起夜时，从洗手间向外远眺，看见小镇另一端的图书馆高楼上，只有一扇窗户还透着灯光。他知道，自己的父亲正独自一人，在阴影包围中的绿罩台灯下喃喃阅读。这一幕总让威尔觉得有些伤感和无奈。

---

①Alighieri，意大利著名文学家但丁·阿里盖利，代表作《神曲》。吉姆把这个词错听成了Allegory（寓言）。

"威尔。"图书馆的看门人查尔斯·哈洛韦对自己的儿子说,"你呢?打算借什么书?"

"唔。"威尔身子晃了晃。

"想看白帽故事还是黑帽故事①?"

"帽子?"威尔还没有完全回过神来。

"是呀,黑帽与白帽。吉姆,别光顾着翻书,跟上我们的步伐——"

查尔斯·哈洛韦领着两个男孩到了另一道书廊。他的手指顺着书架上的一排排书脊快速移动。

"知道戴黑色宽边高呢帽的坏家伙莫里亚蒂②吗?吉姆。"查尔斯·哈洛韦说,"这几本书讲的是随时戴着黑色软呢帽的恶棍傅满洲③的故事,还有这个,戴着特大号高顶黑毡帽的浮士德博士④。嗯,这里是白帽人物:甘地、旁边的圣·托马斯,下面这格有释迦牟尼……"

"别费事啦。"威尔有些不耐烦地说,"我就想借《神秘岛》⑤。"

"你俩说什么呢?"吉姆皱着眉头问道,"什么白帽黑帽?"

"啊,没什么,是我的个人癖好。"威尔爸爸抽出儒勒·凡尔纳的《神秘岛》递给威尔,"我习惯用衣帽的样式和颜色来给书分类。"

"那么,"吉姆说,"你喜欢什么样式和颜色的衣帽呢?"

威尔爸爸看上去很惊讶,接着不自在地笑了一笑。

"吉姆,你每次提问都让我张口结舌,不知该怎么回答。现在,你们都找到了自己喜欢的书,应该回家去啦。威尔,告诉妈妈,我一会儿下班就

① 这里的白帽与黑帽指书中的正面人物与反面人物。
② 英国作家柯南道尔笔下福尔摩斯的死对头。
③ 英国作家萨克斯·罗默创作的傅满洲系列小说中的人物。
④ 德国文学家歌德作品《浮士德》中的人物。后文中提及的魔鬼靡菲斯特收买灵魂一事即出自这个故事。
⑤ 法国科幻作家儒勒·凡尔纳的著名作品。

回家。沃翠丝小姐——"他轻言细语地对坐在借书台后的图书馆员说，"《恐龙世界》和《神秘岛》，就借这两本。"

图书馆的大门在两个男孩身后关上了。

海洋一般辽阔明净的天空上，繁星闪烁。

"活见鬼。"吉姆对着北边吸了吸鼻子，又转头用力向南方嗅了嗅。"那该死的推销员预言要发生的雷暴跑哪里去了？我还等着看闪电在我家的排水管上嗞嗞放光呢！"

威尔任由清冷的风掀起衣服，划过皮肤，吹动头发。他轻声说道："快来了。也许午夜一过就到。"

"谁告诉你的？"

"被风吹落在我身上的黑莓果告诉我的。"

"你别说。风还真不小！"

吉姆追着风跑起来。

像一只被牵动的风筝，威尔立即跟上。

3

看着两个男孩消失在视线之外，查尔斯·哈洛韦突然产生一种跟着他们一起去奔跑的冲动。他知道男孩们会一路乘风，兴奋地跑向他们经常一起玩耍的那些秘密地点。只可惜，他们长大以后，将会永远失去这样的童趣。查尔斯·哈洛韦内心深处的某个地方，掠过一丝哀愁。在这样的夜晚，也许你必须像孩子们一样忘情奔跑，才能避免产生这种感伤的情绪。

查尔斯心想,两个男孩都在奔跑,但奔跑的原因却并不相同:威尔是天性使然,而吉姆却是因为前方有某个目标在吸引着他。

奇怪的是,两个性格迥异的孩子总是形影不离地在一起奔跑。

查尔斯很想搞清楚其中的原因。他穿行在图书馆的书廊中,一盏接一盏地拉灭台灯。莫非人的性格真是由十个手指肚上的螺纹决定的?为什么有些人会像蚱蜢一样蹦来蹦去,从不停息?他们精力旺盛,眼神焦灼,敏感早熟,渴望友情。吉姆就是这样的男孩,对身边的一切充满好奇,什么事都敢去尝试,就连他乱蓬蓬的头发也从不安分守己,像一丛渴望播撒种子的荆棘。

威尔呢?他为什么像夏天桃树梢上最后剩下的那个桃子,似乎永远也长不大?当你看见威尔这样的男孩从身边走过时,会不由自主地生出怜爱之心。他们聪明伶俐,自我感觉良好,脸上神采奕奕,内心无忧无虑。当然了,他们不会站在桥上向河里撒尿,也不会在文具店里顺手牵羊拿走一个卷笔刀。但是你知道,他们在未来的生活道路上将会受到打击,遭遇伤害,经受痛苦。而且他们会不知所措,想不通为什么这些倒霉事会发生在自己身上?

但吉姆不同。他现在就明白人生的道路曲折艰辛,时刻准备着接受生活的挑战。他在受到伤害时,会冷静地观察和思考,自己舔干净伤口,决不会问为什么。因为他知道这样的事迟早会发生。哦,见鬼。心智并不成熟的吉姆不会有那么复杂的想法,他的头脑不可能知道自己将会遭受的伤害。但是他的身体知道。如果这两个男孩同时受伤,那么在威尔用绷带给自己包扎伤口的时候,吉姆肯定早已跳起身来,四处闪避,躲开接踵而来的致命打击。

　　他们一同奔跑。吉姆放慢脚步,等着跑在后面的威尔赶上;而威尔则加快步伐紧追前面的吉姆。只要跟威尔在一起,吉姆就敢扔石头砸破闹鬼荒宅的两扇玻璃窗;而平时从不调皮捣蛋的威尔也会毫不迟疑地打破一扇,因为吉姆在看着他。也许是上帝让这两个男孩牵手相伴吧。这就叫友谊:彼此模仿,相互影响,一起玩耍,共同成长。

　　查尔斯·哈洛韦思绪纷乱。他推开前门,离开了图书馆。

　　五分钟之后,他走进街角的一家酒吧。每天晚上下班之后,他都会来这里喝上一杯。

　　刚进酒吧,他就听到一个男人在说:"……我在书上看到,意大利人发明酒精以后,认为终于找到一种包医百病的灵丹妙药。他们为此奋斗了好几个世纪!你知道吗?"

　　"不知道。"酒吧侍者转过身来,面无表情地回答道。

　　"的确,很少有人知道。"那人继续说下去,"10世纪前后,意大利人在对酒进行蒸馏操作以后得到了酒精。这玩意儿看上去像水,却能够燃烧。我这话的意思是,它不仅令人的嘴和胃产生烧灼感,而且可以直接点燃。他们觉得水火相容是一种神圣的现象。知道吧?燃烧的水!一定是上帝赐予人类的万灵药!"

　　酒吧侍者给哈洛韦斟好一杯酒。那个说话的男人转过头来,"酒瘾发了,来喝一杯?"

　　"不,我本人并不太想喝酒。"哈洛韦说,"但我内心深处有个人想喝一杯。"

　　"那是谁呀?"

　　那是藏在我内心深处的小时候的我。哈洛韦在心里回答道,那个曾经在秋天的晚上像被风吹动的落叶一样奔跑在人行道上的男孩。

但这句话他说不出口。

他端起酒杯,闭上眼睛,慢慢地啜饮起来。

4

威尔停下脚步,饶有兴致地扫视着周五晚上的小镇。

九点钟。政府大楼上的钟敲第一响的时候,几乎所有的商店都灯火通明,生意做得有条不紊。可是在钟敲到第九下的时候,人们突然间忙乱起来。理发师拽下顾客身上的理发围布,胡乱在客人头上打点发油,催促他们离店。药剂师调配药水的容器不再发出蛇一样的咝咝声。霓虹灯渐次熄灭,密布在街道两边的廉价商店纷纷灭灯,将数不清的用金属、玻璃和彩纸制成的小玩意儿留在黑暗中的货架上。阴影在街道上铺展扩张,四处传来关门的声音和钥匙在锁孔里转动的声音。接着,人们走出店铺,行色匆匆,四散而去。

"嘿,伙计!"威尔高声叫道,"看这架势,风暴真的快来啦!"

"是呀!"吉姆喊道,"咱们也快跑吧!"

他们跑过一个又一个商铺,有的黑灯瞎火,有的灯光晦暗。小镇似乎眨眼间便失去了活力。

跑到街道转角处的"联合雪茄店"时,他们看到暗影中站立着一个呆滞的人影,全身像被冻住了一样。

"嗨!"

只见烟店老板泰特莱先生侧过头来。

"孩子们,吓着你们啦?"

"没有!"

威尔嘴上这样说,身子却打了个寒战。他感觉自己像一片被冰冷的潮汐冲刷着的海岸。他希望风暴降临的时候,自己能钻进被窝,用毛毯和枕头捂紧全身。

"泰特莱先生,你怎么啦?"威尔轻声询问道。

烟店门前的暗影里,站着一个纹丝不动的雕像,那是一尊印第安木偶。眼前的泰特莱先生与那尊印第安木偶差不多。他笑容僵硬,大张着嘴,侧着耳朵,似乎在倾听什么声音。

"泰特莱先生?"

他似乎听到风声中夹杂着远处传来的某种神奇音响,却说不出那是什么声音。

男孩们不由自主地后退了几步。

泰特莱先生眼神空洞,并没有留意他们。

两个男孩拔腿开跑,离开了他。

又跑过两个街区之后,两个男孩发现了第三个印第安木偶。

克罗斯提先生,站在他的理发店前面,捏着店门钥匙的手不停地颤抖着。

他为什么呼吸急促,抖个不停?

街灯映照下,只见一滴眼泪缓缓流下克罗斯提先生的左颊。

"克罗斯提先生,别发傻啦! 发生了什么事? 有什么大不了的,你怎么哭得像个孩子!"吉姆朝他喊道。

克罗斯提先生吸了吸鼻子,调整一下呼吸,"你们没闻到什么吗?"

吉姆和威尔也用力吸了吸鼻子。

"甘草糖的气味!"威尔说。

"见鬼,是棉花糖的气味!"吉姆说。

"我已经有好多年没闻到过这种味道了。"克罗斯提先生说。

吉姆转着头四下里嗅了嗅,"到处都是这种气味。"

"是呀。但是谁留意到了这种气味?这种气味是什么时候出现的?我的鼻子告诉我:用力呼吸!我为什么流泪?因为我想起了很久以前,在我自己还是一个小男孩的时候吃过的那些零嘴。闻到这种熟悉的味道,我忍不住回想起三十多年前的往事,沉浸在回忆之中。"

"赶紧回家吧,克罗斯提先生。"威尔说,"风暴就快来了。"

克罗斯提先生抹了抹眼睛,喃喃道,"这气味是从哪里飘来的?镇上可没有卖棉花糖的店铺。只有马戏团来表演时才有小贩来卖这种零食。"

"嘿。"威尔说,"没错!"

"放心,孩子们,克罗斯提不会再哭啦。"理发师撸了撸鼻子,转过身面对已经锁好的店门。威尔目不转睛地盯着理发店铺前不停旋转的转筒灯,转筒上的红色螺纹无穷无尽地从底部生成,然后像缎带一样由下而上盘绕游动,最后消失在转筒顶端。

克罗斯提先生将手伸向转筒灯下面的开关。

"别关灯!"威尔喊了一声,接着不好意思地降低声调说,"转得真好看。"克罗斯提先生抬眼看了看转筒,仿佛刚刚意识到它的独特性质。他轻轻点了点头,"是呀,这些螺旋从哪里来的?到哪里去了?有谁知道?你不知道,他不知道,我也不知道。哦,上帝保佑,这可真神奇!好吧,我们就让它开着。"

这可真有意思。威尔心想,它将一直亮到黎明。即使我们进入梦乡的时候,它也还在这里旋转,不停地自下而上输送走一圈接一圈的螺旋。

"晚安！"

"晚安。"

两个男孩告别克罗斯提先生，不一会儿就将夹杂着甘草糖和棉花糖气息的那股微风抛在了身后。

5

查尔斯·哈洛韦把手伸向酒吧双向摆动门的把手，忽然间有些犹豫。他梳着背头，灰白的头发如同一根根侦测敌情的蚱蜢触须。在这个十月的秋夜，他的手指似乎接收到某种从触须上传来的信息，警告他不要迈步向前。是远处正在发生一场史无前例的大火？还是一道已经冻结了无数人的冰川正在不断逼近，即将结束这个时代？

当然，也许仅仅是因为街对面刚走过一个身穿深色西装的男人。

透过酒吧的玻璃窗，哈洛韦看到那个行色匆匆的男子腋下夹着一大卷纸，一只手上拎着一只桶，另一只手上拿一把刷子。那人一边走一边吹着口哨，吹的是一首老歌的调子。

这是一曲应该在另一个季节唱响的歌谣，一曲深深印进哈洛韦心中的圣歌。尽管这个曲子不合时宜，却仍然深深地打动了哈洛韦的心扉：

圣诞钟声在我耳畔响起，

呵，那古老熟悉的曲调，

充满深情，甜美如饴，

　　一遍又一遍地传递祝福：

　　世界和平，人人安好！

　　查尔斯·哈洛韦情不自禁地颤抖起来。他的眼前似乎看见了圣诞前夕白雪铺就的街道，看见了走在街道上的那些诚惶诚恐、希望洗清自身罪孽的男人和女人。

　　圣诞钟声在我耳畔响起，

　　呵，上帝永恒，

　　明察世间万物！

　　邪恶必将失败，

　　正义必将伸张。

　　世界和平，人人安好！

　　口哨声消失了。

　　查尔斯·哈洛韦走出酒吧。他看见刚才吹口哨的男人在街对面的一根电线杆前忙活一阵，好像贴上了一张广告。接着，他的身影隐没在一间开着门的商店里。

　　不知为什么，查尔斯·哈洛韦不假思索地穿过大街，走向那家商店。走到近处，他才发现这是一间空空如也、正在招租的店铺。

　　腋下夹着一卷海报的男人这时正好从店里走出来，和刚才一样，手上拿着刷子和装满糨糊的桶。他的眼睛里闪动着兴奋贪婪的光芒，直勾勾地盯着查尔斯·哈洛韦。

　　男人脸上现出一丝暧昧的微笑。他将右手拿着的刷子递到拎桶的左手上,然后摊开右手,对哈洛韦比了个手势。

哈洛韦凝视着对方的手掌。

那人抬手抚了抚头上细黑的发丝,然后握手成拳,在空中挥舞了一下。

直到那个男人消失在街道的拐角处以后,查尔斯·哈洛韦还愣在原地。他满面潮红,身体有些摇晃,怔了好一会儿才转过身,将视线重新投向那间店铺。

商店空荡荡的,但展示橱窗里摆着两个互相平行的木制台架。

在聚光灯的映照下,哈洛韦看到两个木制台架上悬空架起一块棺材状的冰。

冰棺晶莹剔透,大约有六英尺长,内部泛出淡蓝色的冰芒,如同一整块沉睡于冰川中的宝石。

近旁的窗户上贴着一块用花哨的字体手写的广告牌:

库格和达克的幻影魔术

木偶杂技

露天草地马戏表演!

即到即玩!

这里展出的

仅仅是我们令人迷醉的节目之一:

世界上最漂亮的女人

哈洛韦的目光越过广告,重新落到商店的玻璃橱窗里摆放的那块冰上。

　　他还记得自己在童年时代曾经见过的这种节目。那是在巡游马戏团来到镇上的时候，当地冰淇淋公司会免费提供一块巨大的冰块。表演节目的女孩躺在冰块上，连续十二个小时，用体温融化冰块，让身体慢慢嵌入冰块之中。围观者络绎不绝，最后，直到女孩的身体整个陷入冰块，在一旁吆喝说明的魔术师才用布蒙住冰棺，结束演出。

　　世界上最漂亮的女人

　　可是，眼前橱窗里那块摆在商店正中展示的冰棺，却只是一块寒冰，里面什么也没有。

　　不对！里面有点什么！

　　哈洛韦心中一紧。

　　这巨大的冰块内部真的空无一物吗？表面看，它的确只是包裹着一团空气，但这个中空的形状却充满魔力，仔细端详，你会发现冰块内部的中空部位勾勒出一个凹凸有致的模型，似乎正在等待一具血肉之躯的填充。这个虚空的模子，是女人的形状？

　　正是。

　　冰棺。中间空着一块，这块诱人的虚空精致可爱，似乎锁定了一条看不见的美人鱼。

　　冰块是冷的。

　　冰块中的虚空却令人感到温暖。

　　查尔斯·哈洛韦想离开这地方。

　　但奇怪的是他迈不开步子。

　　他呆呆地站在商店橱窗前，盯着木制台架上悬空摆放的冰棺，像一尊印第安木偶……

6

吉姆·赖谢在主大街与胡桃木巷的路口拐角处停下来,轻轻吸了口气,目光恋恋不舍地瞄向胡桃木巷两旁成排的树木。

"威尔?"

"不!"威尔停下脚步,很奇怪自己发出的声音为什么如此尖利。

"就在那里。第五幢房子。咱们只去瞧一分钟,威尔,就一分钟。"吉姆轻声恳求。

"一分钟?"威尔朝胡桃木巷内瞥了一眼。

吉姆说的房子是这条小街上的那个"剧场"。

直到今年夏天之前,胡桃木巷还只是一条普通的小街。威尔和吉姆常来这里偷摘桃子、李子和杏子。但八月之后,当他俩像猴子一样攀上苹果树,去偷摘还没有成熟的酸苹果时,看到一件令人震惊的"事情"。从那以后,这条小街在两个男孩眼里变得神秘莫测。

"威尔!别急着走。说不定那里正在发生一些古怪的事!"吉姆。

也许吉姆说得不错。威尔咽了一口唾沫,感觉到吉姆的手揽住了自己的胳膊。

这条小街上的苹果、李子和杏子不再对两个男孩构成诱惑。吸引他们的是一幢房子,准确说是房子侧面的一扇玻璃窗。吉姆说,那扇窗是"剧场"的舞台,窗帘则是舞台的幕布。透过树叶间的缝隙,两个男孩看到这个奇怪的舞台上有一些穿着华丽衣服的演员。他们说话,嬉笑,叹息。威尔不知道这帮人在这幢房子里做什么,只是觉得这些演员与正常人完全不同。

"最后一次,威尔。"

"你心里十分清楚,这不可能是最后一次!"

吉姆面红耳赤,淡绿色的眼睛里闪烁着怒火。

威尔想起,那天晚上,他们一起在树上摸索苹果,吉姆突然轻轻地惊呼道:"哦,你瞧,那些人在干什么!"

双手紧握树枝、悬吊在苹果树上的威尔循声望向"剧场",眼前出现的一幕令他莫名地紧张起来。只见那个奇怪的舞台上有几个人疯狂地笑着,纷纷从头顶上脱出衬衫,将脱下的衣服随手扔在地上。他们拉手拥抱,像战栗的马一样赤身裸体,彼此偎依。

他们在那里干什么? 威尔心想,他们为什么要笑? 他们到底出了什么毛病?

他希望舞台上的灯光赶紧灭掉。

但那扇窗户依然灯火通明,舞台上依然在演出疯狂的节目。威尔发麻的双手在树枝上一滑,身体失去重心,跌到了树下的草地上。他躺在地上,抬眼望着还吊在树上苦苦支撑的吉姆。只见吉姆涨红了脸,半张着嘴,表情迷醉地盯着"剧场"的舞台。

"吉姆。快下来!"

吉姆充耳不闻。

"吉姆!"

这一次吉姆低头向下,看了一眼脚踏实地的威尔。但他的眼光立即再次投向那扇窗户。

最后威尔独自跑开了,他还记得当时自己脑子里乱哄哄的,理不出一点头绪……

现在,两个男孩站在胡桃木小巷的街口。威尔看着吉姆。吉姆的手里拿着刚从图书馆借来的书。

"我们今晚已经去了图书馆。你觉得还没玩够吗?"

吉姆摇了摇头,"帮我把书带回去。"

他把手中的书递给威尔,然后一个人向那棵可以偷窥到"剧场"的苹果树跑去。跑过第三幢房子时,吉姆回过头来,"威尔?知道你现在像什么吗?像一个该死的浸礼教会的老傻瓜!"

随后,吉姆从威尔的视线里消失了。

威尔转身离开,他将书紧紧地按在胸口上,手心沁出汗来。

他在心里对自己说:不要犹豫!不要回头!赶快回家!

威尔步履匆匆地向家走去。

7

回家的半道上,威尔听到身后传来一阵熟悉的气喘吁吁的声音,知道吉姆追上来了。

"'剧场'关门了?"威尔头也不回地说。

吉姆紧走两步,跟上威尔的步伐,沉默了好一会儿之后才说:"那间房子里没人。"

"活该!"

吉姆啐了一口,"你简直成了个浸礼教会牧师!"

街道拐角处吹来一个纸团,像个棉花球一样蹦跳着直贴到吉姆的裤腿上。

威尔弯下腰,一把抓住纸团,大笑着把它展开,抛到空中。

他的笑容凝固了。

看着那张随风起舞的海报在街旁的行道树之间翻飞,两个男孩感觉到心里泛起一股寒意。

"等一等,不知那上面写着些什么?"吉姆沉吟道。

威尔和吉姆心有灵犀地喊叫一声,向空中飘飞的海报追去。他们追上海报,伸手起跳,同时抓住了那张白纸。"小心!别撕坏了!"威尔说。

风更大了,皱巴巴的白纸在他们手中颤动着,发出哗啦哗啦的响声。

"来吧,十月二十四日!"

他们嘴唇开合,念出海报上用花体书法写的广告词。

"库格和达克的……"

"露天草地马戏表演!"

"十月二十四日!明天!"吉姆惊呼道。

"不应该啊。"威尔说,"劳动节之后不可能有巡回演出的马戏团来这里——"

"管他呢?瞧上面写的:一千零一种奇观!魔鬼,喝岩浆的怪物!电先生!巨型蒙哥火球!蒙哥火球是什么?"

"就是热气球。"威尔说,"可以载人飞升的气球。"

"恶魔断头台!"吉姆继续读道,"秋千人。图画人!嘿!什么是图画人?"

"应该是个文身的老家伙吧。"

"不对。"吉姆说，"不是文身，是图画。很特殊。看这上面的介绍：画面中隐藏着怪物！隐藏着一个动物园！"吉姆眼光跳动，"看！骷髅人！这还不够酷吗？人居然可以瘦成一具骷髅！还有！尘埃女巫——塔罗牌①小姐！尘埃女巫塔罗牌小姐又是个什么样的怪物，威尔，你知道吗？"

"一个会算命的、邋遢的吉卜赛老女人——"威尔说。

"不。"吉姆眯缝着眼睛，继续看说明，"是个吉卜赛女人没错，但这上面说她生于尘埃，长于尘埃，终有一天将回归于尘埃。这里还有更多：古埃及镜子迷宫！你可以在迷宫里看到一万个自己的镜像！"

"世界上最漂亮的——"威尔读道。

"——女人。"吉姆紧接着读完这句广告。

两个男孩交换了一下眼色。

"威尔，马戏团怎么会演出'世界上最漂亮的女人'这种节目？"

"不知道。你在马戏表演中见过选美比赛吗，吉姆？"

"我只在马戏表演中见过灰熊。但为什么这张广告上要这么写？"

"得啦！别胡思乱想！"威尔不耐烦地说道。

"你在冲我发火吗，威尔？"

"不，我只是希望你别把这海报放在心上。"

一阵大风将他们手上的海报吹走了。

海报在空中随风飘忽，最后越过树梢，消失在他们的视线之外。

"不管怎么说，别把这张传单当回事。"威尔呼吸略显急促，"转眼就到年底了，不可能有什么马戏表演。就算真有白痴要在这种时候举办狂欢派对，又有谁会去玩呢？"

"我会去。"吉姆冷静地说道。

①流行于意大利和法国的一种占卜用纸牌。

30

是的，我也会去。威尔心想，去看断头台铡刀的寒光，去看埃及魔镜迷宫折射出的奇异镜像，去看硫黄色皮肤的怪物像喝茶一样啜饮滚烫的岩浆。

"我在图书馆大门口隐约听到的音乐，"吉姆低声说道，"好像正是用汽笛风琴演奏的。马戏团的汽笛风琴，今晚一定会响起！"

"就算有马戏团来这里，也得等到天明。"

"那为什么我们刚才能闻到甘草糖和棉花糖的香味？"

威尔想到刚才闻到的那股香甜气味，想到站在烟店门前的印第安木偶旁、呆若木鸡的泰特莱先生，想到顺着克罗斯提先生脸颊流下的泪珠，想到理发店的转筒灯由下而上、从虚无转向虚无的红色螺纹。他的身体抖了一下，牙齿不由自主地格格作响。

"咱们走快些，我想早点回家。"威尔说。

"你怎么回事？咱们这不已经到家了吗？"吉姆嚷道。

可不是，已经走到了家门口，我怎么没留意？威尔有些诧异地想。

两个男孩分别走向自家的房子。

吉姆在进门之前别过头来，轻轻叫了威尔一声。

"威尔。你没事吧？"

"见鬼，当然没事。"

"我发誓！一个月之内，不，一年之内！我们不到胡桃木小街玩了，不接近那幢房子，不再去看那个'剧场'。"

"好的，吉姆，当然。"

两个男孩站在各自的家门前，手都放在门把上。威尔抬头看了一眼吉姆家的房顶，只见寒冷的星光下，悄然挺立着那根新月十字形避雷针。

不管暴风雨来不来，他都很高兴自己终于说服吉姆装上了这根奇特的避雷针。

"晚安。"

"晚安。"

两家的门几乎同时发出"砰"的一响。

8

威尔从家里往外推开门,再重新关上。这一次,关门声很轻。

"这才是正确的关门方式。"屋里的威尔妈妈说。

从门厅向客厅看过去,威尔见到了自己熟悉的场景。父亲坐在靠背椅上(他居然已经到家了!不知自己和吉姆在路上耽搁了多长时间!),手里拿着一本书,却是在盯着书上的空白页面。壁炉旁的椅子上坐着母亲,她手里织着毛衣,嘴里不停地哼哼着,发出的声音像一把正在烧水的茶壶。

他想靠近父母,同时又想与父母保持距离。他觉得自己与父母既亲密又疏远。威尔突然觉得待在这幢大房子里的父母显得异常渺小,而这幢房子被更宽广的小镇所淹没,这个小镇又被更巨大的世界所吞噬。

包括我在内。威尔心想,我同样渺小可怜,微不足道。

母亲的手指欢快地挑动毛线针,嘴里不停地数着数。威尔还没见过比自己的母亲更快乐的女人。他还记得自己曾经在一个冬天钻进培育植物的温室,拨开一簇簇绿叶之后,看见一枝生长在温床上的娇艳欲滴的粉红色玫瑰。母亲就像一枝这样的玫瑰花,旁若无人,自我陶醉,乐在其中。

真的乐在其中吗?那么为什么几英尺外坐着的父亲却没有受到感

染？眼前的父亲虽然脱下了工作服，但仍然像在图书馆书廊里扫地时那样愁眉苦脸。

威尔不知道为什么母亲如此快乐，父亲却如此忧郁。

父亲盯着壁炉深处跳动的火苗，一只手放下刚才拿着的书，另一只手搓弄着一个皱巴巴的纸团。

威尔不由得用力眨了眨眼。

他想起刚才与吉姆在街上捡到的那张传单。父亲手里捏着的纸团无疑是同样的海报，只不过上面书写花哨的广告语被父亲的手指遮挡住了。

"嗨，我回来了。"威尔走进客厅，招呼道。

母亲脸上立即绽开一个微笑。

父亲依旧无精打采，看上去仿佛刚做了什么亏心事一样。

威尔想说：嘿，你对那份"库格和达克"的马戏广告有什么看法？

但是父亲正在将手中的纸团塞进旁边一张椅子的衬垫里。

而母亲已经放下手里的活计，拿过威尔从图书馆借来的书，快速翻动了几篇。

"哦，又借到自己喜欢的书了，威利！"

威尔把快到嘴边的话咽了回去，说道："今晚风可真大，把废纸片吹得满街乱飞。"

父亲听到这句话时并没有做出任何反应。

"有什么新鲜事要告诉我吗，爸爸？"

父亲的手还放在旁边椅子的衬垫上。他抬眼看着儿子，流露出担忧和疲倦的神色。

"图书馆门前的石狮子被风吹走了，也许此刻正在小镇里四处搜寻猎物呢。"父亲强打精神开了一个玩笑。

"胡说八道。"母亲说。

上楼梯时,威尔眼前出现一幕幻景:随着一声低沉的叹息,一团纸被扔进炉火;父亲站在壁炉前,盯着纸团在火焰中化为灰烬,嘴里念念有词:"……库格……达克……马戏表演……女巫……奇观……"

威尔有一种冲动,想返身下楼,走到壁炉旁边,拉住父亲的手,与父亲站在一起。

但他没有转身。他慢慢上楼,走进自己的卧室,关上房门。

躺在床上睡不着时,威尔常常把耳朵贴在墙上听隔壁大人说话。如果正好谈到他感兴趣的事,他会努力倾听。多数时候,大人说话的内容很无聊,威尔就翻过身子,在脑海里幻想和设计自己的未来。有两个话题特别让威尔兴奋:以前发生过的那些与自己和小镇相关的陈年往事,或者发生在世界各地只能用神奇来解释的怪事。通常是父亲在说话。威尔平时与父亲面对面交流时总有些不自在,但偷听父母谈话时不同,父亲断断续续的说话声充满魅力,让威尔感到亲切和温暖。父亲的声音起伏宛转,如同一只飞行的白鸟在空中划出的轨迹,吸引着威尔竖耳谛听,同时在脑子里想象一幅又一幅画面。这些画面描绘出一个真实的世界,令威尔受益匪浅。他觉得父亲像个中学教师,教会了自己很多生活的道理。

这个晚上,威尔闭上眼睛,照旧将耳朵贴到冰凉的墙上。父亲说话的声音刚开始像远处传来的低沉的刚果鼓。母亲的嗓子清亮明净,她是浸礼会唱诗班的女高音。威尔想象父亲正仰躺在床上,对着空荡荡的天花板说话:

"……威尔让我感觉自己上了年纪……一个男人……应该与自己的儿子在一起打棒球……"

"不用在意。"母亲的声音很温和,"你是个好男人。"

"……出生在一个糟糕的季节。该死，你生他时我已经四十岁了！还有和你一起时，人们都会误把你当作我的女儿……唉！一躺到床上就会想到这些让人不快的事。"

威尔听到父亲在床上翻身坐起，划着一根火柴。他知道父亲点燃了烟斗。寒风刮得窗户格格作响。

"……那个男人胳膊下夹着一卷海报……"

"……马戏表演……"母亲睡意蒙眬的声音里透出一丝惊讶，"都快年底了，怎么还会有巡回马戏团来镇上演出？"

"……世界上……最漂亮的女人……"爸爸的声音也像梦呓。

母亲轻声笑道："别拿我打趣，比我漂亮的女人满大街都是。"

不！妈妈没有理解！威尔心想：这是那张传单上的广告词！爸爸为什么不说清楚？

因为——威尔在心里回答自己刚才的疑问：因为有些奇怪的事即将发生，没错，事实上，已经发生了许多奇怪的事！

威尔眼前仿佛看到一张挂在树枝上的海报，上面写着：最漂亮的女人。他感到脸颊上传来一阵烧灼感。接着想到了表现异常的吉姆和"剧场"窗口的场景。那些赤身裸体的人举止疯狂，身体扭曲，像在表演中国京剧，又像在表演柔道和柔术。而现在，父亲又表现得如此消沉和悲伤。他突然感到有些害怕，因为父亲完全不提那张被他捏作一团的海报传单。

威尔合紧眼皮，但眼前仍然有一个白色的纸团在翩翩起舞，像一粒被风吹起的蒲公英的种子。

"不！"他自言自语道，"这种季节不会有马戏团来表演。不可能有！"

威尔钻进被窝，蒙上头，摁亮手电筒，翻开刚借回的书。

一张暴龙图片映入威尔的眼帘，背景是数百万年前的夜空。

见鬼。威尔想，匆忙中和吉姆把书拿混了。

不过必须承认，这头古老的爬行动物的确漂亮迷人。

快要睡着时，威尔在朦胧中听到隔壁父亲焦躁不安地起床下楼，接着又听到前门关闭的声音。这么晚了，没有任何原因，父亲要去哪里？图书馆？

母亲一定睡着了。可以想象，此刻她脸上正露出满意的神情，完全不知道父亲已经出了家门。

9

世界上也许没有其他人的姓名像吉姆这样名副其实。

"吉姆·赖谢。'夜的影子'，那就是我。"吉姆自言自语道。

与同龄人相比，他个子高挑，身材匀称。现在，他躺在床上，右手虚握着从图书馆借来的书。

他的眼圈始终有些发黑，像沾染了一层无法褪去的暮色。他的母亲说，三岁时他得过一场大病，差点死去。他那一头栗子色的头发，把额头和太阳穴上的静脉血管衬托得十分显眼。仔细看的话，他的脖子、手腕，直至手掌，都隐隐显出蓝色的静脉曲线。这就是吉姆·赖谢，一个不苟言笑的少年。

"吉姆，还没睡吧？"卧室外传来母亲的声音。

"嗨，妈妈。"

房门打开又关上。吉姆感觉到母亲坐到了他床边。

"嘿,吉姆,你的手冰冷。你怎么把窗户抬那么高?一点也不爱惜自己的身体。"

"知道啦。"

"别这么不耐烦。妈妈生过三个孩子,只有你长大成人,自然有点担惊受怕。"

"放心吧。没什么大不了的。"吉姆轻声说。

"每次你都这样说。"

"因为我知道一切。"

母亲静默了一会儿,"那告诉我,你都知道些什么?"

"其实不用养育那么多人。反正人人都难逃一死。"吉姆说道。平静的语调中夹杂着一丝忧伤。

"吉姆,看来还有很多事你并不知道。你知道看着你健康成长我有多高兴吗?你知道如果没有你的话,妈妈会失去生活的支撑吗?"

"妈妈。"长时间的沉默之后,吉姆小声问道,"你还记得爸爸的样子吗?我看上去像不像他?"

"嗨,别问那么多,安心睡吧,好好长身体。吉姆,你跑得可真快,我从没见过跑得比你更快的男孩。答应我,吉姆,将来长大以后多养几个孩子,也让他们像你一样四处乱跑。"

"我可不想给自己找麻烦。"

"不养育孩子,你想收集一辈子石头吗?吉姆,将来有一天,你必须耐心应对这种麻烦。"

"不,我可不想像一般人那样生活。"

吉姆看着母亲。她的脸在很久以前被打伤过,眼眉上留下了一道永久的伤痕。

"活着就会遇到麻烦,受到伤害。"她说,"受到什么委曲告诉我一声。不过现在我可不能让你由着性子胡来。"

母亲站起身,把抬高的提拉窗拉下来。

"为什么男孩子总喜欢敞开窗户睡觉?"

"因为他们满腔热血,需要吹吹凉风。"吉姆打趣道。

"满腔热血。"母亲站在窗前说,"好多事坏就坏在满腔热血上。"

房门轻响,母亲带上门出去了。

吉姆翻身起床,抬起刚被母亲拉下的提拉窗,将头探出窗外,望向晴朗的夜空。

暴风雨!他心里想:你要来了吗?

是的。

西边吹来的风呼啸声越来越大!

被月光投射到地面的避雷针影子不停地颤抖。

吉姆深深吸入一口清冷的空气,再将胸中燥热的闷气畅快地呼出。

我为什么要攀上屋顶?吉姆心想,我为什么要装上这根愚蠢的避雷针?仅仅为了想瞧瞧到底会发生什么事吗?

没错。

我就是想瞧瞧接下来会发生什么事!

10

午夜刚过。

空荡荡的街上响起一串拖沓的脚步声。

兜售避雷针的推销员,戴手套的手上提着的大皮袋随着他的步伐摇来荡去,几乎已经空了。他一脸轻松,在街角转弯处停下脚步,目光转向一家空荡荡的商店。

只见一只白色的蛾子轻轻扑打着商店的橱窗玻璃。

展示橱窗里的两个木架上,悬架起一大块泛着蓝色寒光的冰,像一具棺材。这么巨大的一整块冰,也许只在阿拉斯加那样的冰雪世界里才能找到。

密封在冰块中的,是世界上最漂亮的女人。

避雷针推销员脸上的笑容消失了。

仔细打量,冰块内部的确仿佛冻结着一个女性的身体,她像在数千年之前的一次雪崩中突然陷入冰川的女人,如同凝入琥珀中的昆虫,保持着永恒的姿态。任何男人闭上眼想象,都会沉醉在这个永远年轻美丽的女人从寒冰中散发出的魅力之中。

避雷针推销员终于想起了,自己应该呼吸。

很久以前,他去罗马和佛罗伦萨旅游,曾经见过类似的女人。不过那是大理石雕塑的形体,而不是嵌在冰块中。参观巴黎的卢浮宫时,他也见到了封存在油画颜料中的永远年轻的女性。但他最难忘怀的一次,是在舞台灯光下看到的美丽女人。那时他还是个顽童,偷偷溜进剧院,潜伏在平常放电影的银幕后面窥视舞台。他看不懂那些闹哄哄的剧情,但演出快结束时,他看到一个年轻女人躺在舞台上,仿佛被冻结了一般。灯光如雪,冰冷死寂。女人的脸颊滑如凝脂,嘴唇翕动,眼睑颤抖。这个瞬间,深深印入了他的脑海。

被这块冰勾起的往事回忆,令避雷针推销员浮想联翩。

她的头发是什么颜色？金色？黑色？还是别的颜色？

白色的蛾子"叮叮"地扑打着橱窗。

她有多高？

冰块对光线的折射和橱窗玻璃的阻隔很可能使她看上去显得更加娇小，当然产生的也可能是放大效果。这全看你所站的角度。

不过这无关紧要。

紧要的是——避雷针推销员打了个寒战——他知道这件事背后潜藏着什么。

如果发生奇迹，她紧闭的眼睑张开，他就能看到她的眼睛是什么颜色。

他认为自己知道她的眼睛是什么颜色。

如果有人走进这家寂寞的夜店——

如果有人向她伸出温暖的手，那么，冰融之后，会出现怎样的一幕？

避雷针推销员呆立良久。

他闭紧双眼，呼出一口长气，感到暖热的气流冲过唇齿。

他伸出手，摸到商店的门把。

店门打开的一瞬，迎面仿佛扑来一团北极的冷空气。

他走进空荡荡的商店，关上店门。

白色的蛾子还贴在橱窗的玻璃上，扑扇着轻柔的翅膀。

11

午夜之后，镇上的报时钟敲过一点和两点。敲三点的时候，钟声突然变得异常洪亮,震动了格林镇住户们的阁楼,震动了那些阁楼上尘封已久的老玩具和镀银已经剥落的旧镜子上的灰土。钟声如同轮船进港一样,驶入了镇上孩子们的梦乡。

威尔听见了。

钟声的余音散尽之后,传来另一种声音。低沉,缓慢,像发动机轰鸣,又像一列拖着许多车厢的火车正从远处开来。

威尔从床上坐起身。

如同镜像一般,隔壁的吉姆也从床上坐起身来。

从很远的地方传来一阵渺茫哀怨的汽笛风琴的乐音。

威尔从窗口探出头去。几乎同时,对面的窗口探出了吉姆的脑袋。两人来不及打招呼,同时别过头,望向远方的地平线。

他们的卧室位置很高,视野辽阔。趴在窗台上探出头去,他们的视线可以越过树梢,越过小镇的图书馆、政府大楼、仓库、牛棚、农田直到旷野!

现在,地平线上隐约有一条蜘蛛丝似的铁轨在星光下闪烁。

空中升起一丝羽毛般雪白的蒸汽,如同下雨之前天上出现的第一抹白云。

接着,火车出现了,一个部分,又一个部分:车头、煤车,还有昏昏沉沉摇摇晃晃好像正在梦游的一节节车厢,伴随着它们的是萤火虫般的火星,还有呼呼的燃烧声,仿佛秋天里烧得有气无力的壁炉发出的声音。火车喷烟吐火,奔过吓得一动不动的一座座小山。就算隔着很远,还是能想象出几个水牛般壮实的锅炉工,正光着膀子,汗流浃背地铲起一锹锹黑煤送进红彤彤的炉膛。

蒸汽引擎!

两个男孩赶紧缩回头去,找来各自的玩具望远镜。

"果然是蒸汽引擎!"威尔叫道。

"内战①时才有这种老掉牙的火车! 1900 年以后就很难见到这种火车了!"吉姆说。

"这火车可真够破旧的。"威尔说。

"看那些旗帜! 笼子! 马戏团的狂欢演出开始啦!"吉姆兴奋地嚷道。

他们侧耳聆听。威尔刚开始以为可以听到蒸汽火车尖鸣的汽笛声,但是没有,他只听到一阵如泣如诉的汽笛风琴的声音。

"像教堂音乐!"威尔皱了皱眉。

"活见鬼。马戏团怎么可能演奏教堂音乐?"吉姆说。

"别一口一个见鬼。"威尔嘘道。

"见鬼。"吉姆从窗口探出半个身子,"我已经憋了一天啦,现在所有人都睡着了,没人听见。所以我偏要再说一句:活见鬼!"

汽笛风琴的乐音回落在耳畔,威尔打个寒噤,手臂上起了一层鸡皮疙瘩。

"仔细听,好像和平常的教堂音乐不一样。"威尔说。

"别管那么多,咱们到那里去一看就什么都清楚了。你不想去瞧瞧他们怎么搭建马戏团的舞台吗?"吉姆说。

"现在去? 凌晨三点。"

"凌晨三点!"

吉姆从窗口消失了。

很快,威尔看见吉姆重新露出头来,手忙脚乱地穿衬衫、提裤子。而在外面的夜色中,那列宛如灵车般的火车仍旧在呼哧呼哧地奔行,拖着它

---

① 指美国的南北战争。

的一节节黑色车厢、红棕色的笼子,还有一架脏兮兮的汽笛风琴,呜呜啊啊地同时奏着三首曲子,混杂在一起,完全不成调。当然,也许这全是错觉,也许根本没有什么汽笛风琴。

"着装完毕!"

吉姆抱着排水管,滑向下面的草坪。

"吉姆!等等我!"

威尔胡乱套上衣服。

"吉姆,别一个人去!"

他追了上去。

12

有时你看见高飞在天的风筝迎风飞行,拽得地上放风筝的人东奔西走,最后猛地一下断了线,落向地面。而放风筝的人则会朝它坠落的方向跑去,试图拾回自己的风筝。

"吉姆!等等我!"

现在吉姆正是那只断了线的风筝,威尔则是想要追回风筝的孩子。

"吉姆,我来了!"

威尔一边跑,一边想:天哪,又是这样!我说话,吉姆则撒腿就跑。我喜欢挪开路上那些碍眼的石头,而吉姆却喜欢掏摸石头下面的垃圾!我爬山,吉姆却去攀爬教堂尖顶。我喜欢干净整洁,吉姆却一头乱发,常常脱下衬衫随便搭在肩上。我乐意坐在阳光下的岩石上,但是吉姆老弟,他却喜欢在月光下与蟾蜍共舞。我喜欢温顺的牛,吉姆喜欢冷血的毒蜥蜴。傻瓜!我向他大喊。胆小鬼!他一定会这样吼着回应。但到了最后却总是三个字——一起上!

跑出小镇,穿过原野,威尔终于赶上吉姆,来到了铁路大桥下面的草地。月亮已经升上半天,露水在枯草上颤动。

哇!

伴随着汽笛风琴的呜咽声,马戏团的火车正轰隆隆地驶过大桥。

"天哪,那架风琴没人弹!"吉姆仰望着上面驶过的火车,说道。

"吉姆,别开玩笑!"

"我发誓没开玩笑!不信你自己去看。"

两个男孩沿着缓坡又向上走了一阵。火车再次出现在视野之中。威尔果然看到火车拉着一节平板拖车,上面安放着一架巨大的汽笛风琴,风琴管在月光下闪烁着金属光泽,确实没有人坐在键盘前弹奏。是风,带着不断流动的空气吹过琴管,发出乐音。

火车在前面转了个弯,开向山坡下的洼地。现在能看清楚锈迹斑斑的车厢了,只见一节节破旧的铁皮车厢,到处都凹陷着,表面还生出一层暗绿的苔藓。接着蒸汽机头喷出一股浓厚的白烟,拉响了进站的汽笛。

威尔在梦中经常听到令人心碎的火车汽笛声。有时半夜从这样的梦中醒来,威尔会发现自己脸上留下的泪痕。为什么这种声音催人泪下?威尔认为,那是因为火车汽笛声中饱含着一种让人无法排解的孤独感。那些流浪在旷野上的火车,似乎永不停歇地奔行在车站与车站之间。没人留意它们的行踪。你经常能够远远地看到它们呼出最后一道蒸汽,消失在天边。也许正是这种景象赋予了火车汽笛声一种天涯孤旅的寂寥之情。

但是！这列火车的汽笛声却哀怨得让人恐惧！

汽笛的鸣叫仿佛从古老的岁月里传来的阵阵呼救声。威尔的眼前出现了对着月亮狂吠的狗，出现了带着血色蜿蜒流动的冰凉的河水，出现了在刺耳的警报声中垂死挣扎的人们。

泪水从威尔的眼里夺眶而出。他膝盖一软，打了个趔趄，顺势跪在地上，假装摸索自己跑丢的鞋。

斜眼看去，吉姆正用双手紧紧捂住耳朵。他的眼里同样闪动着泪光。威尔赶紧站起来，走到朋友的身旁。

汽笛呼啸，吉姆朝着汽笛的呼啸而呼啸；汽笛尖叫，威尔迎着汽笛的尖叫而尖叫。

然后，所有声音在一瞬间全都安静下来，好像火车突然间跌入了万丈深渊。

只见火车滑行得越来越缓慢，车厢两旁窗户上插着的黑色旗帜在风中不停地翻飞，车窗里飘洒出无数黑色的纸屑。空气很冷，弥漫着棉花糖的香甜气息。每次呼吸都像吃了一口冰淇淋。

爬上最后一个阻挡视线的小山丘，他们从高处向下看去。

"好家伙。"吉姆小声说道。

火车静静地蜷伏在"月亮洼"的中间。这片洼地之所以有这样一个好听的名字，是因为格林镇的人喜欢到这里来散步赏月。"月亮洼"宽广平坦，四围小山上林木茂盛。这里春天绿草茵茵，夏天和秋天是黄色的干草地，冬天则常常覆盖着白雪。

两个男孩在小山丘上的灌木丛中趴在地上，睁大了双眼。

"安静得有点不正常。"威尔在吉姆耳边说道。

月光下的火车黑漆漆的，像一条冻僵的蛇。

"我觉得火车里好像有人在活动。"吉姆说。

威尔感到从颈窝落进后背的猫绒草刺得他浑身发痒。"他们如果知道我们在这里偷看,不会介意吧?"

"应该不会。"吉姆说,"你瞧,那是什么?"

只见洼地上突然膨胀出一个巨大的、表面布满苔藓的气球。

气球拔地而起,升到大约二百米的空中之后,乘风缓缓飘飞。

"气球下面吊着篮子。吊篮里一定有人!"威尔低声惊呼。

一个高个子男人走下火车,似乎打算对火车停靠的"月亮洼"认真考察一番。这人一身黑礼服,脸部隐没在暗影里。他一步一挪地走到洼地的中心,然后举起戴着黑手套的手,伸展手臂,打了个手势。

死寂的火车顿时变得有了一丝活力。

一扇车窗里先探出一个头来,接着伸出一条手臂,紧接着又探出另一个头。很快,两个身穿黑衣的人影抬着一根粗大的黑色帐篷撑杆下了火车,走过沙沙有声的枯草地。

这一幕令威尔和吉姆大惑不解。

马戏团布置演出会场时,应该充满杂沓欢快的音响:咆哮的虎,怒吼的狮,嘶鸣的斑马,脚步声震天响的大象。还有忙碌的工人骂骂咧咧的抱怨,叮当作响的饮料瓶和大大小小的铁笼子相互碰撞的声音。

但眼前的场景却犹如正在播放一部无声的黑白老电影:黑色的鬼魂张着银色的嘴巴,在惨白的月光下呵出白汽。四围的寂静使人甚至能听到风摩擦过自己的头发和脸颊时发出的细微声响。更多的黑衣人下了火车,好像在黑暗中传递关养动物的笼子,踩得草地沙沙作响。

最先下车的那个黑衣人站在洼地中央,巨大的气球悬在他的头顶,像一块生了绿霉的奶酪。

威尔正看到气球在向下降落时候,一大片乌云遮住月亮,月光突然间隐没了。

昏暗中,他能感觉到那些黑衣人在"月亮洼"的中心忙碌。他还能感觉到那个悬浮在空中的气球像一只肥胖的巨型蜘蛛,正在吐丝布线,想织出一面大挂毯。

乌云飘开时,只见气球升高了一些。

洼地上出现了一个用撑杆和绳索搭建的大型帐篷的骨架,只等罩上外层的帆布。

但是很快,天边涌来更多乌云,掩映住月光。四周陷入一片更深沉的黑暗。威尔身子有些哆嗦,他听到吉姆慢慢朝他挪动身体,然后伸手抓住了他的脚踝。

风越吹越大。

不多一会儿,乌云被风吹走,月光再次洒满"月亮洼"。

但是气球不见了。

黑衣人也都不见了。

巨大的帐篷已经披上了一层黑色的雨布。帐篷周边插满黑色的旗帜,还拉起了不少广告横幅。

威尔突然觉得从这里到家有很长一段路要走,他本能地回头朝自己身后瞥了一眼。

风吹入灌木,发出阵阵飒飒声。

他再次慢慢转过头,定睛注视着洼地中央那座巨大而安静的黑帐篷。

"我不喜欢今晚看到的这些事。"他说。

"是的。"吉姆随口附和道,"是啊。"

威尔站起身。吉姆还趴在原地。

"吉姆!"威尔叫道。

吉姆猛地甩了一下头,好像刚被打了一巴掌似的。他慢慢跪起身,但却仍然目不转睛地盯着帐篷周围飘扬着的那些黑色旗帜。

传来一声鸟鸣。

吉姆从地上纵身跳起,胸口起伏不定。

月下的云影已经移向了远处。

两个男孩在清冷的月光中跑步回家。

13

冷风从图书馆开着的窗户中吹入。

查尔斯·哈洛韦已经在窗前站了很长一段时间。

街道上突然跑过两个人影,在月光下拖着各自的影子,是两个男孩子。

"吉姆!"哈洛韦对着两个人影叫道,"威尔!"

他叫喊的声音不大。两个男孩显然没有听到他的呼唤,朝着家的方向跑远了。

查尔斯·哈洛韦凝望着窗外熟悉的小镇和乡野。三点之前,他一直在图书馆里独自徘徊。钟敲三点时,他听到了火车的汽笛声和汽笛风琴奏响的教堂圣歌。

"三点钟。"他自言自语,"凌晨三点……"

草甸的洼地上,帐篷和马戏团的游园场地等待着,等待着某个人踏上草地,随便哪个人都行。帐篷鼓鼓的,像一个个风箱。它们轻轻吐着气,散发出远古野兽一般的气息。

只有月亮望着这片黑沉沉的凹地,这个幽深的洞窟。旋转木马上,夜行野兽凝定着奔腾的身姿。镜子迷宫里重叠着一个个月亮,像一排排永无尽头的波涛。镜子意味着虚荣和浮华,时光却让镜中的皎洁月色显得无比宁静。但只要有一个身影映进入口,就会将深藏镜中的片片月色打得粉碎。

如果有谁站在这里,他会看到千百万个自我在眼前展开、伸向永恒吗? 存在于永恒尽头的那张面孔,它会不会扭过头来,注视着上一张面孔? 千百万个影像依次回头,转向最老、最老的那一张,会看到什么? 会透过尘封、看到那个旧人吗? 那个时候,他应该多大岁数? 不止五十吧,六十岁? 不止六十,七十? 不止七十,而是八十岁、九十岁、九十九岁?

镜子迷宫什么也不问。

镜子迷宫什么也不说。

"三点钟——"

查尔斯·哈洛韦感到很冷,皮肤被风吹起一层鸡皮疙瘩,胃里气血翻涌,嘴里尝到一丝半夜的潮气。

但他仍然一动不动地站在不断灌入冷风的窗口前。

远处的草地上有什么亮闪闪的东西。

是月光,反射在一大块玻璃上。

也许那片光正在用某种无人索解的暗语述说着什么。

我应该去"月亮洼"看看。查尔斯·哈洛韦心想:不,我不会去的。

我喜欢马戏团的游艺节目。他接着又想:不,我并不喜欢。

又站了一会儿之后,他转身离开,关上图书馆的大门。

回家路上，他再次经过那个摆放冰块的商店橱窗，往里瞄了一眼。

冰块不见了，橱窗里只剩下两个木架，木架之间的地上有一摊水，水面上漂浮着几块碎冰，碎冰中似乎凝结着几丝长发。

查尔斯·哈洛韦心乱如麻，不由得加快了回家的步伐。现在，格林镇的街上变得和这家店铺一样，空无一人。

很远的草地上，镜子迷宫里，影子来回晃动着，像某个人的某些人生片断。这些人生片断还没来得及实现，便被困在了迷宫里。它们在这里等待着脱困而出、变成现实的那一天。

迷宫也在等待着。它的目光阴冷无比。就算一只鸟儿过来，瞥见了这种目光，也会尖叫不已，振翅逃命。

但是，没有鸟儿过来。

14

"三点钟。"一个声音喃喃道。

威尔听到了这个声音。他的身子还没有暖和过来，但他很高兴现在待在有屋顶、有地板、有墙有门有窗户的自己的卧室中。

"三点……"

是父亲在楼下门厅里自言自语的声音。他这个时候才回家？威尔心想，三点钟，不正是蒸汽火车开到小镇的时间吗？莫非父亲也看到了火车，听到了汽笛？

不！不可能！躺在床上的威尔缩成一团，簌簌发抖，心想：怎么不可能呢？父亲一定知道火车来了，但是，自己怎么突然间感到有些害怕呢？

那列火车呼啸着从远方驶来，为什么只有父亲、吉姆和我知道，镇上其他人完全没有察觉，难道不是这样吗？

是的。威尔把自己的头深深地埋进被窝，是的，回来的路上，我和吉姆没碰见过一个人……

"凌晨三点。"查尔斯·哈洛韦念叨着，在卧室的床边缓缓坐下。为什么火车会在这样一个时刻开来？

那是因为，他在心中想道：这个时刻非常特殊。女人和小孩子这时睡得正香。而对一个睡不踏实的中年男性来说呢？哦，上帝，午夜很好，就算醒来也能很快重新入睡。一点或者两点也不错，你醒来可以散散步，然后再投入到睡眠中去。五点或六点更好，不用再睡了，黎明即将来临。但是，上帝呀，凌晨三点！想再次入睡谈何容易，不睡吧，漫漫长夜又令人绝望。这是人体血液流动最缓慢的时刻，这是人灵魂出窍的时刻。医生都知道，医院里凌晨三点死去的人比任何其他时刻都多……

别再胡思乱想啦！查尔斯·哈洛韦在心里对自己呐喊道。

"查理？^①"他的妻子在睡梦中呢喃道。

他轻轻脱下鞋子，上床。

"查理……？"妻子向他探过手来，迷迷糊糊地说道，"你……没事吧……查理？"

他没有回答。

他不知道该怎样回答妻子这个简单的问候。

---

① 查尔斯的昵称。

15

柠檬黄的太阳从东方升起。

天空蔚蓝如洗。鸟儿啼声清越。

威尔和吉姆将头探出窗户。

除了吉姆眼睛里闪烁着与平日不同的光彩之外,威尔觉得一切都没有什么变化。

"昨晚的事……"威尔说,"真的发生过吗?"

两个男孩将眼光投向远方的草地。

空气中透着一丝果汁的甜味。他们极目远眺,看不到一点阴影。

"六分钟后碰头!"吉姆叫道。

"五分钟就够了!"威尔应道。

四分钟之后,两个男孩已经狼吞虎咽地吃完玉米片早餐,蹦跳着向镇外跑去,身后激起一路红土烟尘。

他们喘着粗气一路跑到"月亮洼"。

已经布置妥当的马戏团游乐场地出现在他们眼前。

"嘿,怎么回事?"吉姆嘟囔道。

只见帐篷颜色一如太阳的柠檬黄,泛着黄铜光泽,像几周前等待收割的麦田。色彩俗艳的旗帜和广告横幅遍布会场。小吃摊摆在棉花糖一样的白色售货亭内,散发出周末特有的食物香味:熏肉和鸡蛋,热狗与煎饼。四下里到处都有欢笑奔跑的孩子,大多数孩子身后跟着还没睡醒的父亲。

"不过是个普通的马戏团。"威尔说话的语气里透着一丝失望。

"见鬼了。"吉姆说,"我们昨晚没看错吧?走,进里面去看看。"

他们对直向前走出大约一百米距离。越往里走越觉得没有新意。昨晚看到的那些鬼魅一样的黑衣人哪里去了？那些黑帐篷和那列一路哀鸣的蒸汽火车又在哪里？他们看到的道具和以往巡回马戏团来镇上表演时几乎没什么区别：发霉的绳索，破旧的帆布，被雨水和阳光磨蚀得褪尽色彩的金属挡板。陈旧的节目广告牌悬挂在头顶上摇来晃去，时不时掉下一些油画颜料的陈渣。那些斑驳脱皮的油画广告牌上，画着如同竹竿一样的瘦人、肥得不成体统的胖子、尖头怪人、文身男、草裙舞女……

两个男孩在游乐园中四处转悠，但根本找不到凌晨三点火车开来时他们亲眼所见的那些物事。游艺节目售票亭旁边倒是有一架破旧不堪的小型汽笛风琴，没人弹奏，不声不响。火车呢？也有，几节车厢和一节车头横七竖八地堆在草地上，是蒸汽火车，但显然无法运行，只是个摆设而已。车厢门窗都被铁锈焊死了，看上去像一坨坨实心磁铁。这堆毫无生气的废物向前来参观的游人展示出老式火车的烟囱、变速齿轮和驾驶轴。

威尔和吉姆兴味索然地来到了镜子迷宫旁边。

"吉姆！威尔！"

叫他们名字的人正朝这边走来。是弗利小姐，他们的中学老师。

"两个大小伙子。"她面带微笑地打招呼，"你们俩一副不开心的样子，怎么回事？"

"呃——"威尔避而不答，换了一个话题，"昨天晚上，你听到汽笛风琴的声音了吗？"

"汽笛风琴的声音？没有呀。"

"那你为什么这么早就到这里来了？弗利小姐？"吉姆问道。

"我喜欢马戏团的游园会。"弗利小姐说道。她已经五十岁了，头发灰白，却童心未泯，神采奕奕，"我在找我那个傻侄儿。你们见过他吗？"

"你的侄儿?"威尔问道。

"对呀,他叫罗伯特,跟我一起生活了几周。他的父亲死了,母亲生病,住在威斯康星州立医院。今天一大早他就出门了,说在这地方与我碰头。但是你知道男孩一玩起来就忘了承诺!天哪,你们俩来到这么好玩的地方,怎么还闷闷不乐?"她将手里拿着的刚买的热狗递给他们,"来,吃点东西!打起精神来!骑乘节目再过十分钟就要开始。我想在这之前先走一走镜子迷宫——"

"别进去。"威尔说。

"别进哪里去?"弗利小姐不解地问道。

"不能到镜子迷宫里面去,弗利小姐。"威尔咽了口唾沫,自己都不明白这句话是怎么从嘴里溜出来的。

"为什么不能进去?"弗利小姐满脸疑惑。

吉姆眯缝着眼,斜视着威尔,"是呀,给我们说说,到底为什么不能进去?"

"因为——进去之后——会——迷失方向。"威尔吞吞吐吐地说道。

"没有其他原因了?我的侄儿罗伯特说不定正在里面游荡,找不到出口呢。"

"在镜子的海洋里游泳——"威尔的眼光盯着身旁镜光闪烁的镜子迷宫的入口,"也许有危险……"

"游泳!"弗利小姐大笑起来,"你那可爱的小脑瓜里在想些什么呀?威利。嗯,好吧,就算是进去游泳吧。我可是一条老鱼。所以……"

"弗利小姐!"威尔语气中流露出一丝恳求。

但是弗利小姐对两个男孩挥了挥手,胸有成竹地走向镜子迷宫的入口,毫不犹豫地迈进一步,消失在镜子的海洋中。他们望着她停步不动,四下张望,然后一步又一步,渐渐沉入大海,越沉越深,最后融化,成为银色的镜子海洋中的一缕灰影。

吉姆一把抓住威尔,"你为什么不想让弗利小姐进去?"

"天哪,吉姆,我讨厌这些镜子!我的意思是,昨晚咱们看到的所有东西今天都变样了,只有这些镜子没变。"威尔说。

"伙计,现在可是大白天,别疑神疑鬼。"吉姆鼻子里哼了一声,"这座镜子迷宫……"他的眼睛看着迷宫里摆放的镜子,声音慢慢低下去。镜子林立的迷宫很像一座冰室,连里面冒出的空气都冷森森的,像从冰室里渗出的冷气。吉姆嗅了嗅冰冷的空气。

"吉姆,你刚才想说什么?"

吉姆没有回答。他呆站了好一阵才伸手拍了拍自己的后颈窝。"居然是真的!"他低声惊呼道。

"你发什么神经,吉姆?"

"头发!我读的那些恐怖故事中写的:毛发直竖。我脖子后面的汗毛真的竖起来了!就是现在!"

"天哪,吉姆。我的也是!"

镜子迷宫里的镜面上光影流动。

从入口处就看到里面有不计其数的镜子。他们在镜面上看到了两个、四个、十二个弗利小姐。

不知道哪一个是真的,吉姆和威尔朝所有浮现出弗利小姐镜像的镜子都挥了挥手。

但是没有一个弗利小姐能看见他们,朝他们挥手。瞎了。她盲目地走着。真瞎了。她用指甲叩着冷冰冰的玻璃。

"弗利小姐!"

镜面上的弗利小姐瞪大了双眼。她脸色惨白，如同一尊石膏雕像。在一片片玻璃镜子的围困中，她不停地喃喃自语，渐渐呜咽起来，最后哭出了声。她开始呼喊，吼叫，用头和手肘撞击着玻璃镜面。如同一只失明的飞蛾，弗利小姐跌跌撞撞，不停地拍打镜子。"哦，上帝！救救我！"她哭喊道，"救救我！哦，上帝！"

站在迷宫外围的吉姆和威尔在镜面上看到了无数个自己的镜像：脸色苍白，双眼圆睁，和弗利小姐没什么两样。

"弗利小姐，我们在这里！"吉姆皱紧眉头叫道。

"这里有条路！"但是刚说完这句话，威尔就发现自己伸出去的手碰到了一扇玻璃镜面。

威尔身旁的一面镜子里突然伸出一只手，仔细一瞧，才发现伸出手的地方其实没有镜子，而是一个空洞。这是一只老年女性的手。这是一只溺水者的手，最后一次伸出水面，想抓住能够到的任何东西。威尔的手一碰到这只手，它立即牢牢地抓紧了威尔。

"威尔！"一旁的吉姆向威尔伸出手来。

"吉姆！吉姆！"威尔的另一只手握住了吉姆伸来的手。

吉姆拉住威尔，威尔牵着弗利小姐，终于将弗利小姐拉出镜子的海洋，拉进了阳光。

弗利小姐抬手理了理凌乱的头发，擦了一下受伤的额头，喃喃自语几句之后大笑起来。最后她喘着粗气，揉了揉眼睛，"谢谢你们：威尔，吉姆。我差点被淹死！我的意思是——威尔，你是对的！不过，我的上帝啊，你一定也看到了她，她迷失在里面，那个可怜的小女孩，被淹没在镜子里！真可怜！哦，我们应该去救她！"

"弗利小姐，放松些，你可能还有点惊魂未定。"威尔松开了刚才一直紧托着弗利小姐的手臂，"里面没有别的人。"

"我看到了她！真的！去救救她吧！"

威尔反身走了两步，来到镜子迷宫的入口处。一旁坐着的售票员轻蔑地瞥了他一眼。威尔愣了一下，又退回到弗利小姐身边。

"我发誓，在你之前和之后都没有人进去过。都怪我，开玩笑说这是一片海洋，结果反而吓着你了。"

弗利小姐显然没有听到威尔说了些什么。她咬着自己的手背，急促的呼吸声充满饥渴感，真的有点像一个长时间溺水的人刚从水下冒出头来。

"可怜的女孩，她沉陷在水底！我认得她。'我认识你！'一分钟之前我还对她说过这句话。我向她挥了挥手，她也向我挥了挥手。'你好！'我向她跑去！——但是，砰的一声！我摔倒了。她也摔倒了。镜子里成千上万个她同时摔倒了！'等等我！'我对她说。哦，她看上去那么美好，那么可爱，那么年轻。但她的确吓着我了。'你来这里做什么？'我问她，'为什么要来？'。我感觉她在对我说，'我才是真的。你不是！'她在水底笑着，然后消失在迷宫中。我们必须找到她！还有——"

威尔伸出手臂，用力搂住弗利小姐，直到她颤抖的呼吸慢慢平息下来，不再胡言乱语。

周围一下子变得出奇的安静。

吉姆还在朝迷宫张望，似乎想在那些镜子上找到一条鲨鱼。"弗利小姐。"他说，"那个女孩长什么样子？"

弗利小姐的声音还很虚弱，但她显然已经平静下来了。

"事实上——她看上去就像年轻时候的我。"她说，"是我自己心神不宁，才出现了那些幻象吧。我现在，嗯，应该回家了。"

"弗利小姐,我们陪你——"威尔开口道。

"不用不用。我没事。小伙子们,你们留在这里好好玩,尽情享受吧。"

她转过身,独自一个人慢慢地走了。

"我也想回家了!"威尔说。

"威尔。"吉姆说,"我们至少应该待到太阳下山以后再走吧。伙计,也许黑暗降临时这里就会变得非常有趣。你怕了吗?"

"我才不怕。"威尔咕哝道,"我只是在想——真的会有人心甘情愿地陷入这座迷宫吗?"

吉姆盯着迷宫内那片深不可测的镜子海洋,现在那里空无一人,只有镜面上闪烁着纯洁安静的光芒。

"没有这种人。我想——"吉姆等自己心脏跳动了两次之后才接上威尔的话头,"谁愿意自投罗网呢?"

16

日落时分发生了意外。

吉姆失踪了。

整个中午和下午,威尔和吉姆都忙着参与各种游戏。哪里人多,他们就往哪里挤。他们尖叫着骑小马,坐摩天轮,打牛奶瓶,掷飞镖,砸丘比特娃娃,玩得兴高采烈。

然后突然之间,就不见了吉姆的身影。

威尔没有向任何人打听,他确信自己知道吉姆去了哪里。天空渐渐暗淡下来,最后一群前来游玩的大人小孩开始陆续回家。

威尔径直来到镜子迷宫的入口处,摸出一角硬币买了门票,走进迷宫。

他只轻轻地喊了一声:"……吉姆……"

吉姆果然在这里。他身体的一半浸在威尔眼前那片冷冰冰的玻璃大海里,另一半还在岸上。这是一个被抛弃在海岸上的人,他的朋友已经远去,不知道还会不会回来。看吉姆的样子,他仿佛已经在这里呆站了足足五分钟,期间连眼睫毛都没动弹过,只是瞪着前面,半张着嘴巴,等待着下一个浪头打来,想看看浪头会给他带来什么。

"吉姆! 快离开这鬼地方!"

"威尔——"吉姆轻轻叹了口气,"别管我。"

"说什么鬼话!"威尔纵身跃出一步,一把抓住吉姆的皮带,用力向后拉拽。

懵懵懂懂的吉姆被威尔拖得一步步倒退,但他好像不知道有人在把他拽离迷宫。他眼睛盯着某个别人看不见的奇观,嘴里不断抗议,声音里充满敬畏。"噢,威尔,威利,噢,威尔……"

"吉姆,你疯了吗? 我现在就带你回家!"

"什么? 什么? 什么?"

两个男孩来到迷宫外面。空气凉丝丝的,天空的颜色比熟李子更深,只有最后的几缕晚霞仍然反射着落日的余晖。余晖照在吉姆的脸颊上、张开的嘴唇上,还有他睁得极大、绿得吓人的眼睛里。

"吉姆,你在里面看到了什么? 跟弗利小姐看到的一样吗?"威尔诧异地问道。

"什么? 什么?"

"我要打爆你的鼻子！"威尔用力推搡、拉拽、摇晃他的朋友，把他拽得几乎离开了地面。这位朋友毫不反抗，仍然晕乎乎的，一脸陶醉。

"不能告诉你，威尔，你不会相信的，不能告诉你。就在里面，哦，就在里面……"

"闭嘴！"威尔猛拉了一下吉姆的胳臂，"你吓着我了，跟弗利小姐一样。该死的，都快吃晚饭了。再不回家，大人们准会以为咱们死了、埋了！"

两个孩子快步回家。鞋子踏过秋天的干草，飒飒有声。空气中弥漫着秋日的干草味，混杂着树叶腐烂后发出的霉味。威尔一心想着回家，吉姆则不时回头看一眼人去园空的游乐场。

"威尔，咱们得再来一次。今天晚上——"

"好啊，要去你自己去吧。"

吉姆停下脚步，"你不会让我一个人去的，伙计，咱俩总是一起行动。来吧，好吗？你不愿意保护我吗？"

"瞧瞧咱们俩，谁更需要保护？"威尔停下脚步，大笑起来。

但是当他转过头与吉姆目光相对时，突然间笑意全无。因为他看到吉姆深邃的目光里满含着信任和求恳。

"你会永远陪伴我的，对吧，威尔？"

威尔感到热血上涌，他在心里回答道：是的，伙计，你知道，我当然不会抛下你。

两个男孩心有灵犀，同时转身迈步，打算赶紧回家。

但就在这时，他们的脚被草地上的一个皮袋绊了一下，只听得脚下响过一串"叮叮当当"的金属声。

17

他们在那只大号皮袋前站了好一阵子。

如果不是碰巧绊一下，他们几乎不可能发现隐匿在枯草中的皮袋。威尔又踢了它一脚，皮袋再次发出金属摩擦的杂音。

"奇怪。"威尔说，"这不是推销避雷针的家伙提着的那只皮袋吗？"

吉姆蹲下身，将手伸进皮袋，摸到里面横七竖八的金属零件，和零件上凹凸不平的奇怪雕刻。大多数铁器摸上去都像那根十字连着新月的避雷针，也有些东西像古代战士穿的盔甲。

"风暴压根儿没来。他倒是不见了踪影。"吉姆说。

"他去了哪里？为什么要扔掉这只皮袋？"威尔沉吟道。

两个男孩回头望向马戏团的游乐场。暮色下，马戏团的帐篷布和广告标语在风中翻卷。开车回家的人们不停地按响喇叭，有的车甚至亮起了车灯。骑自行车的男孩们吹着口哨，召唤狗狗跟上。眼看天就要黑了，黯淡的星光已经将摩天轮模糊的影子映上了草甸。

"人的一生被谎言包围，成年之后就慢慢习惯了。但是，有时某个突发事件——"吉姆显然在控制心跳。他尽量平和地呼出一口气后，才继续说道："——会让人抛下一切。这个卖避雷针的家伙肯定遇上了类似的事。所以他才扔掉皮袋，离开了这里。"

"你说什么？什么样的突发事件能让人抛下一切？"

"哎——"吉姆在昏暗的光线下仔细地打量着好朋友的脸，"没人会告诉你。你只能自己去寻找答案。瞧瞧眼前发生的这桩神秘事件。想想那个奇怪的推销员为什么要扔掉他的宝贝皮袋？我想，如果我们现在不返回游乐场去看一看,也许就永远不会知道真相了。"

"吉姆,我们返回去可别待太久——"

"那当然!天就快黑啦。现在人人都在家里吃晚饭,只有我俩还待在这个地方。咱们快去快回吧!"

走过镜子迷宫时,两个男孩在镜面上看见两支大军——百万个吉姆和百万个威尔——交汇,融入,消失。像这两支在镜子里最终消失的大军一样,白天游乐场里真正的人流大军也无影无踪了。

暮色苍茫,两个忐忑不安的男孩无助地站在游乐场的草地上,心里想着镇上别的同龄男孩此刻正在自家温暖明亮的厨房里津津有味地享用晚餐。

18

广告牌上用醒目的红色字母标记着:设备故障,严禁开启!

"整天都竖在这儿,可我从不相信标语牌上的公告。"吉姆说。

两个男孩向标语牌旁边的游园专区内张望。这是一个旋转木马装置,布置在一株橡树下的草坪上。旋转台上的骑乘模型有马、山羊、羚羊、斑马等多种动物,黄铜扶手杆像标枪一样直插入这些动物的背部。这些动物的造型与常见的旋转木马不同,它们如同面临死亡一般表情扭曲,龇牙咧嘴,眼神惊骇。

"我觉得设备没坏。"吉姆缓步走上旋转台,用手摸着那些怪异的动物模型,不知是对模型,还是对威尔说道。

"吉姆,别胡来!"

"威尔,这可是我们以前从没见过的旋转木马。我想——"

吉姆在转台上左顾右盼了一阵,终于选定一匹造型雄壮的黑色牡马,翻身骑了上去。

"喂,小子!"

一个壮实的男人从旋转木马转台旁的黑暗中走出来。他走上转台,穿入黄铜杆的丛林,伸手将吉姆悬空提起。

"救救我,威尔!"

威尔纵身跳上转台。

那人微微一笑,伸出另一只手将送上门来的威尔轻轻提起。现在,被提到半空的威尔和吉姆面面相觑。他们俯视着困住他们的这个家伙,只见他长着一头火红色的头发,明亮的蓝眼睛,两条粗壮手臂上的二头肌强健发达。

"设备故障。"那人说道,"你们不识字吗?"

"放下他们。"传来一个温柔的声音。

高悬空中的吉姆和威尔向传来声音的地方转眼看去,发现说话的是个高个子男人。

"把他们放下来。"他再次用轻柔的语调说道。

火红头发的男人粗鲁地放下抬着的手臂。

两个男孩眼前闪过一片黄铜扶手杆的光泽,脚下踏起一篷尘雾,总算踩在了转台上。

"我们……"威尔嗫嚅着说。

"可以理解,男孩子总难免有点好奇心。"说话的高个子身材像一根路灯杆。他脸色苍白,脸上有一些大小不一的麻点,如同月亮上的陨石坑。

他穿着血红色的内衣；外衣、眉毛和头发是纯黑色。他的领结上别着一枚黄宝石，如同他水晶般深湛的眼睛一样灼灼发光，咄咄逼人。

威尔觉得眼前这个人让他不舒服。他那猪鬃一样刚硬的黑发粗壮挺直，有几根像微微颤动的钟表弹簧，反射着流溢不定的光线；他的粗呢西装则完全将光线吞没，黑乎乎、毛茸茸的，让人一看就觉得全身发痒。西装包裹下的这个高大男人蓄势待发，似乎只等一声大喝，他的周身肌肉就会绷裂衣服，暴涨而出。

但是，他从容地站在那里，像月亮一样平静，黄色的眼睛紧盯着吉姆的嘴，自始至终没看威尔一眼。

"自我介绍一下，我叫达克①。"他挥了挥手，手上现出一张白色的卡片。

眨眼之间，卡片变成蓝色。

一声轻响之后，卡片化为红色。

再挥一下手，只见卡片变成了绿色，上面浮现出一个在树上荡秋千的男人。

"两位小朋友，谢谢你们欣赏我的小把戏。我和这位红头发的朋友，库格先生，组合成库格和达克的——"

卡片在达克先生手上翻转，配合着他的解说，卡片上的文字不停地变换：

"——幻影魔术——"

卡片一转，上面显出一个正在药罐里熬草药的女巫。

"——以及喧哗大剧院——"

他把卡片递给吉姆，只见卡片上面正显示出这样的句子：

①dark，意为黑暗。

我们的专业特色：一切游乐园设施的设备检查、上油、抛光，以及修复女巫死亡的甲壳虫。

吉姆冷静地读完上面的话，接着又冷静地将手伸进他的衣袋。他的衣袋里总是装着大量珍贵的私人藏品。

吉姆摸索一阵，找到了他想找的东西。他从衣袋里掏出手，摊开手掌，只见他掌心上现出一只僵死的棕色昆虫。

"我这里倒有只甲壳虫。"吉姆说，"可以修复吗？"

达克先生放声大笑，"棒极了！当然可以修复！"他伸出手来，挽起了衬衫袖口。

只见他的手腕上布满了各种紫色和墨绿色的图案：鳗鱼、蠕虫，写着奇怪文字的拉丁卷轴等等。

"嘿！"威尔叫道，"你一定是文身人！"

"不对。"吉姆瞄了一眼达克先生的手腕说，"他是图画人。我早给你说过，文身人和图画人是有区别的。"

达克先生高兴地点了点头，"你叫什么名字，孩子？"

千万别告诉他！威尔在心里喊道。

吉姆的嘴唇几乎纹丝不动。"西蒙。"他说。

他笑了笑，表明这个名字是自己胡编的。

达克先生跟着笑了笑，表明他并不介意这个假名字，"想看到更多的图案吗，'西蒙'？"

吉姆想看，但他没有点头，不想让对方得意。

达克先生慢慢将衬衫袖子撸到肘部。

吉姆吃惊地凝视着达克先生的手臂。它就像一条斑斓的眼镜蛇,蜿蜒而动,前后摇摆,随时准备发动攻击。达克先生转动手指,握紧拳头,手臂上的肌肉随之扭动起来。

威尔也很想过去瞧瞧。可他站在原地没动。他望着吉姆,心里连连惊呼:吉姆!吉姆!

吉姆站在那儿,对面是那个高个子。两个人打量着对方,就像在夜里对着商店橱窗照镜子似的。高个子的粗呢西装好像变得黯淡了些,衬得吉姆的面颊愈加鲜亮,还让吉姆那双猫一样的绿眼睛带上了一种湿漉漉的贪婪神情。而吉姆则像个奔跑之后的运动员,嘴里喷着热气,双手张开准备接受馈赠。他收到的馈赠是活灵活现的画面:达克先生好像把手臂上的画面活剥下来,交给了吉姆。天上已经现出了星星,镇上的人早已坐在他们温暖的车里开回家了,而吉姆仍旧呆呆地瞪着那些画面。威尔什么都看不见,只听吉姆嘴里不停地喃喃道:"我的老天……"

达克先生抹下袖子,"演出结束。现在是晚饭时间,游园场地即将关闭,你们该回家了。欢迎明天再来。'西蒙',旋转木马很快就能修好,欢迎你来玩。卡片送给你了,你可以凭它免费乘坐旋转木马。"

吉姆盯着达克先生的手腕,随手把卡片放进自己的衣袋。

"再见!"

吉姆打过招呼之后,转身就跑。威尔急忙跟上。

跑出一小段之后,吉姆回头看了一眼,然后跳向侧边的一棵大橡树,不见了踪影。

威尔停下脚步,发现吉姆已经攀住一根树枝,正向上扭动肢体,想藏到树上。他回头观望,看到达克先生和库格先生正在旋转木马的转台上埋头忙活。

"快到树上来，威尔！"

"吉姆，你想干什么？"

"他们会看到你的。快跳！"

威尔不假思索地往上一跳。吉姆伸手拉了他一把，帮着他上了树。

风在空中咆哮。大树在摇晃。两个男孩隐伏在树上。

"吉姆，我们不应该待在这里！"

"别说话！"吉姆小声说道。

旋转木马那边传来一阵微弱的汽笛风琴的呜咽声。

"吉姆，你在那家伙的手臂上看到了什么？"

"看到一幅画。"

"我知道是一幅画，但它是一幅什么画？上面画着什么？"

"那是一幅——"吉姆闭上眼睛，"——嗯，上面——画着一条蛇，是的，一条——活生生的蛇。"但说完话睁开眼睛时，吉姆的眼光却躲开了威尔的直视。

"好吧，我就知道你不愿意告诉我。"

"我没骗你，威尔，真的是一条蛇。下次我会让他给你也看看，你想看吗？"

不。威尔心想，我可不想看。他低头看着树下被白天的游人踩出的印迹，突然觉得现在已经很晚了。

"我想回家……"威尔说。

"好啊。"吉姆说，"那就撇下镜子迷宫，撇下失常的弗利小姐，还有，别管那个神秘的避雷针推销员和他扔掉的皮袋了，还有奇异的旋转木马和图画人手臂上活动的蛇形图案。回家！好吧，老朋友。再见，威尔。"

"我——"威尔一时语塞。

只听得旋转木马那边有个声音喊道："都准备好了吗？"

"准备好了！"有人在另一边回应道。

离两个男孩不足五十英尺的地方，达克先生站到了旋转木马售票亭旁的一个红色操控箱前。他向四面扫视一圈，犀利的眼光扫过威尔与吉姆藏身的大树。

威尔和吉姆抱紧树枝，不敢出一口大气。

"启动！"达克先生一声令下。

伴随着一阵"砰砰轧轧"的机械摩擦声，旋转木马的转台慢慢扭动，黄铜扶手杆此起彼落，与扶手杆连在一起的动物模型开始旋转起来。

威尔心想：广告牌上不是明明写着设备故障，严禁开启么？

他瞥了一眼吉姆，却见吉姆正如痴如醉地盯着旋转木马。

旋转木马的运转看上去有点别扭，那是因为——

那是因为它正朝着相反的方向转动！

旋转木马转台旁的一架小型汽笛风琴颤抖起来，在一阵难听的"咔嗒咔嗒"的噪音之后，粗细不一的金属管吞吞吐吐地奏响了悲泣的音乐。

音乐同样不对劲。威尔心想：天哪，音乐也在倒着演奏。

达克先生突然向威尔这边转过头来，仿佛感应到了他此刻的想法一样。风吹树摇，达克先生耸了耸肩，掉过眼光。

转台越转越快，发出尖利的金属刮擦声，动物模具起伏跃动，已经倒转了一圈！

长着火红色头发的库格先生瞪大了他那令人难以置信的犀利的蓝眼睛，绕着圈子在四周巡查了一遍。他甚至走到了威尔和吉姆藏身的树下，威尔如果吐口水的话简直可以直接吐到他头顶上。

风琴声愈加刺耳，凄厉得让远处的狗都嗥叫起来。库格先生转身急速跑回旋转木马的转台,抓住一根黄铜扶手杆,借力跳上一具动物模型,骑到了模型后背的白色木椅上。

尾在前,头在后,转台上的动物模具反向转过一圈,再一圈,汽笛风琴上气不接下气地发出歇斯底里的抽泣声。

这段音乐,威尔心想,是什么曲子? 我为什么一听就知道它在倒着演奏?

威尔骑在树杈上,将胳臂抱在胸前,试图捕捉音乐的曲调。他在脑海里默默哼唱这首曲子,努力纠正反转的旋律。但就在他即将扭转旋律方向的瞬间,却突然感到黄钟大鼓在自己的胸口锤响,震得他心脏狂跳、脉搏激荡、血液回流。他的身体左右摇晃,差点掉下树去。

威尔赶紧伸手抓牢头上的树枝,将眼光从那台倒转的机器和达克先生身上移开,竭力摆脱脑子里嗡嗡乱响的曲调。

吉姆发现了新情况,伸脚踢了威尔一下。威尔抬起头,见到趴在侧上方树枝上的吉姆情绪激动地努了努嘴,示意他关注那个乘坐旋转木马的男人。

只见库格先生的脸就像正在融化的粉红色蜡像。

他的双手变得像洋娃娃一样光洁。

他的骨骼在收缩;他的衣服随着体格的变化相应地缩小。

旋转木马每转一圈,他的面容都会发生一次改变。

威尔看到吉姆沉浸在旋转木马转动的节奏里,不停地摇头晃脑。

木马在反转,光影在变幻,时光在倒流。一圈接一圈,库格先生变年轻了! 转过去时,他的背影被一层电晕包裹着,流光溢彩;转过来时,他蓝色的眼光扫过威尔与吉姆藏身的橡树,鼻子与耳朵变得越来越粉嫩。

根本看不出他是个四十岁的中年人。

现在,骑在木马上旋转着的库格先生,简直就是个十九岁的大小伙子!

反着转的木马和倒着演奏的音乐,令一个中年人蜕变为青年,接着又快速地使这个青年人蜕变为小孩子……

威尔目瞪口呆地看着库格先生变成十七岁、十六岁……

吉姆数着旋转木马转动的圈数。夜晚的空气似乎被转台上疯狂转动的黄铜扶手杆和动物模型摩擦得热烘烘的;另一方面,急速的气流又将扶手杆和一具具动物模型擦得锃亮。旋转木马开始减速,越转越慢;汽笛风琴上的铜管一根接一根地停止工作,古怪的风琴声渐渐低沉下去,归于沉寂,只剩下缓缓转动的转台还在"吱咽,吱咽"地发出有气无力的金属声。最后,在一阵沙子流过沙漏般的细微声响中,转台像水面上的一大团水藻,晃动几下,定住了。

坐在动物模型背上那个白色木椅中的人影已经变得非常瘦小。

现在,库格先生看上去与十二岁的儿童没什么两样。

别出声。趴在树上的威尔用嘴形向吉姆发出警告。

别出声。吉姆做出的嘴型与威尔一模一样。

那个小小的身影爬下动物模型,它的脸隐在阴影中,但它的双手却被马戏团游乐园的灯光照亮了:粉粉的,皱皱的,像初生婴儿的小手。

这个奇怪的"成年男孩"警觉地向四周望了望,似乎嗅出了附近存在某种危险因素。威尔抱紧树枝,将身体蜷成一团,闭上双眼。他感到"成年男孩"可怕的眼光像一枝飞镖,径直透过橡树细密的枝杈对准自己射来。等他调匀呼吸、睁开眼时,看到那个小小的身影像兔子一样蹦下旋转木马的转台,向远方跑去。

达克先生不见了踪影。四下里突然间变得静悄悄的。

吉姆藏身的地方传来一阵哗哗的树枝晃动的声响。他跳下橡树。威尔跟着跳下。两个男孩愣愣地站在地上,似乎还没有从刚才看见的那一幕中缓过劲来。他们身子微微发抖,不由自主地靠在一起,挽住对方的手臂。

他们抬眼远望,看见那个小小的身影此时已经跑出游乐园,好像正在引诱他们穿过草地、紧追而上。

"哦,威尔,真希望现在能待在家里,咱俩要是刚才回家吃饭就好了。可是,既然已经看到了这样的怪事,就一定得跟上去看个究竟! 对吧?"

"老天啊!"威尔无可奈何地感叹道,"我想是吧。"

两个男孩跑起来,跟踪着前面那个小小的身影。

谁也不知道那个身影会把他们带向何处。

19

最后一线天光隐没在小山后面。前方道路上,两个男孩追踪的对象变得越来越模糊。

天黑了。小镇已经亮起路灯。

"二十八!"吉姆气喘吁吁地说。

"你在说旋转木马吗?"旁边埋头奔跑的威尔抬起头说,"是的,我也数了,旋转木马反着转了二十八圈!"

在他们前面跑动的那个小小的人影突然停下脚步,回过头来。

吉姆和威尔赶紧闪身,贴到路旁的一棵树上。

他们尾随那个由成年男人变身而成的小男孩,已经从"月亮洼"一路跟进小镇。

"吉姆。"威尔小声说道,"我们刚才看见的旋转木马上也许一直有两个人在骑坐,一个是前面的小男孩,而库格先生是另一个——"

"不可能。我一直紧盯着他!"

跑过理发店的时候,威尔发现店面窗户上新贴着一张小广告,上面写着"因病暂不开店"。这时只听吉姆小声叫道:"嘿!他拐进了前面的胡椒巷,快跟上!"

两个男孩加快脚步,拐进胡椒巷。

"跟丢了!"威尔说。

长长的小巷空荡荡的,只有路灯洒下一路冷光,映照着人行道上被风卷动的落叶。

"威尔,弗利小姐家就在这条巷子里。"

"我知道,是第四幢房子,但是——"

吉姆把手抄在衣袋里,装出一副漫不经心的样子,吹着口哨,缓步走进小巷。威尔跟上伙伴的步伐,如同两个街头少年在闲逛。走到弗利小姐的房子下面时,他们同时抬起了头。

二楼的窗户透出柔和的灯光,窗口前有个人正在往下面看。

是个小男孩,年纪不会超出十二岁。

"威尔!"吉姆轻声惊呼,"快看那男孩——"

"那是弗利小姐的侄儿吧?"

"什么侄儿?活见鬼!那是库格先生!不管他的脸变得多年轻,眼睛是变不了的。"

"不可能!"

"我敢担保他就是库格先生！"

威尔停住脚步，想让急速跳动的心脏稍稍稳定一下。

"别停下，那样会引人怀疑。"吉姆拉紧威尔的手臂，拖着他迈开步子，"你没留意过库格先生的眼睛吗？他的蓝眼睛非常特别。刚才从那扇窗口往下观望我们的，就是那双蓝眼睛。好，现在，我们转身往回走。要走得自然一点，别让人看出我们现在非常紧张……对了，我们应该向弗利小姐发出警告，告诉她有个怪物闯入了她的房子。"

"吉姆，我们现在没什么办法给弗利小姐发出警告。"

吉姆没再说话，只是挽着威尔的手继续溜达，直到两人的目光再次相遇时，他才意味深长地对着好朋友眨巴了一下眼睛——眼皮慢慢合上，盖住腼腆的绿眼睛，然后再猛地睁开。

威尔不由得再一次将吉姆与自己从前养过的一条狗联系到一起。那条狗平时表现良好，逗人喜爱，但每隔几个月就会偷跑出去，好几天踪影全无。再回家时，狗狗总是骨瘦如柴、皮毛肮脏、步履蹒跚、伤痕累累，浑身散发着下水道和垃圾场的臭味。不过一到家里，狗狗就立即在鼻口上挂起一抹微笑，那副滑稽的样子让人感到又好气又好笑。父亲认为这条狗无所不知，简直是个荒野上的哲学家，因此给狗取名为柏拉图①。回家之后，狗狗浑若无事，很快就恢复了离家前那种天真无邪、举止优雅的状态。当然，几个月之后，同样的事必定会重演一遍。现在，吉姆就像那条准备偷偷溜号的狗狗。威尔觉得自己似乎能听到吉姆强作镇静的呼吸下面掩藏着骚动不安的"嘶嘶"声。他感到吉姆竖起汗毛、压下耳朵，正用鼻尖嗅探着他自己眼前未知的黑暗，嗅探着某种没人察觉的气味，嗅探着穿透时空的奇怪信息。

---

① 古希腊著名哲学家。

　　甚至连他的舌头也变得异常,老在嘴里搅个不停。两个男孩再次走到弗利小姐家门前时,吉姆的舌头顶了顶上嘴唇,示意在这里停一下。

　　两个男孩都注意到,二楼窗口的人影不见了。

　　"走,咱们去按按门铃。"吉姆说。

　　"怎么,要跟那个变身男孩面对面地交锋?"

　　"威尔,我们必须核实一下,对吧?万一那家伙想去谋害弗利小姐呢?我们只要凑近看一眼那双蓝眼睛,就能确定真相。"

　　"用不着我们去警告吧?如果那个男孩是库格先生的化身,弗利小姐一定会察觉的。"

　　"你说的只是一种可能,而且就算我们待会儿给她打电话也可能晚了。别说那些没用的。咱们行动吧!"

　　威尔叹了口气,跟随吉姆走向弗利小姐家的前门。

　　吉姆按响门铃。

　　"真见到他该怎么办?"威尔询问道,"伙计,我可有些害怕。你为什么一点也不害怕呢?"

　　吉姆低头瞧了瞧自己不住颤抖的双手。"我痛恨那个长着蓝眼睛的坏家伙。"他呼吸急促地说,"不过你说得没错,我确实一点也不害怕!"

　　门开了。

　　弗利小姐微笑着出现在门口,"吉姆!威尔!原来是你们俩呀,真让人高兴。"

　　"弗利小姐,"威尔的问候语脱口而出,"你没事吧?"

　　吉姆狠狠地瞪了威尔一眼。

　　弗利小姐不由得笑起来,"我为什么会有事?"

　　威尔红着脸嗫嚅道,"都怪迷宫里那些该死的镜子,我——"

"别再说啦。我早已忘掉那件不愉快的事了。孩子们,到我家来坐坐吧?"

她将门又拉开了一些。

威尔犹豫着抬了一下脚,没有向前迈步。

弗利小姐身后的门口,挂着一幅珠帘。珠帘上串着蓝黑色的珠子,如同雷雨时屋檐上垂下的雨幕。雨幕后面出现了一个男孩,穿着一双布满灰尘的小鞋子。

"罗伯特?"听到动静的弗利小姐转回身去,隔着珠帘叫了一声。接着,她温柔地握住威尔的手,将威尔轻轻拉进房间,"罗伯特,过来见见我的两个学生。"

珠帘一闪,威尔踏进了弗利小姐家的门厅。吉姆跟着进来,顺手带上房门。

威尔心想:这下可惨了,那家伙会直视我的眼睛,从我的眼睛里看出我知道旋转木马的秘密!

"弗利小姐!"走进客厅之后,威尔立即开口说道,"我们必须告诉你一件可怕的事情。"

一张粉红的小脸闪过门厅,小男孩显然在那里窥探客厅里的一举一动。

弗利小姐侧身对着威尔,露出期待的神情。一旁的吉姆悄悄在威尔手肘上狠捏了一把。

威尔红着脸,结结巴巴地说:"是关于克罗斯提先生的事!"

他一张嘴撒谎,就很自然地想到理发师克罗斯提先生,因为刚才跑过他的店面时,刚好看见那张贴在窗户上、写着"因病暂不开店"的小广告。

"是的,克罗斯提先生!"威尔飞快地说,"他死了!"

"什么？理发师死了？"弗利小姐惊呼一声。

"理发师死了？"吉姆的语气同样吃惊。

"看看我这发型。"威尔转了转脑袋，伸出发抖的手摸着自己的头说，"这就是克罗斯提先生剪的。我们刚才路过那里，有人告诉我们——"

"真可惜！"弗利小姐感叹了一句，然后走到门厅，拉着那个小男孩来到了威尔和吉姆身前，"很抱歉，孩子们。我这个侄儿名叫罗伯特，有些怕生，不大爱说话。"

吉姆直盯着那个侄儿的眼睛。

小男孩好奇地问道："你看什么呢？"

"你看上去很像一个我认识的人。"吉姆说。

吉姆！别冲动！威尔在心里向朋友喊道。

"像我的一个叔父。"吉姆说话时的语气十分平静。

那个侄儿扑闪着大眼向威尔看过来。威尔的眼光立即扫向地板；他不敢直视那双眼睛，担心这个小男孩会从自己的眼睛里发现旋转木马的影像。

不，别这么胆怯！威尔在心里给自己打气：抬起头来，面对他！

他抬起头，看着眼前的小男孩。

吉姆说得没错，确实是那双蓝眼睛。那双库格先生的蓝眼睛，只不过这双老眼隐藏在一个可爱的小男孩的脸蛋后面。小男孩的脸蛋现在如同一副万圣节的面具。

与此同时，吉姆转过头，眼光瞄向了摆在小茶几上的那个侄儿的照片。

"孩子们，看样子你们还没吃过晚饭吧？"弗利小姐问道，"你们坐下来稍等片刻，我马上就可以给你们——"

"不用麻烦，我们得走了。"威尔说。

每个人都将惊讶的目光投向威尔。

"吉姆，"他结结巴巴地说，"别忘了，你的妈妈，她一个人待在家里——"

"哦，当然。"吉姆应道。语气十分勉强。

"我有个主意。"小男孩突然开口说道，"我们可以来些甜点，对吗？"

"甜点？那倒是能节省不少时间。"弗利小姐说。

"明天我要和维拉阿姨到马戏游乐园去玩，你和我们一起去吧？"男孩拉着弗利小姐的手臂不放，直到她发出神经质的笑声。

"马戏游乐园？"威尔叫了一声，接着压低话音道，"弗利小姐，你说过——"

"我说过我是自己吓自己。"弗利小姐说，"今晚可是周末之夜，我们可以在草坪上的帐篷里去吃些甜点。"

"留下来吃一些吗？"那个侄儿拉着弗利小姐，问吉姆。

"好啊！"吉姆说。

"吉姆。"威尔说，"我们在外面疯玩了一整天。你妈妈会担心的。"

"对呀，我差点又忘记了。"吉姆怨恨地瞪了威尔一眼。

咔嚓。小男孩的眼睛给他们拍了一张 X 光片。毫无疑问，这暴露出了吉姆和威尔埋藏在温暖血肉之下、吓得不断颤抖的骨头。他伸出一只小手，对吉姆说："那我们明天在游乐场见。"

"一言为定！"吉姆握了握小男孩的手。

"再见！"威尔跳出门去，又转过身来，试图对老师发出最后的请求，"弗利小姐——"

"威尔，还有什么话没说吗？"

是的，别跟那坏小子一起去马戏团的游乐园。他在心里对弗利小姐说道：待在家里别出门，哦，拜托！

但他说出口的却是："克罗斯提先生，他死了。"

弗利小姐点了点头，脸上流露出一丝难过的表情。吉姆跟着出了门。两个男孩与老师告别之后，门关上了，挡住了那张粉红色的小脸，还有脸上那双仿佛两只镜头、对着惊魂未定的吉姆和威尔咔咔地拍个不停的眼睛。

威尔拖着吉姆，跌跌撞撞地走下弗利小姐门前的台阶。寒风吹落树枝上的枯叶，他的脑子里像旋转木马一样，转得天昏地暗。"吉姆，你还跟他握手！跟他，库格先生！你不会真的打算跟他见面吧？"

"没错，是库格先生。老天，瞧那双眼睛。"

威尔的眼角瞄到二楼玻璃窗上映出一个人影。他停下脚步，脑子里突然响起一段旋律。威尔在黑暗中皱了皱眉，"吉姆，还记得旋转木马播放的那段音乐吗？库格先生变年轻的时候响起的那一段。"

"怎么啦？"

"那是《葬礼进行曲》！倒着演奏的。"

"谁的《葬礼进行曲》？"

"波兰钢琴家肖邦创作的《葬礼进行曲》！"

"为什么要倒着演奏？"

"我想，也许因为库格先生是在离开坟墓，而不是走向坟墓。他变得越来越年轻，而不是越来越衰老。"

"有道理，威利。真有你的！"

"听着——"威尔低声道，"他又出现在窗户那里了。咱们向他做个再见的手势，然后吹着口哨离开。不过千万别吹肖邦的曲子——"

吉姆抬头挥了挥手,威尔也对着二楼窗户挥了挥手。两人同时用口哨声吹出《哦,苏珊娜》①的旋律。

小小的影子在窗口对着他们挥了挥手。

拐出胡椒巷之后,两个男孩加快了回家的步伐。

20

两份晚餐分别等候在两家屋子里,只可惜家长们不允许在外面疯玩了一天的两个男孩享用。

一位家长冲着吉姆大喊大叫,两个家长对着威尔大发雷霆。

然后,两个男孩被饿着肚子关进了各自楼上的卧室。

回家三分钟之后,威尔这边的家庭风暴结束了。

门"砰"的一声猛响。

钥匙在锁芯里"喀喀"转动。门锁上了。

墙上的挂钟"滴答、滴答"。

威尔站在自己的卧室门口。家里的电话在客厅里,所以他现在无法与弗利小姐取得联系。而且就算可以打电话,又怎么能在电话里把事情讲清楚呢?说她的侄儿不是她的侄儿?说那个小男孩根本不是小男孩?

他转头望向窗外,心想对面的吉姆一定和自己处境相同。现在时间还早,不能打开窗户与吉姆说话。一旦大人们发现两个刚犯下过错、被锁在卧室里的男孩居然不思悔改、开窗说笑,一定会火冒三丈。当然,他们

---

① 美国南北战争时期的作曲家福斯特创作的歌曲。

俩也必将受到更严厉的惩罚。

威尔在自己的床上四处寻探,希望能找到一块许久以前忘记吃掉的巧克力,填补一下空空的肚子。

挂钟"滴答、滴答"。

九点。九点半。

门上的球形门把轻轻转动了一下,父亲推开了锁着的门。

爸爸!威尔在心里说道:进屋来!我有话对你说!

但是父亲的脚停在门廊上,他只探进来半个头,脸上一副困惑的表情。

他脸上似乎永远挂着这种表情,看这架势是不会进屋了。

"威尔?"

威尔心中重新燃起希望:父亲也有话想对我说?

"威尔——"父亲说,并没有挪动脚步,"多加小心。"

"多加小心?"只听门廊另一头的母亲怒气冲冲地嚷嚷道,"这就是你要对他说的话?有你这样教育孩子的吗?"

"那我还能说什么?"爸爸嘟哝一句,拉上门,离开了威尔卧室的门口。他一边下楼,一边说:"他生龙活虎,我身体虚弱,怎么能要求我们之间有共同语言?他太年轻,而我又太老。上帝保佑,有时我真希望我们——"

话音未落,只听楼下房门"砰"的一声响。父亲已经出去了。

威尔心中一紧。

这么晚了别出去,爸爸!他在心里对父亲喊道:外面不安全!

他突然产生一种冲动,想抬起提拉窗,探出头去,向走在人行道上的父亲大声报警。

但他迟疑了一会儿。等他终于轻轻抬起提拉窗、探头向外张望时,父亲已经不见了踪影。他能肯定父亲是去图书馆,因为他只有那一个去处。

威尔稍稍放下一点悬着的心。图书馆是一座安全的迷宫,有很多房间和书架,很难找到比图书馆更理想的藏身之所了。

但父亲刚才说的那句"多加小心"是什么意思?他听到了汽笛风琴演奏的音乐?去过马戏团的游乐园?感觉到这两天小镇上有些不正常?

不可能!威尔心想,老古板的父亲不会关注这些事。

威尔朝吉姆的窗户掷出一枚小弹珠。

"啵"的一声轻响,小弹珠打在对面的窗玻璃上。吉姆没有回应。

他想象吉姆在一片黑暗中坐在床上,正着急地等待自己向他发出信号。

"啵",威尔又投出一颗小弹珠。对面窗口没有一点动静。

这可不是吉姆的风格。通常情况下,只需要"啵"的一声,对面的提拉窗就会立刻抬起,冒出吉姆的脑袋,然后他会一边伸出手指示意"嘘——",一边笑嘻嘻地与威尔挤眉弄眼。

"吉姆,我知道你在窗前!"威尔低声呼唤道。

"啵",还是没有回应。

我的父亲独自出门去了。威尔在心里对好朋友说:而你也清楚弗利小姐现在正与谁待在一起。吉姆!咱们今晚必须出去帮帮他们!

他把自己保存的最后一颗小弹珠掷了过去。

"啵——"小弹珠跌落到下面的草地上。

吉姆仍然没从对面的窗口冒出头来。

今晚怎么回事?威尔感到有些迷惑。他咬了咬自己的指关节,长叹一口气,躺倒在又冷又硬的床上。

21

威尔与吉姆两家的房子背后是一条小巷。小巷里有一段老旧的木板路,用厚实的松木板铺成。打威尔记事起这段木板路就在那里了。当格林镇的胡同一条条被翻新成水泥路的时候,威尔的祖父——一个热情似火、性格坚毅的男子汉——力排众议,坚持要求在自家房子后面修建一段传统的老路。最终,祖父和十多个能工巧匠自己动手,建成了这段四十英尺长的木板路。这段木板路夹在两头的水泥路中间,像一条说不出名称的怪物的骨骼。多年以来,日晒雨淋,已经很难想象出这段路刚建好时的样子了。

镇上的钟敲过十点。

威尔躺在床上,想到了祖父从另一个时代送来的这份厚礼。他正在等待木板路向自己发出召唤。木板路是用哪种语言发出召唤的呢?嗯,这只可意会……

男孩子们从来不会用直接按门铃这种方式呼朋唤友。他们通常采用的方法有:向墙板上扔泥块,朝屋顶抛橡果,在窗外吹口哨,或者在窗台上敲出一些神秘的节奏。

威尔和吉姆当然也不例外。

深夜,从墓地探险归来,或者塞住某个讨人嫌的家伙屋里的烟囱成功逃窜之后,两个男孩会在月光下的木板路上跳起木琴舞,用脚踩踏木板发出音乐声,让欢快的曲调在小巷里久久回荡。

这条音乐之路是威尔和吉姆多年前的得意之作。两个男孩经常为这些松木板调音(把"A"木板钉紧些,让它能基本准确地发出"哆"音;将

"F"木板撬起来一些,踏上一脚时可以发出"拉"音),直到两个时尚音乐家能在上面蹦跶出一些简单的曲调为止。

在夜里,利用简单的音乐可以传送丰富的信息。如果威尔听到木板路上踩响了《故乡的亲人》①,他就明白这是吉姆在召唤自己去河谷地带的洞穴中去探险;如果吉姆听到木板路上跳踏出《行军穿过佐治亚》②的曲子,就知道威尔已经到小镇郊外去侦察了一番,不过尚未发现成熟的李子、桃子或者苹果。

现在,威尔屏住呼吸,等待着吉姆踏响木板。

吉姆会踩出什么样的曲调来代表他们目前面临的困境呢?

神秘的马戏团游乐园、遇到危险的弗利小姐、变身为小男孩的邪恶的库格先生,哪首曲子能恰当地把这些因素都表现出来?

十点十五分。十点半。

没有音乐。

威尔不知道此刻吉姆正坐在他的房间里想什么?想镜子迷宫?他在里面究竟看到了什么?还有,他打算下一步怎么办?

威尔心潮起伏,坐立不安。

他不喜欢自己想到吉姆没有父亲,没有一个阻碍吉姆去调查"月亮洼"秘密的成年人。吉姆的母亲只希望儿子时时刻刻都待在自己身边,却根本管不住吉姆。今天晚上,吉姆一定会出来,一定会与自己一道去呼吸夜晚自由的空气。

吉姆!他在心里默念道:快点奏响我们的音乐!

十点三十五分,终于有了动静。

① 美国南北战争时期作曲家福斯特创作的歌曲。
② 美国南北战争时期流行一时的军歌。

威尔听到，或者更准确地说，他以为自己听到了音乐声。他能想象吉姆像一只弹簧猫，正在房子背后的木板路上——那架他们合力打造的巨大木琴上面——蹦跳着。不过这个曲调，怎么听着像是旋转木马的汽笛风琴倒着演奏的那首《葬礼进行曲》?!

威尔有些好奇地提起自家的窗户。但是突然间，对面吉姆的窗户也被人轻轻提了起来。

是吉姆! 他根本不在下面的木板路上，刚才的曲调只不过是威尔自己脑子里产生的幻觉。威尔张了张嘴，想对朋友说两句悄悄话，但他迟疑了一下，没有作声。

吉姆无声地顺着墙上的排水管溜下地。

吉姆! 威尔在心里呼唤道。

站在草地上的吉姆身体僵硬了一瞬，似乎听到了威尔心里发出的呼叫。

吉姆! 你要抛下我独自行动么?

吉姆抬起头向威尔的窗户瞥了一眼。

就算他看到了窗前的威尔，也没有表示出要叫上威尔一道出去的意思。

吉姆。威尔心想: 咱们可是患难与共的朋友，好东西一起分享，坏运气共同承受。这可是你第一次故意避开我，独自溜出去!

吉姆像一只蜥蜴穿出草坪边的树篱，转眼间不见了踪影。

威尔不假思索地从自家窗口爬出，溜到草地上，快速越过树篱。他一眼就看到了吉姆的背影，他没有走街边的人行道，而是在人行道侧边的草地里鬼鬼祟祟地潜行。

威尔心想: 我为什么不好好待在家里? 我跟在吉姆身后干什么? 我

从来没有一个人在夜里出过门,如果跟丢了前面的吉姆怎么办? 吉姆这个时候到底想去哪里?

吉姆像一头追踪老鼠的猫头鹰,无声无息。威尔像一个尾随猫头鹰却忘了带枪的猎人,大步追赶。

星光下,两个男孩拖着他们的影子走过小镇十月的草坪。

22

前面的吉姆停下脚步,显然已经到达了他的目的地: 弗利小姐家的房子。

吉姆忽然回头瞄了一眼。

威尔连忙闪身躲到旁边的树丛背后。借着街边的路灯光,威尔在树丛后见到一幕完全出乎他预料的景象:吉姆将手圈在嘴边,抬头对着弗利小姐家二楼的窗户低声呼唤,"喂……这边……"

惨了! 威尔心想:吉姆精神失常了,一定是被镜子迷宫害的。

"嘿!"吉姆轻声呼叫,"喂……! "

一个模糊的人影出现在二楼的窗口,正是那个十二岁的小男孩,那个侄儿。

天啊。威尔心想:弗利小姐没出什么事吧? 我希望她安全地待在家里,而不是像那个避雷针推销员一样莫名其妙地失踪!

"喂……! "

吉姆神不守舍地仰望着二楼的窗户,与他在胡桃木小巷吊在树上抬头看那个怪诞的"剧场"时一样,眼光迷醉而专注。如果说吉姆是只猫,那么这会儿他就像看到了等待已久的老鼠的身影。只见吉姆本来半蹲着的身体慢慢拉伸变高,仿佛有一条无形的绳索正牵动着他周身的骨骼。

威尔咬紧牙关。

他感觉一片巨大的阴影从弗利小姐家二楼的窗口上弥漫而出,像一团凛冽刺骨、无孔不入的冷空气,即将沉降而下,笼罩吉姆。

威尔再也无法忍受这种感觉,一横心,跳出藏身的树丛,冲到好朋友身边。

"吉姆!"他一把抓住吉姆的手臂。

"威尔,你来这里做什么?"

"吉姆,别和他说话!我的天啊,他会把你嚼着吃掉,只吐出骨头渣子!"

吉姆用力扭身,挣开了被威尔抓着的手臂。

"威尔,回家去!你来这里只会把事情搞砸!"

"我有些怕那个家伙,吉姆。你到底想干什么?老实告诉我,今天下午,在镜子迷宫里,你是不是看到了一些奇怪的东西?"

"是的……"吉姆咕哝道。

"看在老天爷分上,告诉我,你究竟看到了什么!"威尔伸手抓住吉姆的衬衫领口,感觉到吉姆的心脏正在胸腔里快速地跳动。"吉姆——"

"别那么激动,先松开手。"吉姆镇定下来,说道,"如果他知道你在这里,就不会出来了。威利,你要是不放手,到时候,我一定会记恨——"

"到时候?到什么时候?!"

"长大的时候,真可恶!长大!"吉姆啐了威尔一口。

像被闪电打了一样,威尔向后一跳。

他愣愣地看了看自己的双手,抬起一只,擦掉脸上的唾沫。

"哦,吉姆。"

他的耳边似乎听到了旋转木马"砰砰轧轧"开始转动的声音,眼睛仿佛看见了吉姆骑在那匹雄壮的黑色牡马背上,在漆黑的夜里转着圈。看!他在马背上转呀转呀。只不过这一回旋转木马是正着在转,不是吗?吉姆!转一圈,你十五岁了;再一圈,十六了;再转三圈,你十九岁!音乐!正常播放的《葬礼进行曲》!你二十了,又高又大。再也不是那个还不满十四岁的少年,再也不是那个和我在一起的吉姆——和年轻脆弱的我在一起,和充满恐惧的我在一起。

威尔跳上前去,狠狠一拳打在吉姆鼻子上。

接着他猛扑到吉姆身上,抱着他滚倒在草地旁的灌木丛中。吉姆张大嘴,刚要怒骂出声,威尔已经伸出拳头堵住了他的嘴。吉姆咬住威尔的拳头,在窒息中发出一连串愤怒的哼哼声。

弗利小姐家的前门打开了。

威尔用自己的身体压住吉姆,顾不得手上的疼痛,继续用拳头塞紧吉姆的嘴。

一个小男孩的身影站在门口,向门外四下张望一阵,没有找到刚才呼叫他的吉姆。

路灯光下,只见那个名叫罗伯特的小孩走上了草坪。小男孩双手自然地抄在衣袋里,嘴里吹着轻松的口哨,身上完全没有一点成年人的影子。看上去他与别的男孩子一样,只不过在家门口闲荡几步,呼吸点夜晚的新鲜空气。威尔简直有点怀疑,将这个男孩与库格先生联系到一起,是不是自己的精神有点不正常?

换个时间和地点,眼前这个比他们小两岁的男孩完全可以和他们打成一片,一起捉迷藏,一起玩游戏,一起奔跑。其实他长得很可爱:闪亮的大眼睛像星星,粉嘟嘟的圆脸像桃子。

他终于发现了灌木丛旁边草地上的威尔和吉姆。他低头俯视着手脚缠作一堆的两个男孩,脸上露出一丝轻蔑的嘲笑。

那个侄儿突然转身,跑回屋去。只听他跑上楼,不知在翻找什么。紧接着,他又从屋子里冲出来,朝两个男孩扬了扬手。威尔和吉姆眼前一阵花,不知那个侄儿扔过来一把什么东西,打在他俩身上,又"叮叮当当"地弹落到旁边的草坪上。路灯的映照下,那些零碎东西闪着黄金和宝石的光泽。

那个侄儿从门廊前的栏杆旁纵身跳到草地上,动作轻快敏捷,像一头小黑豹。

"救命呀,警察!"那个侄儿叫喊起来。

威尔和吉姆慌忙放开缠在一起的手臂和腿脚。

两个男孩同时伸手去捡那个侄儿向他们投掷过来的那些东西。

"我们惨了,一个手镯!"威尔说。

"一枚戒指!一条项链!"吉姆说。

那个侄儿伸脚踢响路边的两个垃圾桶。

随即,二楼另一扇窗户亮起灯光。

"警察快来呀!"那个侄儿将手上剩下的最后一个闪光的暗器投到他们脚下,转身跑到街上,很快不见了踪影。

"别跑!"吉姆一纵而起,"我们不会伤害你!"

威尔伸出脚去,把正准备拔腿追赶那个侄儿的吉姆绊了个跟斗。

二楼亮灯的提拉窗被抬起来,探出了弗利小姐的头。

吉姆跪在草地上,手上拿着一块女式腕表;威尔则怔怔地盯着自己手上的一条项链。

"谁在下面?!"弗利小姐厉声叫道,"吉姆和威尔吗？你俩手里拿着什么?!"

吉姆转身便跑。威尔站在原地,看到弗利小姐从窗前消失,接着听到屋里传出弗利小姐的惊呼声,知道她正在查看房间,已经发现了珠宝首饰失窃的现场。

威尔心想,我得去追吉姆。他很清楚那个侄儿是在故意栽赃,他想捡起地上的珠宝走进弗利小姐家中,当面告诉她真相。但是,他必须先拯救吉姆！

跑出好长一段路之后,威尔还能听到身后传来弗利小姐愤怒的喝骂声。

威尔·哈洛韦！吉姆·赖谢！鬼鬼祟祟的夜行者！小偷！这就是我和我的朋友！威尔思绪纷乱:哦,上帝！不会有人相信我们的解释！神秘的马戏团,疯狂的旋转木马,可怕的镜子迷宫,化身为小男孩的邪恶的库格先生,所有这一切,谁会相信是真的？

在星光下奔跑追逐的男孩们如同三个动物:一只黑水獭,一只猫,一只兔子。

威尔想:我是兔子。

一只惊恐的白兔。

23

三个男孩冲向"月亮洼"——马戏团的主会场,时速足有二十英里,误差最多一英里。那个侄儿领先，吉姆紧紧跟随，威尔拖后了好长一段。他觉得头昏脚软，心跳加速，上气不接下气。

跑在最前面的那个侄儿不时回望，刚才那种嘲笑的表情早已不见了踪影。现在，他的脸上布满惊恐。

他没想到！威尔心想：他认定我会去报警，或者找个地方藏起来。他完全没想到我紧追不舍。他怕我抓住他，把他揍个半死。他想跳上旋转木马，重新变成强壮的库格先生。噢！吉姆，我们必须阻止他，必须让他留在现在的岁数，必须剥开他的伪装！

但是威尔心里十分清楚，吉姆是不会帮忙的。吉姆跑得这么快，不是为了抓住那个侄儿。他是想坐上旋转木马。

遥遥领先的那个侄儿消失在马戏团游乐场上搭建的一座帐篷后面。吉姆跟着不见了踪影，威尔这时才刚刚跑进游乐场。

前方的旋转木马处传出一阵机器开动的噪音。威尔一边吃力地跑动，一边眯缝着眼向前望去。汽笛风琴开始发出呜咽声，只见那个侄儿已经跳上转台，骑上一具动物模型。

明亮的灯光下，旋转木马的转台缓缓转动起来，犹如一个巨大的旋涡，卷起阵阵午夜的尘埃。

距转台不足十步，吉姆看着那些起伏飞跃的动物模具，眼里仿佛燃烧着火焰，映照出转台上那匹黑色牡马。

这一次，旋转木马果然是头前尾后地顺时针转动！

吉姆向它倚了过去。

"吉姆！"威尔高声叫道。

旋转木马带着那个侄儿转了过来。他伸出粉红色的小手，温柔地催促道："吉姆，快上来……"

吉姆身子一颤,向前跨出一大步。

"别上去!"刚好赶到的威尔猛地跳到吉姆跟前,张开双臂,抱紧吉姆。

惯性作用之下,两个男孩跌跌绊绊地倒在了旋转木马旁边的空地上。

那个侄儿脸上露出惊讶的表情,随着转台慢慢转开。

这家伙已经长大了一岁。倒在地上的威尔心想:比一岁前更高,比一岁前更壮,比一岁前更凶狠!

"哦!天哪,吉姆,快!"威尔跳起身,跑到旋转木马的控制箱前。控制面板上有一个由陶瓷和铜制成的电闸,控制面板下面纵横交错的电线发出"咝咝"的响声。

威尔伸手想要拉下电闸,但身后的吉姆拽住了他的手,"不!威尔,你会毁了它的!"

吉姆伸出手,将已经拉下来一点的电闸重新合上。

威尔猛地转身,一巴掌抽到吉姆脸上。两个男孩立即扭作一团。他们的身体紧贴着控制箱,双手交错相接,手肘加劲。

这是他们平时经常玩的一种角力游戏,只不过这一次双方都下了狠劲。

一时之间,胜负难分。

威尔眼睁睁地看着那个邪恶的男孩又大了一岁,再一次旋转着隐入背光的一面。再过五六圈,他会比他们俩加起来更高大、更强壮。

"吉姆,再过一会儿他就能杀了我们!"

"他不会杀我!"

威尔忽然感到身上如针刺一般。触电了。他大叫一声,挣开与吉姆胶着在一起的手掌,不顾一切地拉动电闸手柄。控制箱内发出"哔哔剥剥"一阵爆响,紧接着,一道电光从控制箱内闪射而出,冲向天空。

吉姆和威尔被这股爆发力直弹出去,双双倒在旋转木马旁的空地上。

他们躺在地上,目瞪口呆地看着突然间开始疯狂加速的旋转木马。

邪恶的男孩"嗖"地旋过来,转进了灯光下,他紧紧攥着黄铜扶手杆,破口大骂,唾沫飞溅。他对抗着风,对抗着离心力,竭力爬过一匹匹动物模型,试图爬到旋转木马的外圈。他的脸过来了,又过去了,过来,过去。他抓挠着,叫唤着。控制箱喷出一股蓝色火花。旋转木马猛地一震,将他从一具动物模型背上颠了下来,摔在转台上。一匹黑马的钢蹄在起落间恰好撞上他的头部。鲜血立即印上了那个侄儿的额头。

吉姆龇牙咧嘴地翻滚着,挣扎着。威尔把他紧紧摁在地面。两个男孩脸色惨白,心脏狂跳,一边扭打,一边大叫。控制箱上的开关"啪啪"地闪耀着白热的电火花,旋转木马转了三十圈,四十圈——"威尔,放开我!"——五十圈。汽笛风琴如同哭丧一样号叫着,终于像烧干水的蒸汽火车汽笛一样断了汽,没了声音。电光闪闪,照着两个大汗淋漓的男孩,照着不断旋转的木马,也照着平台上的那个身影:不再是男孩,是个男人;不再是男人,比男人老得多;又老了些;更老了些。转,转,转,老,老,老。

"他——哦,天哪,他——哦,你瞧,威尔,他——"吉姆哽咽道。他抽泣着,嗓子仿佛被一只无形的手紧紧掐住,哭不出声来。"哦,老天,威尔,快起来!我们必须启动旋转木马,让它倒着转!"

游乐场的主帐篷里突然亮起了灯光。

但是没有人从里面出来。

怎么没人出来?威尔心想,被电火花吓住了?这些家伙觉得世界爆炸了?达克先生哪里去了?去镇里?做什么?为什么?

他觉得自己听到了那个痛苦不堪、在木马转台上蠕动的人的心跳:飞快、然后慢下来、快、慢、很快、很慢、快得惊人、接着又缓慢得像滑落天幕的冬夜的月亮。

旋转木马的转台上不断传来微弱的呻吟声。

感谢上帝现在天黑,威尔心想,感谢上帝我看不见。那边有个人,不,刚才是人,现在是别的什么东西。那东西又变了,又变一次,再一次……

不住震动的转台上,一个可怕的身影在挣扎。它竭力站起来,但是太迟了。迟了,迟了,已经迟了,迟得不能再迟了。那个身影坍塌下去。而旋转木马仍在旋转。它像旋转的地球一样,转走空气,转走阳光,转走你的感知能力,剩下的唯有黑暗、阴冷,和衰老。

控制箱最后一哆嗦,电闸从控制面板上脱落下来,掉到地上。

马戏团游乐场所有开着的灯都灭了。

旋转木马转得越来越慢,终于缓缓地停在了夜晚的寒风中。

威尔松开了压住吉姆的双手。

刚才转了多少圈?威尔心想,六十、八十、九十圈?或者更多?

刚才转了多少圈?吉姆的脸上提出了同样的疑问。那张脸的表情宛如刚从噩梦中醒来,面对着冻结的旋转木马,面对着一个停滞的世界,那上面的一切都已死亡,不可能再恢复生机,没有什么能回到过去——心脏回不去,手回不去,头也回不去。

两个男孩战战兢兢地靠近旋转木马,鞋底发出咯吱咯吱的声音。

只见一个黑乎乎的人形躺在转台外圈的木地板上,脸冲着里面。

他的一条手臂悬在转台边缘。

不是小男孩的手。

像一只被火烤得枯萎了的蜡手。

他白色的头发稀疏,细长,在微风吹动下如同飘拂的蛛丝。

两个男孩弯下腰,去看他的面孔。

他的眼睛像木乃伊一样闭着。鼻子完全塌陷。他的嘴如同一朵衰败的菊花,扭曲的花瓣紧缩着,薄薄的嘴唇直贴在门牙上。他体型瘦小,穿着小孩子的衣服,但很明显,他并不是个小孩。

他是一个老人。九十岁?不。一百岁?不。他老得让人不敢相信!

威尔轻轻碰了一下他的手。

冰冷!如同一只死青蛙。

他的身上散发出沼泽地特有的那种难闻的腐败气味。说不定古埃及木乃伊用的裹尸布散发出的就是这种气味。他应该被裹在烟碱色的亚麻布里放进博物馆,密封到玻璃棺中。

他还活着,像刚出生的婴儿一样在呜咽。他的身体不断颤抖、萎缩,就在他们眼前走向死亡。

很快,他安静下来,不再动弹,呼吸也好像停止了。

威尔掉转头走开两步,在旋转木马旁的空地上翻肠倒肚地呕吐起来。

过了好一阵,两个男孩相互搀扶着。脚步沉甸甸的,走过癫狂的落叶,走过发疯的草地,走过摇摇晃晃的大地。迈动麻木的双腿,他们离开了这个可怕的马戏团游乐场……

24

小镇边上一处荒凉的十字路口处,孤零零地竖着一根高高的路灯柱。几只白色的蛾子在上面的弧光灯旁盘旋飞舞。路灯下有一个萧条孤寂的加油站。

加油站旁边的电话亭里,挤站着两个脸色苍白的男孩。偶尔有蝙蝠从空中俯冲下来、掠过电话亭时,两个男孩都会不由自主地挤得更紧些。

威尔放下电话之后不大一会儿,小镇方向开来一辆警车和一辆救护车。

他和吉姆争执了很久才决定报警。现在,终于看到鸣响警笛、亮着警灯的警车颠簸着快速驶来,后面还跟着一辆救护车。威尔不由得松了一口气。

飞蛾在弧光灯上扑扇着翅膀。借着灯光,赶到加油站的警察清楚地看见了电话亭里那两个吓得牙齿格格作响的男孩。

三分钟后,两辆车开到了马戏团游乐场。一行人下车前往事发地点。吉姆在黑暗中带路,一路上喋喋不休地诉说事情的经过:"他应该还活着。他肯定还活着。我们不是故意的! 我们很抱歉! "

"别紧张,孩子。"一个警察说,"慢慢讲。"

两个警察穿着蓝色制服,像夜行动物;两个救护医生穿着白大褂,像幽灵。两个男孩领着他们进入马戏团游乐场,经过摩天轮和游乐场奇怪的黑色主帐篷,来到了旋转木马场地。

吉姆从喉咙里发出一声呻吟。

转台上的动物造型一如既往,它们背上插着的一根根黄铜扶手杆不时反射出点点星辉。整个场地静悄悄地,没有什么异样。

"不见了——"威尔吃惊地说道。

"他刚才就在这儿,我们可以发誓! "吉姆说,"他有一百五十岁或者两百岁,就死在这地方。"

"吉姆。冷静。"威尔说。

四个成年人向两个男孩投射出怀疑的眼光。

"一定是有人把他搬进了帐篷。"威尔说道。

"你说他有一百五十岁？"一个警察皱了皱眉头，向吉姆问道，"为什么不说他有三百岁呢？"

"也许他真有三百岁。哦，上帝！你们根本不相信我们！"吉姆转身，突然对着主帐篷大喊起来，"库格先生！我们找到人来帮助你啦！"

巨大的主帐篷内部突然亮起灯光，照亮了挂在帐篷入口处上空的那些横幅广告。广告横幅如同一面面翻飞飘舞、猎猎作响的旗帜。一个警察抬头仰望，只见那些巨大的标语布上分别印着：骷髅人。尘埃女巫——塔罗牌小姐。喝岩浆的怪物……

吉姆在主帐篷入口处停下了脚步。

"库格先生？"吉姆的语气中透着恳求，"你……在里面吗？"

帐篷口的帘布被一股温暖的风吹开。

吉姆迈开脚步，走进主帐篷。一行人跟着进去。

他们一边走过主帐篷内部纵横交错的撑竿，一边东张西望地看着这个与外界迥然不同的世界。

只见主帐篷内大大小小搭着许多舞台，布局繁复，灯光迷离。不过最令人吃惊的是散布在帐篷内的那些长得奇形怪状的人。

一张摇摇晃晃的牌桌前坐着四个人，手里抓着颜色各不相同的纸牌。纸牌背面印着各种怪诞的野兽。一个几乎没长肉的人，骨骼上紧包着一层皮，显然是骷髅人。他旁边坐着一个像皮球一样的大胖子，不停地发出"嗞哟，嗞哟"的呼吸声。还有一个身上长满肉瘤的人，像只癞蛤蟆。

正对威尔坐着的，是个侏儒。他手里抓着一把牌。如果不是因为有这把纸牌，你甚至不知道后面坐着一个人！

威尔看见那双握着纸牌的手有些颤抖，手指关节像树瘤一样突起。

侏儒！威尔凝视着这双手上的指关节,觉得似曾相识。纸牌背后那个侏儒是谁? 为什么我觉得自己在什么地方见过这双手?

威尔没有多想,因为他的视线很快被其他身影引开了。

表演恶魔断头台的舞台上,站着一个黑衣黑裤的刽子手。他戴着一个只露出双眼的黑头罩,双手交叉,抱在胸前。断头台高高矗立在舞台上,悬在上方帐篷顶上的铡刀片寒光凛凛。下面铡刀槽的缺口处放着一个人体模型,正在等待从天而降的断头铡刀。

另一个台子上站着的显然是喝岩浆的怪物。他张开大嘴,露出火红的舌头和被烧焦的牙齿,将手里的一团火球抛来抛去玩过一阵之后,猛地抛上半空。火球发出"嘶嘶"的响声,冲到帐篷顶部时稍一停驻,然后直落下来。

旁边几十个畸形人盯着火球。就在这时,岩浆怪物瞥见了刚进帐篷的一群人,挥了挥手,接住掉下来的火球,将火球浸入身边的水槽。

白汽蒸腾,缭绕的烟汽像一幅图画。

鸦雀无声。

威尔的眼光四下一扫。

帐篷内最大的中央舞台上,一根文身用的尖针悬在空中,像一只飞镖。尖针后面是一只手,手后面是达克先生,那个图画人。

图画人赤裸着上身,暴露的皮肤都已经纹满了图案。他刚才正在自己的左掌心纹一只蜻蜓。现在,蜻蜓已经凝定在他的手心里。他转过身来。

但是,威尔的眼光望向了图画人的身后,大声叫道:"在那里! 那就是库格先生!"

警察和救护医生绷紧了身体。

达克先生身后放着一张电椅。

椅子上是一具残躯。就在刚才,这具残躯还软瘫在被损坏的旋转木马上,像个惨白的蜡人。而现在,它被立了起来,支撑着,捆在那张通电的椅子上。

"就是他!库格先生!他已经……死了。"威尔说。

牌桌旁,胖子分开了交叉盘曲在桌下的肥腿;身材高挑的骷髅人慢慢站起;长满肉瘤的怪人蹦跶了一下;侏儒扔掉手上的纸牌,露出真容。

我果然认得他。威尔心想:哦,上帝,他怎么变成了这副模样!

这不正是那个失踪的避雷针推销员吗?

只不过眼前这位的形体发生了巨大的改变。不知他被什么力量压扁、捏紧、挤小,变成了一个侏儒!

就在这时,站在断头台旁边的刽子手响亮地清了清嗓子。

刚才高悬在半空中的铡刀顺着断头台两侧的轨道"哗"地直切而下。

下方铡刀卡槽上人体模型的头颅,霎时被刀片齐齐斩断,滚落到一旁。

人头翻滚的时候,看上去很像是威尔自己的头颅,那张脸似乎也和威尔自己的脸一样。

威尔真想跑到台上,捡起那颗模型头颅看个究竟。但他没有移动脚步。

中央舞台旁边一个与电话亭差不多大小的玻璃盒子里亮起了幽绿的灯光。映现出外面的说明标签:尘埃女巫——塔罗牌小姐。

一个如同蜡像的女人站在玻璃箱里,对突然闯入帐篷的外人点头致意。她泛着蜡光的冷冰冰的手上拿着一把掸扫灰尘的刷子。她的眼睛被细细的黑丝缝合着,无法睁开。黑丝交织在她的眼皮上,如同两只黑寡妇蜘蛛。当警察手里的电筒射向她时,这个面相诡异的女人嘴角露出了微笑。两个警察似乎放松了刚才绷紧的神经，开始好奇地打量着这个杂技与魔术的世界。

"先生们！"站在中央舞台上的达克先生挥动了一下手臂，一条文在他二头肌上的埃及毒蛇如同活物般扭动了一下。"欢迎大家赏光！我们正在排练精彩的节目！"他稍微挺了一下胸口，只见他肚皮上文着的各种面目狰狞的动物全都张牙舞爪地活动起来。

是他的皮肤上刺着这些怪物，威尔心想，还是这些怪物揪着他的皮肤、拉扯着他？

脚步声响起。来自一个个咯吱作响的舞台，来自铺满锯末的地面。威尔感到所有的畸形人都聚了过来，还有那两个医生和警察。所有人都被图画人吸引住了。如此之多的动物和人，齐聚在一个人的皮肤上，让这个人的一举一动都仿佛千军万马在同时行动，发出无声的巨响，将这个巨大的帐篷填得满满的，攫住了每一个人的注意力。

汗湿的皮肤上，图案纵横交织，仿佛满载怪兽的火车出了轨，将千奇百怪的活物倾倒在地。密密麻麻的针刺形象中，一个图案动了起来，那是达克先生的嘴唇。它发出了声音。声音来自胸腔深处，如同汽笛风琴的声音一样，震动了靛青色的针刺众生，震动了站在锯末地面上的有血有肉的畸形人。吉姆和威尔也感受到了这种深入骨髓的震颤，以及随之而来的、深入骨髓的恐惧。

"先生们！孩子们！我们刚好排练成功一个新节目。你们不妨先睹为快！"达克先生高声说道。

走在最前面的警察将手看似随意地放在枪套上。他眯缝着眼，盯着达克先生皮肤上变化万千的动物和怪兽。"这两个男孩对我们说，你们这里有一位库格先生——"

"对你们说？"图画人放声大笑。下面的一众畸形人吓了一跳。但那位万兽之主镇定自若地抚摸着他身上的怪物，不知怎么回事，好像顺便也安抚了站在他面前的那些畸形人。"男孩们对你们说了些什么？他们又看到了些什么？看马戏的男孩子总喜欢大惊小怪，吓唬自己，对吧？怪物一跳出来，他们就吓得撒腿便逃，像一群兔子。比如今晚。特别是今晚！"

说话的警察瞥了一眼达克先生背后的电椅，还有电椅上那具残躯。"这人是谁？"

威尔看到达克先生的眼里飞快地闪过一丝怒火，又看到他以同样的速度把它熄掉。

"这是我们新节目的主角。电先生。"图画人说道。

"不对！你们看看呀！"威尔喊道。凄厉的叫声让两个警察的眼光转了过来。

"你们难道看不出来吗？"威尔说，"他死了！他能坐着不倒，全是因为那些绑住他的皮带！"

那两个医生只是呆呆地望着黑色椅子中的那具皮囊。

哦，天哪。威尔心想：我们原以为事情很简单——库格先生快死了，但只要我们叫来医生，就能救活他。或许他会原谅我们的，或许这个马戏团也会答应放过我们，不伤害我们。没想落到了这个地步。怎么办？他死了！太迟了！所有人都会把这笔账算在我和吉姆头上。

阴森森的寒气笼罩威尔，也笼罩着在场的众人。寒气来自电椅上那具不祥的木乃伊，来自它冷冰冰的嘴，还有那双冰封的眼皮之下的冷冰冰的眼睛。那两只冰冷的鼻孔中没有一丝气流。衬衣下面，库格先生的肋骨没有一点起伏。土灰色的嘴唇下面，他的牙齿同样冰冷，没有任何生机。如果大中午把他抬到阳光下，准能看到他身上蒸腾而起的冷雾。

两位救护医生交换了一个眼色，点了点头。

看到医生示意，两个警察同时向前迈出一步。

"先生们！少安毋躁！"达克先生手里举起一个电动开关面板，"我们马上要让十万伏特的电流通过电先生的身体！"

"不！别让他这样干！"威尔喊道。

警察们又向前迈进一步。两位救护医生窃窃私语，似乎正在讨论眼前的情况。达克先生的眼光射向吉姆。

吉姆叫道："没关系！这只是一个演出节目！"

"吉姆！你说什么？"威尔瞪着吉姆说道。

"威尔，真的，不会有事！"

"大家往后站开一点！"达克先生拉住控制面板上的开关手柄说，"电椅上这个演员处于休眠状态。这正我们新节目的关键所在，我催眠了他！如果你们把他惊醒，他反而会受到更大的伤害！"

救护医生不再说话。两位警察也立定了脚步。

达克先生继续说道："十万伏特！但不用担心，不会危害他的身体！"。

"不！"威尔想扑上前去。

一个警察抓紧威尔的胳膊，打消了他的冲动。

图画人和伏在他身上的所有人、兽猛地动了。手、爪和獠牙扑到了开关上。

帐篷里所有亮着的灯骤然间熄灭。

警察、医生和两个男孩吓得浑身一震。

深夜的黑暗中，那张电椅仿佛成了一座火炉，上面的人形周身通明，像一株树，在秋天里通体枝叶转成了蓝色。

警察向后缩。医生向前挪。畸形人们也向前挤去，眸子里反射着蓝色的火花。

图画人的手仿佛与控制面板凝成了一体,他的眼睛盯着那个老态龙钟的人形。

那个老人毫无疑问已经死了,但电光给他的身体笼罩了一层活力。电光在他冰冷的耳郭流动着,在他干枯如古井的鼻孔里闪烁着。蓝色的电鳗蠕动在他如同螳螂前肢一样的手指和蚂蚱后腿一般的膝盖上。

图画人的嘴巴张得很大,也许他在叫喊,但没有人能听到。他的声音淹没在电流的巨响声中。电在哧哧地流动,砰砰地爆炸;它裹胁着那个老人,包围着那张椅子。复活!嗡嗡的电流呼喊着。复活!灼灼的电光呼喊着。复活!达克先生的嘴唇在呼喊,但是没有发出声音。不过吉姆和威尔读懂了图画人的唇形。复活!达克先生催促着老人:起来,动弹,吞口水,啐唾沫,抖擞精神,魂兮归来……

"他已经死了!"但在雷鸣电掣的爆响声中,没人听见威尔的叫喊,哪怕他用尽了全力。

复活!达克先生的嘴唇扭动着。复活,复活!他将控制面板上的开关推到了最高挡。活过来!活过来!某个看不见的地方,电机在抗议,在尖叫,在嘶鸣。它呻吟着,榨出最后一丝蛮力。电光变成了惨绿色。死吧,死吧,威尔说。活过来!活过来!机器吼叫着,电光吼叫着,火焰吼叫着,图画人身上栩栩如生的人与兽张开大嘴,同声吼叫着。

坐在电椅上的老人头上闪动着电火花,冒出缕缕青烟。他的头发渐渐竖起。电流宛如血滴,从垂在电椅扶手上的两只手的手指甲里缓缓渗出,嗞嗞有声地滴溅在舞台的松木板上。紧闭的眼皮下绿光隐现,来往交织。

图画人猛地弯腰,向那个非常老非常老的已死之物俯下身去。他的兽群淹没在汗水中,他的右手恶狠狠地攫向天空:活过来!活过来!

老人活了。

威尔已经喊叫得声嘶力竭。

却没有人听见。

接着,仿佛被雷声撼动,仿佛被电火惊醒,极其缓慢地,一只已死的眼皮慢慢翻开。

畸形人们齐齐倒吸一口冷气。

这场电力风暴中,吉姆同样在嘶喊着。当那个老人张开嘴唇、唇齿间咝咝作声时,紧紧攥着吉姆手肘的威尔觉得对方的叫喊仿佛顺着骨头传来,汹涌不断。

图画人关掉电源,电机的轰鸣转为哀鸣,渐渐消失。然后,他向台下转过身来,双膝跪地,张开双手。

舞台上,仿佛秋叶轻颤,老人的衬衣下面有了一丝动静。

畸形人们发出雷鸣般的喝彩声。

台上的老人发出一声叹息。

是的。威尔心想:他们好像确实给他续上了一口气,帮助了他,让他活了过来。

吸气,呼气,吸气,呼气——看上去像演戏,可他能说什么? 做什么?

"……嗯……嗯……肺……有点……"有人悄声说。

是那个尘埃女巫吗? 她回她那个玻璃盒子去了?

吸气。畸形人们也同时吸气。呼气。畸形人们的肩膀同时耷拉下来。

非常非常老的老人嘴唇颤抖。

"……心跳……一……二……太……太……"

女巫又说话了? 但威尔不敢转过头去看。

一根血管蠕动着，老人的喉部鼓起一个小包。

非常缓慢地，他的右眼渐渐睁开，全部睁开，定住，像一个损坏的照相机镜头。望着这只眼睛，就像望着宇宙中的一个空洞，一个无底洞。

台上的老人变暖了。

台下的男孩身上发冷。

现在，那只可怕的、噩梦般的眼睛睁大到极限，它是如此深邃、如此鲜活。在那只眼睛深处的某个地方，那个邪恶的侄儿在窥视着外面，望着马戏团的畸形人、医生、警察，还有……

威尔。

威尔在这只独眼里看到了自己和吉姆，像两张小小的照片。只要老人眨一下眼睛，就可以轻而易举地用眼皮将他们俩挤碎！

跪在台上的图画人满面春风地说："先生们，孩子们，瞧！闪电激活了他！"

两个警察大笑起来，手从枪套上挪开了。

威尔向右边慢慢挪出几步。

台上那只垂老空洞的眼睛紧跟着他转了过来，仿佛要将他吸入那只空空洞洞的眸子。

威尔向左边移动。

那只粘着绿色黏液的眼睛又如影随形地跟着他转向左边。

电椅上的老人嘴唇翕动，发出含混的声音。那声音仿佛从一个潮湿黑暗的洞穴深处传来，回声沉闷，余音不断。

"……欢迎……嗯……嗯……"

两个警察笑得更加开心了。

"不！"威尔突然开口叫道，"这不是一个节目！他已经死了！只要切断电源就能查明真相——"

威尔猛地抬手捂紧自己的嘴。

上帝呀！他心想，我这是在做什么？我是想让他活过来的呀，这样他就能放过我们！可是，上帝呀，我更想让他死掉。我想让这些人全都死掉。我怕他们，这种恐惧像一团毛球一样，塞在我的肚子里。

"对不起——"他低声道。

"别这么说！"达克先生回应道。

帐篷里的畸形人发出阵阵喧嚣。还有咝咝作响冷却下来的电椅上的老人，接下来会怎么样？那个非常非常老的人，他那只独眼渐渐黯淡下来，嘴巴合拢，像硫磺泥浆上面的一个气泡一样迅速干瘪下去。

达克先生把电闸拉下来一格，脸上笑嘻嘻的，却并不针对任何人。他抽出一把钢剑，塞进老人的一只干瘪得仿佛手套一样的手中。

电流刺激之下，电椅上的老人猛地一颤，眼球收缩，眼窝如同弹孔。这只眼睛贪婪地搜索着威尔，找到了他，吞噬他的影像。他的嘴唇艰难地张合着：

"我……看见……两个……男孩……溜进……帐篷……"

嘶哑的声音停了下来，然后重新开始。

"……我们……排练……我想……开个玩笑……假装……死了……"

再次停顿。他啜饮酒浆一般再次吸进氧气，吸进电力。

"……倒下……像死了……男孩……惊叫……跑……"

哑着嗓子，一个音节，又一个音节。

"哈……"、"哈……"、"哈……"

电流让那张呼哧呼哧的嘴慢慢合上。

达克先生轻轻咳嗽一声，"表演这个新节目的电先生很劳累……"

"哦，当然。"一个警察抬手碰了碰自己的帽檐说道，"节目不错。"

"是不错。"一个救护医生附和了一句。

威尔迅速瞥了一眼救护医生，想看看这个专业人员为什么也胡说八道。可他的目光被吉姆挡住了。

"孩子们！我这里还有一些免费游园票！"达克先生拿出几张火红色的门票，"过来拿吧！"

吉姆和威尔一动不动。

"你俩怎么啦？"一个警察说。

威尔向前胆怯地挪动两步，伸手去接门票。

达克先生说："送给你们门票之前，我想先知道你们的名字。"

两个警察对视一眼，耸了耸肩。其中一个说："快告诉他呀，孩子。"

帐篷里一时鸦雀无声，畸形人们面面相觑。

"我叫西蒙。"吉姆打破了沉默，"西蒙·史密斯。"

达克先生盯着威尔。

"奥利弗。"威尔说，"我叫奥利弗·布朗。"

达克先生深吸一口气。帐篷里其他的畸形人也同时吸气！响亮的吸气声好像影响到了电先生，他手里的剑颤动起来。蓝色的电火花从剑身射出，溅上了威尔和吉姆的肩头。

两个警察再次笑起来。

非常非常老的老人的独眼灼灼发光。

"我封汝等……混蛋和傻瓜……我封汝等为……病先生……和……苍白先生……！"

电先生说完了，那柄剑还指着两个男孩的肩头。

"短暂……悲哀……的人生……你们两个！"

接着，他闭上嘴唇，眼睛浑浊了。

"拿好门票。孩子们。"达克先生低声说道，"免费游玩，任何时候来都有效。"

吉姆和威尔抓过门票，转头跑出帐篷。

两个警察微笑着挥了挥手，向帐篷里的人告别。

两个救护医生没有笑，他们跟在警察身后走出帐篷，像两个身穿白衣的幽灵。

威尔和吉姆已经坐在了警车的后座上。

看他们的神情，两个男孩一心想着早点回家。

第二部

追　踪

25

　　无论在哪个房间,弗利小姐都能感到那些镜子在等着她。这种感觉就像你不用睁开眼睛就能感到第一场冬雪已经落在窗外。

　　几年前她就注意到,这所房子里到处都是她的影子。衣柜上,浴室里,以及打蜡的地板,光滑的桌面,窗户的玻璃,到处都能见到自己的镜像。一面面镜子,冷得像十二月的寒冰。这些冰面只能一掠而过,绝不停留。一停下来,你目光的分量也许会压破冰层。冰层之下是如此寒冷,如此遥远。这里保存着逝去的往事,它们镌刻在墓碑上,长存于此。一旦坠入,你会淹没在往事中。冰水会注入你的血管,让你僵立在镜框前,直直地注视着时间流逝的证据,无法挪开目光。

　　耳听得三个男孩的脚步声渐渐消失,她觉得冰冷的雪花落在了屋子里的镜面上。她想砸开镜框,看里面是不是真的下雪了。不过她眼前立即出现一幅可怕的画面:每一块碎玻璃上都有一个她的镜像,那么多的镜像简直能组成一支大军,她们渐渐走远,渐渐变成无数的小女孩,越来越小。这么多女孩,挤满整幢房子,会让她窒息的。

该拿这些镜子怎么办? 还有威尔·哈洛韦,吉姆·赖谢,和……"那个"侄儿?

奇怪呀,为什么不说"我的"侄儿?

因为、因为从他走进这个家门的第一天,他就不属于这个地方。她一直等着……等着什么?

今晚,马戏团游乐场。那个侄儿说:音乐,一定得听那儿的音乐。旋转木马也非骑不可。离镜子迷宫远点儿,那儿是冬天。旋转木马才是夏天,充满三叶草、蜂蜜草和野薄荷的气息,美妙的夏日。

弗利小姐望着夜里的草坪。她还没有把遗落在草坪上的首饰全捡回来。不知怎么回事,她觉得这件事是那个侄儿做的手脚,好让那两个男孩没法阻止她使用壁炉上的那张票。

旋转木马。一人券。

时间已经过去这么久了,侄儿还没有回来。她必须自己行动起来,对那两个男孩做点什么。不,不是伤害他们,只是让吉姆和威尔他们别掺和进来。不能允许任何人破坏她和侄儿的关系,让她骑不成旋转木马,让她无法享受随着一圈圈木马而来的美好夏日。

这些都是那个侄儿告诉她的。其实他什么也没说,只是拉着她的手,粉嫩的小嘴里不停地呼出烤苹果派的香味。

她拿起放在窗户边的电话。

抬眼望去,她能看到小镇上那座用石头建成的高大的图书馆。镇上所有人都能看到。她伸手拨动电话转盘。应答电话的是一个平静的声音。

她说:"图书馆吗? 是哈洛韦先生吗? 我是弗利小姐,威尔的老师。我有些事要和你当面说,十分钟后,你能不能到警察局去一趟,我在那里等你……喂,哈洛韦先生?"

片刻之后。

"你还在吗……?"

26

"我敢保证,"一个救护医生说,"我们刚才去的时候,那个老人确实已经死了。"

救护车和警车已经开进小镇。两辆车在一个十字路口上停下,分道告别时,一个医生从救护车的车窗口向着警车大声喊话。警车里一个警察立即高声回应:"你在开玩笑吧!"

两个坐在救护车里的医生耸了耸肩。其中一个说:"是啊。当然。开玩笑。"

救护车开走了,两个医生的脸色和他们的白大褂一样惨白。

吉姆和威尔蜷缩在警车后座上,原本想告诉警察更多见到的情况。但两个警察津津有味地讨论着刚才看到的节目,有说有笑,根本没把他们放在眼里。所以威尔和吉姆又撒了一个谎,说他们就住在警察局附近。

两个男孩让警察在两幢没开灯的房子前停车。他们假装分头走回两幢房屋。为了逼真,两个男孩直走上前门台阶,甚至摸到了门把手。直到警车在前面拐进警察局,两个男孩才赶紧跑开,在街边的人行道上汇合。

他们站在那里,望着警察局办公楼的几扇窗户中透出的黄色灯光。威尔四下扫视了一圈,注意到吉姆脸上又露出了中邪一样的痴迷表情。

我一回到小镇，就扔掉了游乐场的门票。威尔心想，但是，吉姆直到现在还紧紧握着他的那几张……

威尔不由自主地颤抖了一下。

那个死人活过来了，靠的是白炽的电力，而且只有借助这种电力才能继续活着。对这件事，吉姆是怎么想的？他有什么计划？他还跟以前一样喜欢马戏团吗？威尔回想自从马戏团的蒸汽火车开到小镇之后发生的一桩桩怪事。是的，吉姆被它深深地吸引住了。从他脸上的表情就能看出来，哪怕站在这里宁静的灯光下，他脸上仍旧挂着那种迷醉的表情。

"警察局长。"威尔说，"他应该会相信我们——"

"不可能。"吉姆说，"你真以为会有人相信我们？见鬼，威廉，活见鬼！连我自己都不相信刚刚过去的二十四小时内发生的这些事。"

"但是我们必须找个大人帮忙。光靠我们自己，根本无法查明真相。我们应该把已知的线索告诉一个可靠的成年人。"

"得了吧，什么线索？马戏团游乐场里有害人的陷阱？镜子迷宫吓傻了一个女人？这个女人这会儿说不定正在给警察讲夜间入室行窃的小偷故事呢。那么，小偷在哪里？你能说他藏在了一个老人的身体里吗？谁会相信？十二岁的小男孩摇身一变就成了个衰老头子？你还有什么线索？有一个避雷针推销员失踪了？不错，有一个被他遗弃的皮袋，但那又能说明什么呢？说不定他早就离开了格林镇。"

"那个侏儒——"

"是的，那个侏儒，我看见了他，你看见了他，看上去确实很像那个卖避雷针的人。可你能证明他曾经很高大吗？不能。就像你不能证明库格先生不久前很幼小。所以，别异想天开了，威尔，就算你找到警察局长也没用。我们是两个未成年人，那些怪事只有我们俩看见过，而我们手上一点证据也没有。一面是咱们的话，一面是马戏团的话。而且警察刚刚还在那儿玩得挺开心呢。噢！事情真是变得一团糟。可如果，如果能想个办法向库格先生道歉——"

"道歉？"威尔叫起来，"向一条吃人的鳄鱼道歉？我的天！你还不明白吗？我们再也不能跟那些怪东西打交道了！"

"怪东西？"吉姆一愣。这个词是他们俩用来形容在他们噩梦中爬呀、摇呀的可怕怪物的。在威尔的噩梦中，怪物会呻吟、咯咯作响，而且没有脸。而在吉姆的噩梦中，怪物们会像蘑菇一样迅速膨胀，它们以耗子为食，耗子则吃蜘蛛，蜘蛛呢，它们吃猫。吉姆噩梦里的蜘蛛就有那么大。

"怪东西！"威尔说，"非得用个十吨重的保险柜才能砸醒你吗？想想，已经有两个人出事了，电先生和那个发疯的侏儒！只要跟那个混蛋机器扯上关系，什么怪事都可能发生。我们知道，亲眼看见了。说不定他们有意把卖避雷针的那个人压扁了，也可能是机器出了故障。不管什么原因，反正他就跟被压路机压过、被那台旋转木马碾过一样，现在疯得连咱们俩都不认识了。这些还不够吓死你吗，吉姆？对了，说不定镇上的克罗斯提先生——"

"克罗斯提先生只是暂时关几天店门。"

"也许吧，但也许不是。他的商店上标志着：因病暂不开店。什么病？在游乐场吃了太多的棉花糖？在大家都喜欢的旋转木马上骑得晕了头？"

"别说啦，威尔。"

"不，哥们儿，听我把话说完。我承认，能改变年龄的旋转木马的确很带劲。你以为我乐意自己总是十三岁吗？才不呢！可看在老天爷的份上，吉姆，你其实并不是真的想一夜之间变成二十岁！"

"你记得我们暑假时谈过的理想吗？"吉姆反问道。

"当然记得,我们都想快快长大。但你总不能用一台恐怖的机器来拉长自己的骨头吧,到时候,你连拿这些骨头怎么办都不知道。"

"我会知道的。"吉姆喃喃道,"我会知道的。"

"就是说,到时候你会大步走你的阳关道,扔下我不管了?"

"什么话!"吉姆委屈地抗议道,"威尔,我不会扔下你的。我再怎么变,也会跟你一块儿。"

"一块儿? 真变成二十岁的话,你会比我高两尺,得低下头才能看见我。吉姆,到时候咱们聊什么? 我的口袋里装满了风筝线和弹珠;你呢,穿得整整齐齐,口袋里绝不会有这类小玩意儿。你会嘲笑我的。这就是咱们的聊天内容。还有,你会比我跑得快得多,甩掉我——"

"我绝不会甩掉你,威尔——"

"你转眼间就会甩掉我。行,行,去吧,吉姆,跑你的吧。我只会坐在树下玩小刀插地的游戏,你呢,你骑了那些木马,爽翻了,长大了。哼,感谢上帝,那些木马跑不动了——"

"都是因为你,是你的错!"吉姆叫道,然后马上住嘴。

威尔身子一僵,捏紧了拳头,"你是说,我应该由着他转着圈儿朝咱们脸上啐唾沫? 由着那个小坏种骑在旋转木马上变成又高又壮的大坏种,然后捏扁咱们的脑袋? 没准儿你还可以跟他一块儿骑呢,一边骑一边跟我挥手再见,一圈圈地再见! 而我呢,没别的办法,只好也冲你挥手再见。吉姆,你是这个意思吗?"

"唉,"吉姆说,"现在说这些没什么意义,太迟了,旋转木马已经彻底损坏——"

"他们也许能修好它。然后把可怕的老库格先生转回到年轻的时候,然后他就能正常说话了,就能想起我们的真姓名。然后这帮邪灵一定会像食人魔一样盯上我们。当然，也许只是盯上我。你说不定已经和他们搞好关系了，还把我的名字和住址告诉了他们——"

"我不会那样做的，威尔。"吉姆拍了拍威尔。

"噢！吉姆，你怎么就不明白呢？什么事都得按部就班地来。牧师上个月不还说吗，一步一步来，不能两步两步地跨。你还记得吧？"

"是的。无论做什么，"吉姆说，"都得按部就班……"

不远处的警察局办公楼内突然传出谈话声。入口右边的一间房子里响起一个女人的声音，接着是男人说话。

威尔向吉姆点了点头，两个男孩悄悄穿过灌木丛，猫腰走到那间亮着灯的屋子外面，在窗户前伏下身子。

屋里坐着弗利小姐，还有威尔的父亲。

"我想不通。"弗利小姐说，"怎么会是威尔和吉姆！夜里潜入我的房子偷东西不说，发现之后还要逃跑。"

"这两个孩子的脸，你看清楚了？"哈洛韦先生问道。

"我叫喊的时候，他们在路灯下转过脸来，我看得很清楚。"

她没有提到她的侄儿罗伯特。威尔心想：对，她当然不会提。

明白了吗？吉姆！威尔想朝着吉姆大喊：这是个圈套！那个侄儿一直在等着我们过去。他的目的是让我们惹上天大的麻烦，让所有人都不再信任我们。那样一来，没人会听我们谈起神秘的马戏团，谈起深夜发生的事，谈起旋转木马。我们的话不管用！

"我不想起诉他们。"弗利小姐说，"但如果他们是无辜的，为什么要逃跑？这两个男孩现在又在哪里？"

"在这里！"有人喊了一声。

"威尔！"吉姆出声阻止。

太晚了。

威尔直起身,攀上窗台。

"在这里。"他跳进屋里。

27

他们静静地走在铺满月光的人行道上,哈洛韦先生走在两个男孩中间。快到家的时候,威尔的父亲叹了口气。

"吉姆,这么晚了,我不想让你的母亲伤心。"哈洛韦先生说道,"如果你保证在早餐时把这件事原原本本地告诉她,我就放过你。你能在不吵醒母亲的前提下回到你自己的卧室吗?"

"当然能。给你瞧瞧我们的招数。"

"我们?"哈洛韦先生说。

吉姆点点头,带着他们来到自家房屋的侧墙,轻轻拨开密集的灌木枝和常春藤,露出他和威尔偷偷钉上去充当梯级的铁条。这架隐蔽的梯子直通吉姆的卧室窗户。哈洛韦先生笑了,但只笑了一声,笑声中似乎饱含痛苦。他摇了摇头,脸上浮现出既迷茫又伤感的奇怪表情。

"你们这样溜进溜出有多长时间了?算了,不用告诉我。其实我在你们这个年纪也干过这种事。"他抬头看着通向吉姆窗口的常春藤,"深更半夜出去,自由啊。"他突然住嘴,"你们不会在外面待太晚——"

"我们从没在午夜之后出去。这是头一次。"吉姆说。

威尔爸爸沉思片刻,"如果我同意你们晚上外出,乐趣就全毁了,对吗？重要的就是偷偷溜出去。湖边、墓地、铁路,夏天晚上去果园偷桃子……"

"哎呀,哈洛韦先生,你小时候也——"

"是的。不过千万别让女人们知道我跟你们说这些。上去吧。"他偏了偏头,示意让吉姆顺梯而上,"还有,作为惩罚,你们俩一个月之内不准再在夜里偷偷溜出来。"

"是,先生!"

吉姆如同一只猴子,转眼间攀上梯子,钻进他的卧室窗口,拉下了窗户。

威尔的父亲仰头望着那具隐藏的梯子,它从星光中向下伸向可以自由奔跑的大地:长长的人行道等待着千米冲刺的脚步,黑乎乎的灌木是跨栏跑的障碍物,水泥矮墙则是撑竿跳的横杆……

"你知道我现在最讨厌自己什么吗,威尔? 不能再像你们这样奔跑了。"

"嗯,爸爸。"他的儿子说。

"有件事我们得先讲清楚。"父亲说,"明天,你必须再次去向弗利小姐道歉,帮她再仔细检查一下草坪上还有没有什么遗失的东西。我们刚才打电筒划火柴搜索时没准会漏下一些——呃——漏下一些赃物。之后你得去向警察局长交代。你们应该感到庆幸,因为你俩能主动自首,弗利小姐又决定不起诉你们。"

"好的。"威尔垂头丧气地说。

他们走到自家房子这边。父亲伸手撩起了常春藤。

"我们家也一样吗？"说这句话的同时,他的手已经碰到了梯子的横档。

"我们家也一样。"

他们站在常春藤和那架通向温暖卧室的隐蔽梯子旁边。当父亲的掏出烟草袋,往烟斗里装上烟丝,点燃,这才说道:"我了解你,威尔。你是清白的。你什么都没偷。"

"是的,我没偷。"

"那你为什么在警察局声明是你干的?"

"因为弗利小姐希望我们变成罪犯。至于原因,我们也不清楚。她说是我们,那就算是我们好了。我和吉姆钻进警察局窗户时,你看见她的表情了吗?她吃惊极了。她认定我们不会承认,我们就偏要承认。我们现在的对头已经够多的了,不能让警察也变成对头。我当时想,如果主动自首,他们应该会放过我们。他们确实放了我们。不过,唉,虽然这样,弗利小姐还是赢了,因为我们成了罪犯。没人会相信我们说的话了。"

"我会。"

"当真?"威尔盯着父亲隐没在阴影中的脸,"爸爸,那天晚上,凌晨三点的时候——"

"凌晨三点——"

威尔看见父亲身子一缩,好像寒风拂过。好像他知道所有的前因后果,却怎么也无法动弹,无法伸出手去,拍一拍自己的儿子。

他知道自己不能说。也许明天,也许过些天。说不定明天旭日升起的时候,那些帐篷就会化为乌有,那些畸形人也会消失不见。那些黑暗邪物不会再来打扰他们的生活,它们知道人们太过害怕,所以不会深究,不会宣扬,只会缄口不言。也许这一切都会消失得无影无踪,也许,也许……

"有什么事想告诉我吗?"父亲好不容易才开口,他手上的烟斗已经灭了,"威尔,说吧。"

不能说。威尔心想，让吉姆和我来承担一切吧，不能再把其他人牵扯进来。无论是谁，只要知道马戏团游乐场的秘密，都可能受到伤害。没必要让更多的人知道。威尔说："再过几天，爸爸，我会告诉你一切。我发誓。"

"那么，咱们就这么说定了。"父亲说。

28

夜泛着一丝甜味。甜味来自秋天的树叶，它让人觉得古埃及的沙尘漂洋过海，在格林镇外积成了一座座沙丘。威尔心想，这种时候，我居然想起了四千年前的尘埃。这是为什么？现在我应该觉得难过才对，因为只有我发现了异状，或许还有爸爸，可就连我们俩都没法把心事告诉对方。

这是思绪飘荡变化无常的时刻。前一刻它还是须发怒张的猛犬，下一瞬就变成了毛发柔顺的打盹猫咪。它应该是男孩子们睡觉的时刻，可思绪仍旧流连不去，不愿将男孩交付给枕头和梦境。这个时候可以说很多很多，最后却一个字也没有出口。这一刻是最初的发现而非结论，这一刻是知晓一切同时一无所知。这是男人唇齿初动开始倾诉的时刻，也是透露悲伤心事的时机。

所以，他们本来应该进屋上楼，却无法抛下这个特殊的时刻，就此罢休。在不远的未来的夜晚，男人和即将成为男人的青年会在这样的时刻倾心交谈。于是，威尔终于开口了，小心翼翼地问道：

"爸爸？我是好人吗？"

"我认为你是好人。我知道你是。"父亲说。

"如果我遇上了困难,做个好人对我有好处吗?"

"做好人会对你有好处的。"

"关键时刻,做好人能拯救我吗?我的意思是,如果我陷入一大群坏人的包围,身边没有一个好人帮我——这种情况下,做好人仍旧有好处吗?"

"仍旧有好处。"

"光有点好处还不够啊,爸爸!"

"我说的好处,不是可以保命的好处。它针对的是你的心灵,让你觉得对得起自己的良心,得到心灵的平静。"

"可有的时候,爸爸,你会不会太害怕,怕得——"

"——怕得内心没法平静下来?"父亲点头承认,脸上的表情有些不自在。

"爸爸,"威尔用很轻很轻的声音说,"你是好人吗?"

"对你和你妈妈来说,是的。但直面自己内心的时候,没有人够格当英雄。我跟我自己过了一辈子,对自个儿的事实在太清楚了,没法跟自己充英雄——"

"总起来说呢?"

"你是说功过相抵之后吗?嗯,那么,总的来说,你的父亲可以算个好人。"

"那么,爸爸,"威尔问道,"你为什么总是不开心呢?"

"屋前的草坪,呃……咱们看看……一点半,时间和地点都不适合谈哲学问题啊……"

"我只是想知道,没别的。"

长时间的静默。之后，父亲叹了口气，拉着威尔的手臂，带着他走到门前平台的梯级上坐下，再次往烟斗里装上烟丝。他吸着烟，说："好吧。你妈妈睡着了，不知道我们在屋外的这次男人之间的谈话，咱们就接着聊吧。你说说，你从什么时候开始认为好人必定会快乐？"

"我一直这么认为。"

"那么现在你就该改变看法了。有的时候，看上去最快乐、笑容最灿烂的人，恰恰是背负着最深重的罪孽的人。笑容和笑容不一样，你得学会分辨轻松的笑容和阴沉的笑容。那些欢天喜地、大说大笑的人，一半的时候，他们的笑只是掩饰。另一半时候，他们确实找到了乐子，而那些乐子正是罪孽。人是喜欢罪孽的，威尔，啊，他们爱它。别怀疑这一点，人们爱罪孽，各种各样的罪孽，不同形状、大小、颜色和味道的罪孽。我们对罪孽的胃口大得很呢。会有那么一天，桌上摆的那些已经填不饱我们了，得用食槽盛给我们才行。如果某个人高腔大嗓、不吝嘉言地称赞别人，你得想想他是不是才饱餐了罪孽、刚刚离开食槽，所以才有这样的好心情。而另一方面，那个闷闷不乐、脸色苍白、经常被人占便宜的人，看上去一脸猥琐，肯定干了不少坏事，对吧？嗯，那常常是个真正的好人，威尔，大好人。因为好人是一项非常痛苦的职业，它会让人不堪重负，甚至会毁掉一个人。这样的人我认识好几个。为人太好了，一般人望尘莫及的好。可是，如果一堵墙时时刻刻都想着做一堵好墙，它最后准会裂开。对自己要求太高的人也一样。到头来，一根头发就能压断他们的脊梁。他们把自己约束得太紧了，无法原谅自己哪怕稍微做一点点错事。

"啊，另一种选择是在表面上做个好人。仅仅是行为，不追究内心。但这样也是很难的，对吗？半夜三更，只剩下最后一块柠檬饼了，却不是你的。你想吃啊，想得睡不着，浑身大汗。这种事有没有？不用我告诉你是什么感受吧。或者某个春天的中午,热得受不了,可你却只能钉在课桌边,去不了凉爽的河里。别忘了,男孩有本事在几里外听到河里的水声。就这样,一分钟又一分钟,一小时又一小时,一辈子,总是这样,一直这样,你得不断地选择,这一秒、下一秒、再下一秒:选择好还是选择坏。时针滴滴答答,它说的就是这个。选择逃课游泳还是留下来忍受闷热;吃掉那块柠檬饼还是饿着肚子躺着。好,你没动,留下了。威尔,你知道这时候应该怎么办,对吧?心里别想那条河,或者那块饼。因为一旦你想着它,滋味可太难过了。把你不能游的河加在一块儿,不能吃的饼也加在一块儿,威尔,等你到了我这个岁数,你错过的乐子可不少啊。但你会安慰自己,你会这么想:下河次数越多,淹死的可能越大;换成柠檬饼,就是噎死。到了那时,我猜,你会变得越来越胆怯,总是走安全的路,错过了太多东西。

"看看我:三十九岁结婚,威尔,三十九岁。当时我正忙着跟'小我'战斗、完善自我呢,从二十多一直忙到了三十多。我觉得我得把自己的所有错误都改正了,成为完美的人,那时才能结婚。后来我才明白,你不能等到完美之后才能做什么。我明白得太晚了。你得和别人一样,先做起来,犯错摔倒,爬起来再做。最后,一天晚上,我搁下了和'小我'的战斗,抬起头来,看到了走进图书馆找一本书的你妈妈。她没找到书,找到了我。从那时起,我明白了一个道理:让一个一半好一半坏的男人和另一个一半好一半坏的女人在一起,他们会凑出并享有一个完美的人。那就是你,威尔。对我来说,有一件事既奇怪又悲伤:尽管你总是在外面撒欢儿乱跑,而我总是缩在书本的小天地里、把图书馆当成世界,你却一天比一天聪明。用不了多久,你就会比我聪明,比我敏捷,比我善良——"

父亲的烟斗灭了。他停下来,抖落烟灰,重新填入烟丝。

"不会的。"威尔说。

"会的。"父亲说,"要是没这点自知之明的话,我就真成傻瓜了。我能确定的唯一一点智慧见解就是:你有智慧。"

"真奇怪,"沉默许久之后,威尔说,"今晚,你给我说的话比我给你说的还多。我会多想些话,下次对你说。也许明天早餐时,我会把什么都告诉你,好吗?"

"只要你愿意说,我随时等着听。"

"我……我想让你快乐,爸爸。"

眼泪涌上了眼眶。威尔讨厌自己这个样子。

"我没事,威尔,不用担心。"

"只要能让你快乐,让我做什么我都愿意。"

"威利,威廉。"父亲重新点燃烟斗,喷出一口烟,看着那团烟在眼前渐渐消散,"只用说一句话就够了:告诉我我能永远活着。"

威尔心想:我怎么从来没留意父亲说话的声音?这个声音和他头上的白发一样苍老。

"爸,"他说,"别说得这么忧伤。"

"我吗?忧伤是我的本性。我读一本书,书里的内容会让我难过。看电影时,感受得最多的仍然是悲伤。进剧场去看戏,同样觉得心情沉重。"

"那么有没有什么事,"威尔说,"不会让你觉得忧伤?"

"有一件事。死亡。"

"别开玩笑了。"威尔说,"我猜到你就会这么说!"

"不是玩笑。"父亲说,"死亡给除它之外的一切打上忧伤的印记,但死亡本身却只是吓人,并不忧伤。要是没有死亡,世间也就不会有忧伤了。"

刚来镇上的那个马戏团不就是这样吗?威尔心想,一手拿着死亡,像拿着吓唬人的摇铃;另一只手拿着生命,像拿着糖果。摇晃摇铃吓唬你,给你糖果逗你流口水。

他突然跳了起来。

"爸爸,听着! 你会永远活着! 相信我没错。你几年前确实生过一场大病,但你的心脏完全没有问题,对吧? 后来不是治好了吗? 对,你五十四了,但五十四还很年轻! 还有一件事——"

"什么事,威利?"

父亲在等着他开口。他咬了咬嘴唇,略一犹豫之后说道:"不要靠近马戏团游乐场。"

"奇怪。"他的父亲说,"我也正想对你说这句话。"

"我再也不会去那个地方了!"

但是,威尔心想:我不去自找麻烦,却阻止不了那帮邪灵进入小镇来找我的麻烦。

"你能向我保证吗? 爸爸。"

"威尔,你为什么不希望我去那里呢?"

"原因暂时保密,我也许明天会告诉你,当然,也可能下星期或者明年才告诉你。你只管相信我就好,爸爸。"

"好吧。儿子,我相信你。"爸爸站起身握住他的手说,"我保证。"

这句话如同一个信号。父子俩一齐转过身,面对房子。今晚说得够多的了,他们明白,谈心的时间应该结束了。

"打哪条路出来,打哪条路回去。"父亲说。

威尔悄没声地走向隐藏在常春藤后的梯子,他拨开常春藤时回过头,"爸爸。你不会拆掉这架梯子吧?"

父亲伸出手指摸了摸钉子是否牢实。

"不会的。威尔,等到将来有一天,你厌倦了,会自己动手拆下它的。"

"我永远不会厌倦。"

"你这么想吗？是啊,你这个年龄,的确认为自己永远不会感到厌倦。很好,儿子,上去吧。"

威尔看到父亲抬头望着这条秘密路径。

"爸爸,你也想试试用这种方法回家吗？"

"不,不。"父亲马上说。

"如果你愿意,"威尔说,"不必客气。"

"那可太好了。快回去睡觉。"

父亲嘴里说着话,眼光依然恋恋不舍地停留在贴墙而生的常春藤上。

威尔跳起来,抓住第一级横档,爬上三步之后低头向下看去。

从这个位置往下看,父亲好像缩小了一样。威尔不想把他留在下面。这么晚了,留在下面就像被别人抛弃了一样。父亲一只手向上伸着,似乎想去抓第一级横档,但并没有行动。

"爸爸！"他低声说,"你不会是个胆小鬼吧！"

谁说的。父亲没有出声,但做出的口型十分明显。

他一跃而起。

他们无声地笑着,男孩和男人,从侧墙一步一步爬了上来。

威尔听到父亲滑了一下,听到父亲双手急抓。

抓稳！他想。

"啊……"

父亲喘息着。

威尔紧闭眼睛,祈祷着：抓稳……抓稳……好！

上了岁数的人吐气、吸气,低声咒骂,再次向上攀爬。

威尔睁开眼睛,继续向上。剩下的路程十分顺畅。向上,向上,高些,再高些,好,行了,漂亮,成功!他们攀了上去,坐上窗台,星光给他们身上涂上了同样的颜色。相偎相依,令人愉快的疲劳,喘息,憋住笑声,千万不能惊醒上帝、国家、妻子、母亲和其他一切。两个人的手紧紧捂住嘴巴,堵住喷涌欲出的、震动全身的笑声。坐一会儿,再坐一会儿,亮晶晶的眼睛望着对方,眼睛里满满地盛着爱。

最后,紧紧握手以后,爸爸走了。卧室的门关上了。

这个晚上的一切是如此令人陶醉:恐惧消退,未来变得美好起来,在爸爸身上发现了那么多了不起的新东西……胳膊哆嗦着,腿疼得那么让人欢喜,威尔甩掉衣服,像一截木头一样,一头栽倒在床上。

29

威尔只睡了一个小时。

然后,好像想起了什么只约略瞥见一眼的东西,他醒过来,坐起身,望向吉姆家的屋顶。

"避雷针!"他喊道,"不见了!"

真的不见了。

被人偷了?不会。吉姆把它取下来了?对!为什么?该死的家伙,动手拆下避雷针时肯定还笑嘻嘻的,好像在挑衅雷电,看它敢不敢击中自己的家!他会害怕吗?才不。吉姆会把对雷电的恐惧当成一件带电的新奇衣服,巴不得穿上试试大小。

吉姆!威尔恨不得砸破对面那扇倒霉窗户。把避雷针钉回去!不等天亮,那个该死的马戏团就会派人搜寻我们的住处。我不知道他们会怎么来,也不知道他们的长相。可是,老天,你家的屋顶简直空荡荡的! 乌云来得那么快,眼看风暴就要扑过来了……

威尔停住思绪。

一只气球会发出什么声音? 飞行的时候?

没有声音。

也不对。它有自己的声音,嗖嗖作响,好像翻动家里的窗帘、把它们搅成一团白沫的风。或者,它会发出你梦中听到的星星运行的声音,或是月升月落的声音。对,就像月亮一样,在宇宙深处缓缓运行。气球的飞行正是这样。

怎么才能听到这样的声音? 怎么才能提前警觉? 耳朵,它们能听见吗? 不能。好在还有你后颈上的寒毛、耳朵眼里的绒毛,它们能听到。还有胳膊上的汗毛,它们会发出警报,像蛐蛐颤抖着摩擦后腿发出的那种奇异的乐音。所以你会知道的,你会感受到。你躺在床上,心里确信无疑:一只气球正从海洋似的天空下冉冉升起。

威尔察觉到吉姆的房子里有动静。跟他一样,吉姆也知道了。他敏锐的黑色天线一定感应到了:小镇上方大海一样的天空分开水面,放进了一头水怪。

两个男孩都感到,一片巨大的阴影堵住了两幢房子之间的车道。两个人都抬高窗户,探出头去。两个人都张大了嘴巴,惊诧莫名,惊诧于这种心灵相通的友谊,惊诧于对方对这一时刻的把握,惊诧于这种让人欣喜的直觉和颖悟、这种多年相伴带来的协调一致。

两个人的面孔都涂上了一层银色,因为月亮正在升起。两个人都抬起头来,向上望去。

"哎呀,那个气球在上面干什么?"吉姆问道,但并不指望得到答复。

两个男孩都知道,热气球是有史以来最好的侦察者。没有汽车马达的响声,没有飞机的轰鸣,不会在街上留下任何痕迹。只需一阵风在云雾中辟出一道天河,一个吊篮就能乘风破浪,遨游而过。

威尔和吉姆谁都没有砰砰关窗,拉下百叶帘。他们必须一动不动,屏息等待。因为他们再一次听到了气球飞行的声音,仿佛在梦中听到的耳语……

温度降了四十华氏度。

因为那只饱经风雨的气球降下来了。它窸窣作响,又像在呜呜低吟。它陡然直降,却又飘飘荡荡。阴影的遮蔽下,缀着露珠的草坪和日晷迅速变冷。两个男孩飞快地将目光投向上方,穿过阴影,向上望去。

他们看到,气球垂下的吊篮里有个影子,双手叉腰,沙沙作响。那是头和肩膀吗?是的,月光好像给那个人影披上了一件银色的斗篷。达克先生!威尔心想。喝岩浆的怪物!吉姆心想。那个一身疙疙瘩瘩的肉瘤人!威尔心想。骷髅人!吊死鬼!断头台上的刽子手!

都不是。

是尘埃女巫。

那个女巫会拖着一串人头骨走过沙砾,满不在乎地打着喷嚏。

吉姆和威尔四目相对,每个人都读懂了对方的口形:尘埃女巫!

为什么让这个像蜡像一样的老太婆深更半夜坐气球出来侦察?威尔心想:为什么不是别的人?那些人有喷射凶光、流淌毒液的眼睛,为什么偏偏派一个眼睛被黑丝线缝得严严实实的女巫?

接着,抬头望去,两个男孩明白了。

这个女巫虽然外表像具蜡像,不像活人,其实法力高强。是的,她是个瞎子,但那些斑斑点点的指头能驯服空中奔腾的气流,能分开狂风,能把空间一层层剥开、蒙住舞动的群星的眼睛。现在,这些手指伸了出来,直直地指着。她的鼻子也指着同样的方向。

男孩们知道的还不止这些。

他们知道,虽说女巫是个瞎子,可她瞎得非常特别。垂下双手,她就能感知这个世界的起伏,触到一幢幢屋顶,探知阁楼里藏着的箱子,堆积的尘土,检查吹过厅室的风,还有流经人体的气息。这种气息也是一种风,吸入体内,流过脉搏跳动的手腕、太阳穴、咽喉,然后呼出。和男孩们能感觉到如秋雨般飘落的气球一样,她能感应到在人们张大的鼻孔中进进出出的气息。每个人都有自己独特的气息,相当于一个热烘烘的指印。对于这些气息,她会摸——像摆弄黏土一样,把这种气息在手中捭来捭去。她会嗅——威尔感到女巫正在吸走他的生命。她会尝——用光秃秃只剩牙床的嘴和蛇信一般的舌头咂吧它们。她还能听——把它们塞进一只耳朵,然后从另一只耳朵眼里扯出来。

她的两只手伸向下方,一只朝着威尔,一只朝着吉姆。

气球的阴影笼罩着他们,用惊慌浇他们,用恐惧淋他们。

女巫呼出一口长气。

少了这口酸臭气息,气球为之一轻,向上升起一点。阴影离开了威尔和吉姆。

"哦,上帝!"吉姆说,"现在他们知道咱们的住处了!"

两个男孩突然倒吸一口凉气:某个巨大的东西正拖拖拉拉地扫过吉姆家的屋顶。

"威尔!我落进她手里了!"

"不!我觉得——"

哗啦哗啦，那个东西把吉姆家屋顶扫了个遍。接着，威尔看见气球呼地腾空飞升，朝小山方向飞走了。

"她走了，朝那边去了！吉姆，她在你家屋顶做了手脚。把'猴爬杆'递过来！"

吉姆把那根长长的晾衣竿伸过来，威尔把杆子固定在自家窗台上，然后双手交替沿着长杆爬过去。吉姆把他拽进这边窗户。两人光着脚进了用作吉姆衣橱的小间，互相帮忙，又推又拉，从小间翻上阁楼。这里的气味像个锯木厂，而且又旧又黑，静得吓人。威尔爬出阁楼，一边打着哆嗦，一边叫道："吉姆，在那儿。"

真的在那儿，被月光照得清清楚楚。

是一道印记，像蜗牛在人行道上留下的爬痕。银色的印记闪闪发亮，黏乎乎的。这是一只巨型蜗牛留下的痕迹，如果世上真有这样的蜗牛，它准得有一百磅重。这道银色痕迹有一码宽，从快被树叶堵死的雨漏开始，一路亮晶晶地来到屋顶最高处，然后弯弯曲曲地从另一边下去。

"为什么？"吉姆吓得直喘气，"为什么？"

"比查房号看街名方便多了。她给你家屋顶做了个标记，从几里外就能看见，无论白天还是夜晚！"

"我的上帝啊！"吉姆弯腰摸了一下那道痕印，指尖立即沾上了一层气味恶心的粘胶，"威尔，现在怎么办？"

"我有种预感，"威尔轻声说道，"他们在明天早晨之前不会再来这里。他们肯定有什么计划，不想惊动太多人。现在——咱们这么办！"

草坪的另一边盘着一条像大蟒蛇的东西。花园浇水管。

威尔已经行动起来了，噌噌地溜下去，没有碰翻任何东西，没有惊醒任何人。屋顶上的吉姆吃惊地望着威尔跑远、奔回、气喘吁吁地爬上屋顶，手里抓着不住滴水的浇水管。

"威尔,你是个天才!"

"那当然! 动作快点!"

他们浇湿木瓦,冲洗那道银色。他们拖动软管,将屋顶上那道邪恶的印痕冲洗得干干净净。

威尔一边干活,一边望着远方。天色正从夜晚变为黎明,那只气球在远方的风中摇摆不定。它有所察觉吗? 它会不会回来? 她会再画一道标记吗? 她画,他们洗,再画,再洗,一直干到天亮? 有必要的话,是的!

要是能一劳永逸地阻止那个女巫就好了,威尔心想。那伙人既不知道我们的名字,也不知道我们的住处。库格先生半死不活,记不起也没法讲。那个侏儒——如果他真的是那个避雷针推销员——已经疯了,上帝保佑,千万别让他想起来! 不到天亮,他们应该也不敢再打弗利小姐的主意。他们在草地那边咬牙切齿却没什么好办法,只好派出尘埃女巫来搜查……

"我真是个傻瓜。"吉姆阴沉着脸,轻声说,一边冲洗着原来钉避雷针的地方,"我为什么不留着那根避雷针呢?"

"闪电还没劈下来呢。"威尔说,"只要咱们手脚快点,它不会落下来的。动起来——这边!"

他们冲着屋顶。

下面,有人打开一扇窗户。

"是我妈妈。"吉姆苦笑了一下,"她一定以为下雨了。"

30

雨停了。

屋顶干净了。

他们让水管滑下屋顶,像坠下悬崖一样,落在夜晚的草坪上。

小镇之外,气球仍然悬浮在即将逝去的夜色中,等待着必将到来的黎明。

"她等在那儿干什么?"吉姆问道。

"也许她闻出了我们的打算。"

他们从原路钻进阁楼。又惊又怕地讨论一阵以后,两人回到了各自的房间,各自的床。他们静静地躺在床上,倾听着自己心脏的急促跳动,还有同样急促地奔向明天的时钟的嘀嗒声。

无论他们做什么,威尔心想,我们非得抢先一步不可。他希望气球再次飞回来。女巫也许猜到他们洗掉了她的标记,会再次低飞,在屋顶重做标志。

为什么我希望她再飞回来,那是因为——

他发现自己正盯着他的童子军弓箭。那是一张漂亮的弓,还有一袋箭,就挂在卧室东面的墙上。

对不起,爸爸,我又要在午夜之后外出了。他露出了微笑,一边想,一边从床上坐起身。这次是单独外出。我不希望她几个小时或者几天后再次回来,找到我们。

他从墙上扯下弓和箭袋,稍一犹豫之后跑到窗边,抬起窗户,把身子探出窗外。

不用大喊大叫,只需要好好想想,拼命地想。他们没法听到别人脑子里的想法,我知道,肯定是这样。否则的话,他们就不用派女巫来了。女巫也一样,没法感应别人的想法。但她能察觉身体散发的热量、体温和气味,她能感应到亢奋的情绪。假如我在这儿欢天喜地地蹦跶,让她知道我因为战胜了她很得意,那么,或许,或许……

睡意蒙眬的钟声敲响了凌晨四点,然后渐渐消失。

女巫,他想,你来吧,回来!

他让自己兴奋起来,热血沸腾。女巫,你听到了吗?屋顶已经洗干净了。我们自己下了场雨!你得回来再画一次!女巫……

女巫动了。

威尔感觉到那只气球正从远处飘升而起。

好吧,女巫。来吧,这里只有我,没有姓名的男孩。你没法读我脑子里的念头,可我正朝你啐唾沫,这个你读到了吗?我正吆喝着呢:赢了你,赢了你!你听到了吗?来吧,你敢吗?敢吗?

数里之外,好像有人气呼呼地响应挑战。升起来了,飘过来了。

不好!威尔突然想到,我不能把她引到这幢房子来。他胡乱套上衣服。

提着武器,他像一只敏捷的猿猴一般溜下常春藤遮住的梯子,踩到了潮湿的草地。

女巫!这边来!他从草坪跑开,奔跑着,带着恐惧和狂喜。他像一只吃了某种美妙、甜蜜的隐秘毒草的兔子,在药力刺激下发疯般狂奔不已。大步流星,踏过湿漉漉的落叶,跃过篱笆,手里是刺猬般的满把箭镞。

回头一看,气球正在近处飘荡。它好像在呼吸,一呼一吸间,从这株树梢到了那一株,从这块云朵到了那一块。

我该往哪里跑呢？威尔心想，对，瑞德曼的房子！多年没人住，再跑两个街区就到！

迅疾的脚步踏过落叶，飒飒有声；巨大的气球飞过天空，同样飒飒有声。星星闪烁，月亮用银光浴着万物。

他在瑞德曼的房子前面停下脚步。左右肺叶里燃着两把火，嘴里泛着血腥味。他无声地呼喊着：来这里！这就是我家！

他感到天空中一条大河改变了流向。

好！他想。

他的手转动老房子的门把。上帝，他想，他们会不会已经在里面了，正等着我进去？

黑暗中，他推开房门。

一阵灰尘扬起又落下，粗如琴弦的蛛丝晃晃荡荡。除此之外，房子里空无一物。

威尔两步并作一步，踏着吱吱作响的楼梯一圈圈向上，直到屋顶。他在屋顶烟囱背后藏好弓箭，挺身而立。

气球在下降，下面是摇摇晃晃吱吱作响的吊篮。气球是绿色的，绿得像某种黏液，上面画着巨大的、怪异的图案：长翅膀的蝎子，古代的凤凰，烟雾，火焰，风暴……

女巫，他想，来吧！

阴湿的影子向他扑下来，如同蝙蝠的翅膀。

威尔打了个趔趄，双手一扬。影子仿佛黑色的肢体，再次击打下来。

他倒下了，本能地抱住烟囱。

阴影落下，呼呼有声，从头到脚罩住了他。

黑得像乌云，冷得像海底的洞穴。

可就在这时,风——真正的、大自然的风——改变了风向。

女巫发出沮丧的嘶嘶声。气球游动,呼呼地绕着圈子。

风!威尔心中大叫,它站在我这一边!

不,别走!他想,回来。

他怕对方已经嗅出了他的计划。

她嗅到了。他的计划惊动了她。她咻咻地喷气,呼呼地吸气。他看见她张开利爪抓挠着空气,好像在摸索、在探寻。她伸出手掌按向下方,好像他是下界的一个小火炉,而她正想用他暖暖手。吊篮像钟摆一样再次荡向上方时,他看见了她的脸:缝合的盲眼眯缝着,耳朵里长着苔藓,苍白泛黄的嘴巴咂干了它吸入的空气,估计是想尝出他的打算。他的举动太合她的胃口、太少见、太有利于她,所以不可能没有企图。她肯定猜出来了!

她猜到了,她屏住了呼吸。

于是,气球悬停不动了,停在呼气与吸气之间。

然后,颤抖着、尝试着、壮着胆子——女巫吸了一口气。这口气给气球添了重量,它下沉了一点。不过她接着呼出一口气,少了这口毒气的气球又升上去一点!

犹豫不定。她在等待,将阴湿的气息屏在那具诡异的身躯里。

威尔的大拇指顶着鼻子,其他四根手指在鼻子底下扇着。

这个挑衅的举动激怒了女巫。她猛地一吸。这一吸气的重量压得气球掠向下方。

近一点!威尔想。

但女巫谨慎地让气球兜着圈子。她嗅到了从威尔毛孔里散发出的紧张气息。威尔跟着气球一圈圈转动,步履有些蹒跚。巫婆!他心想,想把我转晕。拉着我转圈,对吗?让我头晕眼花,对吗?

只剩下一个办法。

他立定脚步,背对气球。

巫婆!他想,你能抗拒这个诱惑吗?

他感到了动静,来自那团像绿色黏液的云朵,那袋酸腐的空气。吊篮吱嘎作响,阴影冻住了他的双腿,他的脊柱,他的脖颈。

近了!

女巫吸气,将空气、夜色、星光和寒风化为气球的压舱石。

更近了!

巨大的阴影擦过他的耳畔。

威尔悄悄摸到了弓箭。

阴影吞没了他。

一只蜘蛛撩动他的头发——是她的手吗?

他咽下惊呼,猛地转身。

女巫从吊篮中探出身来,离他只有一英尺。

他略一弯腰,一把抓起弓箭。

女巫嗅到了、感觉到了、知道了他手里紧握着什么。她想尖叫着喷出气息。

但是,惊恐之下,她条件反射地倒吸了一口气。吸入的重量坠着气球,让它擦到了屋顶。

威尔猛拉弓弦,弓弦上沉甸甸地搭着一枝毁灭之箭。

不料用力过猛,弓"咔嚓"一声断为两截。威尔张口结舌地瞪着手里那枝没有射出的箭。

女巫长长地吐出一口气。这是宽慰的长叹,是胜利的欢呼。

气球悠然向上。沉重的吊篮"咯噔咯噔"地摆动着,撞到了威尔身上。

女巫再次发出一声狂喜的大叫。

威尔一只手抓住吊篮边缘,另一只手使出全身力气,将那支箭向气球掷去。

女巫嘴里呜呜发声,抓向他的脸。

就在这时,那枝仿佛飞行了很久很久的箭终于刺中了气球。箭头刺开一个小孔,箭杆随即没入,像插进一块巨大的绿色奶酪,在梨形的大气球上划开一个大口子,仿佛给它画了个大笑的嘴巴。瞎女巫急促地嘟哝着,呻吟着,尖叫着,咬破了嘴唇。威尔紧紧抓住吊篮吊在空中,双腿不住蹬踢。气球则号叫着、呼哧着,为近在眼前的漏气而死的结局悲鸣着。被囚禁的空气喷涌而出,像巨龙喷出的气息。在这股气流的反推下,气球向上方蹿去。

威尔松开抓住吊篮的手,呼地从空中坠下。身体在空中转了一圈,砰地跌落屋顶。他双脚朝前,像溜滑梯一样从屋顶斜面一路滑下,冲向屋檐,冲向雨漏,终于冲进了虚空。他叫喊着,拼命抱住外墙的排水管。锈蚀的排水管发出阵阵呻吟,从墙上脱落,与威尔一起坠向楼下的地面。

划过空中时,他看见了那个气球,像一头受伤的野兽,一路哧哧作响,将惊恐的气息吐进云层,不断皱缩着飞向远方。那是一头挨了枪子的怪兽,它不愿就此咽气,不断咳呛,向外吐着恶臭的气流。

这一切只在一瞥之间。紧接着,威尔直坠下来。下面的一棵小树接住了他,他没有时间庆幸。小树的枝条擦伤了他,同时也阻住了下坠的力量。他像一只挂在树梢的风筝,仰面朝天,对着月亮。他精疲力竭,同时觉得无比轻松。远方的气球打着旋儿,发出非人的哀鸣,带着女巫远离住宅、街道和小镇。他似乎听到了一串被淹没在气流尾迹中的女巫的哭叫声。

气球上划开的那张大笑的嘴巴,这会儿肯定咧得更大了。气球跌跌撞撞、昏头昏脑地逃向"月亮洼"。它从哪里来,就会死到哪里去。

威尔好长时间无法动弹,躺在小树枝条中间晃来晃去。他很担心自己会穿过树枝掉下去,摔死在下面的黑土上。但他无计可施,只能等着脑袋里砰砰作响的那个大铁锤消停下来。

心脏的狂跳或许会把他震得掉下树去,但他还是很高兴听到自己的心跳。这种声音让他知道自己还活着。

终于,心跳平复了,手脚也不再麻木。他小心翼翼地念了一段祷词,这才慢慢爬下树去。

31

之后没出什么事,太太平平直到天明。

32

天亮的时候,一串雷声滚过阴沉沉的天空,溅着闪电,响成一片。秋雨轻轻洒在小镇的尖塔上,在喷泉里咯咯轻笑,在住家户的窗外用没人能听懂的语言诉说。在两家这样的窗户里面,吉姆和威尔在梦中辗转着,挣脱一个个噩梦,想极力走进美梦,却发现下一个梦境仍旧是同一种黑色、腐烂的材料织成。

哗啦啦的嘈杂声中，响起了另一种声音。

马戏团所在的那片浸透了水的草甸，旋转木马一阵抽搐，活了过来。它的汽笛风琴中淌出一股恶臭的琴音。

小镇上，也许只有一个人听到了这个声音，猜到了旋转木马已经重新修好。

弗利小姐家的前门打开又关闭。她的脚步声沿着街道，一路急匆匆地响过去。

接着，闪电在天空哆哆嗦嗦跳了一阵子舞。雨下得更大了，落在已经被晨光照亮的大地上，用雨雾将这片土地遮蔽起来。

在吉姆的家，在威尔的家，雨水偎在外窗上流淌着，窗内是吃早餐的人们。大家压低嗓门交谈，有时嚷嚷起来，接着重新压低嗓门。

九点十五分，吉姆拖着脚步走进星期天的雨中，穿戴着雨衣雨帽和胶皮雨靴。

他望着屋顶，昨晚那道像巨型蜗牛留下的银色爬痕已经被冲洗得一干二净。接着，他注视着威尔家的房门，恨不得用意志力打开那扇门。门开了，威尔出现在门口，身后传来他父亲的声音："要我陪你去吗？"威尔坚定地摇了摇头。

两个男孩顶着天光，阴沉着脸，向警察局走去。到了那里，他们要向警察说明情况；之后是弗利小姐家，去那儿再次道歉。但现在，他们只是走着，双手插在衣兜里，心里想着昨天那些可怕的、谜一般的事件。最后，吉姆打破了沉默：

"昨天晚上，我们冲洗干净屋顶以后，我好不容易才睡着。我梦见一队送葬的人，沿着镇子的主街走过来，好像是来拜访什么人。"

"或者……像游行？"威尔说。

"没错！上千人,全穿着黑大衣,黑帽黑鞋,抬着一口大棺材,足有四十英尺长！"

"有那么长的棺材么？"

"正是这话！我当时就想：他们打算埋什么,居然有四十英尺长？在梦里,我跑过去,往棺材里瞅了瞅。别笑。"

"我没觉得好笑,吉姆。"

"那具长棺材里放着一个又大又长、皱巴巴的东西,像个大果脯,或者一个在太阳底下晒蔫了的巨型葡萄。又像一个巨人的头,晒干了的那种。"

"是那个气球！"

"嘿！"吉姆停下脚步,"你一定和我做了同样的梦！可是……气球不可能死,对吧？"

威尔没有作声。

"而且也不可能给气球举办葬礼,对吧？"

"吉姆,我……"

"那个该死的气球躺在那儿,像一头被人扎了个洞的河马,漏气了——"

"吉姆,昨天晚上……"

"黑色羽毛四下飞舞,乐队敲着黑天鹅绒蒙着的鼓,鼓槌是黑铁铸的骨头。老天,老天！最倒霉的是,早上爬起来以后还得跟我妈坦白。我没把所发生的事全告诉她,但说出来的那些已经让她又哭又叫,叫完了再哭。女人真爱哭,是吧？还管我叫她的罪犯儿子——其实我们根本没做坏事,对吧,威尔？"

"某人只差一步就要骑上那架旋转木马了,这总算坏事吧。"

吉姆在雨中走着,"我觉得我已经不想骑了。"

"你觉得！发生了那种事以后，你还只是觉得？老天，我这就告诉你，吉姆，把那个女巫和气球的事告诉你！昨天晚上，我单枪匹马——"

他没来得及说下去。

来不及说他怎么戳破气球、让它带着那个瞎女人坠落在野外，漏光了气，孤零零地死去。

冰冷的雨中传来一个悲伤的声音。

他们正穿过一片空地，空地中央是一棵粗大的橡树。橡树下面，一个小小的人影站在蒙蒙雨中。悲伤的声音就来自那里。

"吉姆，"威尔说，"有人在——哭。"

"没有。"吉姆说。

"那边有个小女孩。"

"不可能。"吉姆看都不看，"下雨天，一个小女孩站在树下干什么？得了吧。"

"吉姆！你听见了！"

"不！没听见，没听见！"

但哭声越来越响，越过枯草，像一只悲伤的鸟儿般穿过细雨飞过来。吉姆只好转身，因为威尔已经踩着碎石走过去了。

"吉姆——这个哭声——我知道这个声音！"

"威尔，别过去！"

吉姆没动。但威尔只略一犹豫，继续向前走去，走进了橡树的阴影下。雨水透过枝叶，淋淋漓漓，从秋天的树叶上悄悄流下，在树枝和树干上汇成一道道亮晶晶的小河。那个小女孩蹲在树下，脸埋在手里，泣不成声，仿佛她发现整个镇子和镇里的人都消失了，只有她一个人迷失在可怕的丛林里。

吉姆也终于一步步蹭了过来,站在树荫边上,问道:"是谁?"

"我不认识。"但威尔觉得泪水涌上了眼眶,好像他的一部分已经猜出来了。

"不是珍妮·霍洛维兹?"

"不是。"

"也不是简·富兰克林?"

"不是。"他的嘴里像吃了麻醉药一样麻木,没有知觉的嘴唇后面,舌头几乎无法动弹。

小女孩继续哭着,她感觉到了靠近她的两个男孩,但并没有抬起头来。

"……我……我……帮帮我……没人会帮我……我……我不喜欢这样……"

之后,她终于鼓起一点勇气、稍稍平静下来。她抬起脸,因为哭得太久,眼睛几乎肿得睁不开了。看见身边有人,她先是害怕,然后大吃一惊。

"吉姆!威尔!哦,上帝,是你们俩!"

她一把抓住吉姆的手。吉姆向后一挣,大叫起来,"不!我不认识你。放手!"

"威尔,帮帮我。吉姆,哦,别走,别离开我!"她断断续续地喘着气,眼里重又涌出泪水。

"不,不,不行!"吉姆尖叫着,挣扎着。他挣脱了,摔倒了,又跳起来,挥起拳头。他停了下来,颤抖着收回拳头,"威尔,威尔,咱们赶紧离开这儿吧,对不起,哦,上帝啊,上帝啊。"

树影下的小女孩缩了回去,努力睁开眼睛,瞪着雨中的两个男孩。她呻吟着,紧紧抱着自己,前后摇晃,活像安慰怀里搂着的自己的宝宝……

不久她开始轻声吟唱起来,在黑沉沉的树下唱着,唱着。没人能够应和她的吟唱,也没人能够让她停下。

"……谁能帮帮我……谁能帮帮她……"她仿佛在哀悼死者,"谁能帮帮她……没有人……没人帮……不想帮我,帮帮她也好……可怕呀……可怕呀……"

"她认得我们!"威尔说。他手足无措,弯下腰对着她,又转身冲着吉姆,"我不能就这样扔下她不管!"

"撒谎!"吉姆发疯似的嚷嚷道,"她在撒谎!她根本不认识我们!我们从来没见过她!"

"她走了,带她回来,她走了,带她回来。"小女孩闭着眼睛,嘴里含糊地念叨着。

"你想找谁?"威尔半跪在地上,壮着胆子碰了碰她的手。她一把抓住威尔,但几乎立即意识到不该这么做,因为威尔挣扎了起来。于是她松开了手,哭着,而他在旁边等着。吉姆站得远远的,在远处的枯草地上不断喊着要离开这里、他不喜欢这样、他们应该走、必须走。

"哦,她迷路了。"小女孩抽泣着说,"她在那里面跑丢了,再也回不来了。你能把她找回来吗?求你了,求你了。"

威尔打着哆嗦,碰了碰她的脸颊。"喂,"他低声道,"你会没事的。我会找人来帮助你。"他温和地说。她睁开了眼睛。"这可是威尔·哈洛韦说的话。我保证,我们会回来的。十分钟,但是你一定别离开这儿。"她摇了摇头。"你会一直在这棵树下等我们,是吗?"她无声地点点头。

威尔站起身。这个简单的动作吓了她一跳,她向后一缩。威尔等着她平静下来,直视着她的眼睛说:"我知道你是谁。"他看着那双熟悉的眼睛睁开,灰色的眸子出现在那张伤痕累累的小脸上。他看着雨水淋湿的黑色长发和苍白的面颊，"我知道你是谁，但我得证实一下。"

"谁会相信我？"她哭叫道。

"我相信。"威尔说。

她向后一仰，倚在树干上。她的手放在膝盖上，颤抖着。她是那么瘦，那么苍白，那么失落，那么弱小。

"我可以走了吗？"威尔说。

她点了点头。

他走开了。

空地边缘，吉姆难以置信地跺着脚，几乎歇斯底里地大叫道："这不可能！"

"这十分可能。"威尔说，"那双眼睛。看眼睛就知道了。就像能从眼睛看出库格先生就是那个邪恶的男孩——只有一个办法可以证实。走吧！"

威尔带着吉姆穿过小镇，终于来到弗利小姐的房子前面。黯淡的晨光中，他们望着没亮灯的窗户，然后走上台阶，按响门铃。一次，两次，三次。

没有回应。

前门铰链发出"吱"的一声轻响。很慢很慢地，门开了一道缝。

"弗利小姐？"吉姆轻声叫道，抬脚走进了屋子。

雨水敲打着窗玻璃。

"弗利小姐……？"

两个男孩站在门厅里，紧靠着雨珠滴落的门口，倾听着阁楼梁柱在雨水敲打下发出的声响。

抬高声音："弗利小姐！"

回答他们的只有躲在墙内温暖巢穴里的耗子的吱吱声。

"出去购物了。"吉姆说。

"不。"威尔说,"我们知道她在什么地方。"

"弗利小姐,我知道你在家里!"吉姆突然尖叫起来,接着不顾一切地冲上楼去,"你给我出来!"

威尔等在下面,等着吉姆搜查完毕、拖着脚步下楼。吉姆走到楼梯的最后一级时,他们听到了飘进大门、带着雨水和腐草气息的音乐。

旋转木马的汽笛风琴音乐,从小山那边传来。倒着播放的《葬礼进行曲》。

吉姆敞开大门,站在乐声中,好像平常人们站在雨中一样。

"那架旋转木马,他们修好了!"

威尔点了点头,"她一定听到了音乐声,所以一大早就出门了。之后不知发生了什么意外。也许旋转木马并没有完全修好,也许它本来就常常出事故。比如那个避雷针推销员,变形了,疯了。或许那架旋转木马压根儿就是喜欢出事故,有出事故的瘾。也可能是他们故意整她,想通过她弄清咱们的事儿:叫什么,住哪儿……让她帮着害咱们。谁知道到底是怎么回事?说不定她起疑心了,害怕了。于是他们给她增加了分量,比她想要的多得多的分量。"

"我不明白——"

但现在,站在门口,站在冰冷的雨中,他们有充分的时间想象这一切:不久前在马戏团游乐场里那个害怕镜子迷宫的弗利老师;他们折磨她时她如何放声惨叫,一圈又一圈,一年又一年,比她渴望甩掉的年头多得多,直到把她变成一个可怜的孩子,孤苦伶仃,举目无亲,连她自己都不再认识自己。最后,木马震动着停下来,像轮盘赌台上的转盘。在这场赌博中,她输掉了一切,没有赢得任何东西。现在,她不知道该去哪里,无法让别人相信她遭遇的奇事,什么都做不了……只能哭。在树下,一个人,在秋雨中……

威尔想到了这些。吉姆也想到了这些,他说:"唉,可怜……真可怜……"

"咱们一定得帮她,吉姆。除了我们,谁会相信她? 如果她说,'我是弗利小姐!'人家会说,'滚! 弗利小姐走了,失踪了! 滚开,小姑娘!'哦,吉姆,我敢说今天早上她敲过无数扇门,想找人帮她。别人却只是被她的叫喊吓住了。她只有走开,放弃,躲到那棵树下。警察这会儿说不定正找她呢,但找到又有什么用? 一个不知打哪儿来的哭哭啼啼的小女孩。她会被他们关起来,会被逼疯。那个马戏团,哼哼,那些人真的知道怎么整人。整了你还让你没法反击。他们收拾了你,改变了你,让别人再也认不出你,然后放了你,让你随便走。行,走吧,跟别人讲吧。你能把别人吓死,却没办法让别人相信你。只有咱们相信她,只有你和我。这会儿我就跟生吃了一只蜗牛似的,觉得恶心。"

他们最后一次回头望望那几扇被悲泣的雨水打湿的窗户——在那些窗户后面的客厅里,曾有一位老师请他们吃饼干、喝热巧克力,总是站在窗后向他们挥手道别。之后,他们走了出去,关上房门,向那块空地跑去。

"咱们得先把她藏起来,等能帮助她的时候再——"

"帮助?"吉姆喘着气,"我们现在连自个儿都帮不了!"

"肯定有办法的,说不定就在咱们眼前,只是我们没看见——"

他们停住脚步。

两人怦怦的心跳之上,另一颗巨大的心脏砰砰作响:小号哀鸣,长号高唱,一大堆管乐器发出阵阵轰响。怎么回事?

"马戏团!"吉姆倒抽一口气,"我们从来没想过! 它可以直接进城。

游行。要不然就是我做的那个噩梦,给气球举行葬礼?"

"不是葬礼。也不是游行。表面看来是游行,其实是搜查我们。是冲我们来的,或者是冲着弗利小姐,也许他们想把她弄回去。他们可以大摇大摆走过大街小巷,想怎么搜就怎么搜,一路还吹吹打打!吉姆,咱们得赶紧到她那儿去,抢在他们前面——"

声音蓦地中断。他们才跑进一条小巷,突然停步,闪身躲进旁边的树丛。

马戏团的队伍,就在小巷尽头。乐队、装动物的车子、形形色色的小丑和畸形人。长长的队伍中间,正是那块空地,还有那棵大橡树。

足足过了五分钟,这支游行队伍才全部通过。雨和云雾好像也跟着队伍走了。雨停了,鼓声远去了。两个男孩快步走出小巷,穿过大街,来到空地。

树下没有小女孩。

他们绕着树转,抬头看树上,但不敢出声呼喊。

然后,两个心惊胆战的男孩跑开了,在镇子里找地方躲了起来。

33

电话响了。

哈洛韦先生拿起电话。

"爸爸,我是威利,我们不能去警察局了,可能今天也回不了家。告诉妈妈一声,也告诉吉姆的妈妈。"

"威利,你在哪里?"

"我们得躲起来。他们正在找我们。"

"谁在找你们? 看在上帝的份上,告诉我。"

"我不希望把你卷进来,爸爸。你一定得相信我们。我们会躲一天或者两天,等到他们离开再回来。如果我们现在回家,他们会跟着我们,会害了你、妈妈,还有吉姆的妈妈。我得挂电话了。"

"威利,别挂!"

"哦,爸爸,"威尔说,"祝我好运吧。"

"喀"的一声,电话断了。

哈洛韦先生看着外面的树木、房屋、街道,听着远处传来的音乐。

"威利,"他对着挂断的电话说,"祝你好运!"

他穿上大衣,戴好帽子,走出门去,走进这个雨蒙蒙却又有太阳、亮得奇怪、空气冰冷的日子。

34

这天是星期天,快到正午的时候,所有教堂都敲响了钟。钟声汇聚到"联合雪茄店"门前,互相激荡之后从天而降,取代了上午的大雨。雪茄店门口有一具切诺基印第安人木偶,木雕的羽饰上缀着珍珠般的雨滴。它就那么立在那儿,毫不理会教堂的钟声,无论它来自天主教堂还是浸礼会教堂。同样地,它也不理会在灿烂阳光中越响越近的锣鼓敲击声,它们咚咚地敲打着,宛如那支马戏团乐队的异教徒心脏的砰砰跳动。花哨的鼓点响着,汽笛风琴发出老太婆似的尖叫,奇形怪状的畸形人投下千奇百怪的影子——而切诺基木偶对这一切无动于衷,印第安人鹰隼似的褐黄目光仍旧直视前方,没有丝毫游离。但鼓声影响了各个教堂,让它们的教众人数直线下降,少了一大群对各种变化最好奇、最热心的男孩子。当教堂钟铃的银铁撞击之声不再洒向大地以后,身体僵硬挤坐在教堂长凳上的人们兴高采烈地变成了游行队伍的观众,簇拥着马戏团愈加昂扬的号角、鼓荡翻飞的天鹅绒旗帜。招展的旗帜下,整支队伍走得像大摇大摆的狮子,又像脚步沉重的猛犸。

雪茄店前的人行道上有一个嵌入地面的铁制格栅,就在印第安木偶手中战斧的影子落下的地方。年复一年,人们从这里走过,踏得格栅轻轻震动,同时随手扔下口香糖包装纸、雪茄烟箍、烟头,有时还掉落硬币。这些东西都永远消失在格栅下面。

这会儿,数不清的脚踩过格栅。这是观看游行队伍的人群。那支队伍过来了,踩着高跷,发着巨响,声音像老虎咆哮,又像火山喷发。连队伍的颜色都像老虎或者喷发的火山一般五彩斑斓。

格栅下面,有两个颤抖的身影。

在上面,游行队伍像只奇形怪状的巨大孔雀,踩过路上的砖石、街上的柏油。队伍里,各种各样的畸形人睁大眼睛,他们在窥探,在扫视:扫过办公楼的屋顶和教堂的尖顶,扫过牙科诊所和眼镜店的标牌,扫过小百货店和布匹商店的柜台。鼓声震响,震动了商店的橱窗,让里面的蜡像害怕似的抖个不停。游行队伍移动着,探寻着,渴求着——但它的渴望一时还无法满足。

因为它最渴望的对象隐藏到了黑暗之中。

吉姆和威尔。雪茄店外人行道的铁格栅下面。

蹲坐着,挤在一起,膝盖碰着膝盖,头抬着,眼光警觉。他们咝咝地吸着铁格栅上面的空气,仿佛吸溜着铁做的冰棍。在上面,女人的裙子像盛放的鲜花,送来凉凉的香风;在上面,男人衬着天空的背景,仿佛斜着身子。乐队铙钹相击,巨响吓得小孩子紧紧抱住母亲的腿。

"来了!"吉姆大声说,"游行队伍来了! 就在雪茄店门口! 我们怎么还窝在这儿,威尔,咱们快逃吧!"

"不!"威尔哑着嗓子叫道,紧紧按着吉姆的膝盖,"这是最明显的地方! 当着所有人的面! 他们永远不会想到搜查这儿。闭嘴!"

咚咚咚咚……

上面一声响,一只男人的皮鞋踏上铁格栅,鞋底钉着已经磨旧的鞋钉。

爸爸! 威尔差点惊呼起来。

他抬起身子,又蹲了下去,咬住嘴唇。

吉姆也看见了上面的人,见他转过去、转过来,好像在寻找着什么。离他们只有三英尺,这么近,却又这么远。

我只要一伸手……威尔心想。

但父亲已经匆匆远去,脸色苍白,神情紧张。

威尔觉得心往下一沉,它变冷了,颤抖着。

啪!

两个男孩吓了一跳。

一块嚼过的粉红色口香糖从格栅缝隙中掉下来,落在吉姆脚边的一小堆废纸上。

上面是一个五岁左右的男孩,蹲在格栅上,一脸沮丧地向下张望,寻找他丢失的糖果。

走开! 威尔心想。

男孩跪了下来，小手伸向格栅的缝隙。

走开！威尔心想。他恨不得抓起那块口香糖，塞回那个小男孩的嘴里。

鼓声突然激烈起来。然后——安静了。

吉姆和威尔互相看了一眼。

游行队伍。他们同时想道：它停下了！

小男孩的手透过格栅，伸下来一半。

上面的街道上，图画人达克先生回头看了一眼他的队伍：一长溜光怪陆离的畸形人，野兽笼子，闪亮的铜管乐器。他点了点头。

游行队伍解散了。

畸形人一半走上一侧的人行道，另一半走上另一侧人行道。他们混进人群，分发着手上准备好的传单。他们的眼睛像燃烧着火焰的水晶球，眼光闪烁，毒蛇般凌厉凶狠。

小孩子的影子投下格栅，让威尔觉得面孔发冷。

游行结束。他想，搜索开始。

"妈咪，瞧！"小男孩指着格栅，"那儿！"

35

距雪茄店半个街区的奈德咖啡夜店里，查尔斯·哈洛韦喝完了第二杯咖啡。他已经精疲力竭了——没有睡眠，想得太多，走得更是太多太多。他正要付账，却被外面街上的寂静吓了一跳。突如其来的寂静有一种凌厉的意味。接着，游行队伍散开，融入人行道上的观众。与其说他看到、不如说他感到了人群相混时的那一阵不算太大的骚动。

"我还是再来一杯吧,奈德。"

奈德正替他斟咖啡,店门大大敞开。一个人走进来,张开右手,轻轻放在吧台上。

查尔斯·哈洛韦瞪着那只手。

那只手也瞪着他。

每根指背都文着一只独眼。

"妈咪!在下面!看!"

小男孩叫着,指着格栅。

更多人影从上面走过,在上面徘徊。

其中包括——骷髅人。

像冬天的一株高高的枯树,上面是骷髅头,下面是骷髅架,像个骨头做的、踩着高跷的稻草人。这个瘦子、骷髅人,或者叫骷髅头先生,弹着木琴,影子落在下面,落在躲藏起来的人和东西上,落在冷冰冰的废纸堆上,落在热乎乎的缩成一团的男孩身上。

走开! 威尔心想:走开!

小孩子胖乎乎的指头穿进格栅,动弹着。

走开。

骷髅头先生走过去了。

感谢上帝。威尔心想,马上又倒吸一口冷气,"哦,不!"

因为侏儒突然出现。他像鸭子一样一摇一晃地走着,肮脏的衬衣上像穗子一样缀着许多铃铛,一路叮叮轻响。他的影子像只癞蛤蟆,叠成一小团,缩在他身下。他的眼睛像摔坏迸裂、布满裂纹的褐色石弹子。这是一双疯子的眼睛。这一瞬间,这双眼睛散发着最直白最单纯的疯狂;下一瞬间,它们代表着最深沉最悲哀的疯狂,好像在哀悼某种已经失落、已经埋葬、永远不可能寻找回来的东西。现在,这双眼睛正搜寻着某些无法找到的目标:这一刻,寻找的是失落的自我;下一刻,目标是失踪的男孩;再下一刻,又变成了失落的自我。这个矮矮的、被压扁了的人仿佛分成了两个人,不断争夺着那两只眼睛,拽得它们一会儿转向这边,一会儿闪向那边,这边,那边,周围,上,下,一只在寻觅着过去,另一只则注视着现在。

"妈妈!"小男孩说。

侏儒停下来,盯着和自己身高差不多的小男孩。四目相对。

威尔紧贴着身后的水泥壁,直想把自己的身体嵌进去。他感到吉姆的反应和他一样:身体没动,但脑子、意识和灵魂动得飞快,它们正拼命挤进黑暗,尽可能远离头顶发生的那一幕。

"走吧,小东西!"一个女人的声音说。

小男孩被拉起来,带走了。

可惜太迟了。

因为侏儒的眼光已经投向了格栅。

他的眼睛里,还残留着一点点过去那个人的残影碎片。那个名叫富雷的人,推销避雷针的。那是多少天多少年以前的事?那时的他享受着轻松、平安、美好的生活,然后,这个模样吓人的疯子诞生了。

哦,富雷先生。威尔心想,他们都对你干了些什么?把你放在打桩机下、铁砧之上,榨出你的眼泪你的惨叫,把你关在这个丑陋的盒子里,然后继续压榨,直到把你,富雷先生,彻底挤出去……什么都没了,只剩下这个……

……这个侏儒。现在,他的那张脸不像人脸,更像机器,像一台照相机。

镜头一样的眼睛收缩起来，视而不见，对准了黑暗。咔嚓。两只镜头张开闭合，动作如行云流水：铁格栅快照拍摄完毕。

这张快照拍到了格栅下面吗？

他盯的是金属格栅，威尔心想，还是格栅下面的空间？

这个被人像摆弄黏土玩具一样毁坏压扁的侏儒站了很久，身姿和普通人蹲着一样。那双照相机般的眼睛向外凸出，瞪得很大。它们还在拍照吗？

其实侏儒并没有"看见"威尔和吉姆。那双照相机眼睛拍到了他们的形状、颜色和大小，照片随即装进相当于廉价相机机身的侏儒脑袋，晚些时候——多晚？——才会冲洗出来。冲洗它们的是另一个人的意识，那个发了疯、忘了过去、迷失了自我的避雷针推销员的意识。到那时，藏在格栅之下的东西才会真正被"看见"。看见以后会发生什么？发现！报复！毁灭！

咔嚓—咔嚓—咔嚓。

一群小孩子欢笑着跑过去。

与小孩子一样高矮的侏儒似乎受了感染，跟着他们一同跑起来。但他毕竟是个疯子，马上离开了孩子们。他记起了自己的事，于是继续寻找，只是不知道该寻找什么。

云层后面，太阳绽放光芒，照亮了整个天空。

吉姆攥紧威尔的手，攥得很紧很紧。

两个人等待着更多的眼睛一路搜寻而来，等待着它们将眼光射向铁格栅。

蓝红绿三色刺青的眼睛，一共五只，从吧台上挪开。

喝着第三杯咖啡的查尔斯·哈洛韦在旋转椅上转了一下。

图画人注视着他。

查尔斯·哈洛韦朝他点点头。

图画人既没有点头回应，也没有移开目光。他直直地瞪着图书馆看门人。后者很想转过身去，却又没有那样做，而是尽可能镇定地直视着这个无礼的外来者。

"想来点什么？"咖啡馆老板问道。

"什么都不要。"达克先生看着威尔的父亲，"我在找两个男孩。"

我不也是吗，查尔斯·哈洛韦心想。他站起来，付账，"谢谢，奈德。"出门的时候，他看见那个文身人向奈德伸出双手，掌心向上。

"男孩？"奈德说，"多大年纪的男孩？"

店门关上了。

达克先生目送着查尔斯·哈洛韦从窗户外面走过。

奈德说了些什么。

但图画人没有听见。

咖啡馆外，威尔的父亲向图书馆方向走去，但他停住了脚步；接着他走向政府办公楼，又停住脚步，等着纷乱的脑子镇定下来，告诉他该往哪里走。他摸摸口袋，发现没烟了，于是转身走向联合雪茄店。

吉姆抬头望去，看见了一双熟悉的脚，一张苍白的面孔，斑白的头发。"威尔！是你爸爸！叫他一声，他会帮我们的！"

威尔没有出声。

"我来叫！"

威尔打了吉姆的胳膊一下,使劲摇摇头。不!

为什么?吉姆用口形说道。

因为,威尔用口形回应。

因为……他向上望去……上面的爸爸显得比昨晚从梯子往下望时还要矮小。向他求助,感觉就像求助于路过的另一个男孩。他们现在需要的不是另一个男孩,他们需要一个将军,而且不能是随便什么将军,得是个少将才行!他努力地分辨父亲映在雪茄商店玻璃上的脸,想看它是不是比昨晚月光映照下的那张脸更老,或者更坚定、更强壮。可他只看到父亲的手指神经质地抽搐着,他的嘴唇哆嗦着,仿佛不敢向泰特莱先生提出要求。

"一根……嗯……一美元二十五美分的雪茄。"

"我的上帝,"泰特莱先生说,"这人发财啦!"

查尔斯·哈洛韦慢吞吞地剥掉雪茄上的玻璃纸。他在等待。也许宇宙的某个部分会给他一个暗示,告诉他往哪里去,告诉他为什么他会返回这里、买一根他并不真的想吸的雪茄。他似乎听到有人在叫他,叫了两次,于是迅速转身望向人群,却只看到小丑分发传单。柜台上有一根细细的银制煤气喷管,喷口上永远燃着蓝色的火苗。他在上面点燃了那根他并不想吸的雪茄,吐了口烟,空着的那只手扔掉雪茄烟箍,望着烟箍在金属格栅上蹦了几下,消失在格栅下面。他的眼睛跟着它望向下方……

它落在威尔·哈洛韦的脚边。他的儿子。

查尔斯·哈洛韦被一口雪茄烟呛得咳嗽起来。

下面有两个影子,是他们没错!还有那两双眼睛,惊恐不安,从街道下面黑黢黢的井底向上张望。他差点就弯腰提起格栅,破口大骂。

但他没有这样做。周围到处是人,空气清新寒冷。查尔斯·哈洛韦小声说道:"吉姆?威尔!这到底是怎么回事?"

与此同时,大约一百英尺外,图画人走出奈德的咖啡夜店。

"哈洛韦先生——"吉姆说。

"你们上来。"查尔斯·哈洛韦说。

人群中的图画人带着他身上那一大群刺青怪物,慢慢转了个身,朝雪茄店走来。

"爸爸,我们现在不能上去!别看我们!"

图画人离他们还有八十英尺左右。

"孩子们,"查尔斯·哈洛韦说,"警察——"

"哈洛韦先生,"吉姆哑着嗓子说,"你不马上抬头的话,我们就死定了。那个图画人,如果他——"

"什么?什么人?"哈洛韦先生问道。

"那个满身文身的人!"

咖啡馆吧台上,五只蓝墨刺青的眼睛。这幅图像闪过了查尔斯·哈洛韦的脑海。

"爸爸,快抬起头,假装看政府办公楼上的钟,我们告诉你发生了什么事——"

哈洛韦先生直起身子。

图画人到了。

他站在那儿,打量着查尔斯·哈洛韦。

"先生。"图画人说道。

"十一点十五。"查尔斯·哈洛韦嘴里含着雪茄,看着政府办公楼上的大钟,调着自己的手表,"慢了一分钟。"

"先生。"图画人说道。

满是口香糖包装纸和烟头的坑底，威尔抱住吉姆，吉姆抱住威尔。他们头上，四只鞋子动着、蹭着、交锋着。

"先生。"名叫达克的人说道。他审视着查尔斯·哈洛韦脸庞的骨骼，将它们和其他类似的脸庞作比较。"库格和达克联合马戏团在本地挑选了两名男孩，两名！作为我们此次到访庆祝仪式上的嘉宾。"

"呃，我——"威尔的父亲努力不看人行道。

"这两个男孩——"

威尔望着图画人脚底尖牙般锋利的鞋钉。鞋钉闪闪，在格栅上磕出了火星。

"——他们可以免费享用一切游乐设施，观看所有的演出，还能和所有的表演者握手。此外我们还会赠送他们魔术工具包，垒球球棒——"

"这两位如此幸运的孩子，"哈洛韦先生打断对方，"他们是谁？"

"我们从昨天在我们游乐场拍摄的照片中抽选了两张。如果你能认出他们，也可以得到幸运礼物。瞧！这就是那两个男孩！"

他看见我们了！威尔心想，哦，上帝！

图画人伸出双手。

威尔的父亲倾过身子。

图画人右掌中，威尔的脸向上望着查尔斯·哈洛韦——用明亮的蓝墨水刺成的图案。

左掌刺着吉姆的脸，永不褪色，栩栩如生。

"你认识他们吗？"图画人看见哈洛韦先生的喉头动了一下，眼睛眯缝起来，脸上骨骼震动，好像挨了一记铁锤。"他们的名字是？"

爸爸，小心！威尔心想。

"我不——"威尔的父亲说道。

"你认识他们。"

图画人双手摇晃,伸出去让对方察看,索要着那两个名字。手掌肌肤中,威尔的脸在颤抖、在扭动;吉姆的脸在颤抖,在扭动。街道下面的隐蔽处,威尔的脸在颤抖、在扭动;吉姆的脸在颤抖、在扭动。

"先生,你不会希望孩子们失去……"

"当然不会。但是——"

"但是? 但是? 但是?"达克先生逼近一步,遍布全身的图案让他气势慑人。他瞪着眼睛,他身上所有的猛兽、所有的阴郁生物也都瞪大眼睛,目光穿透他的衬衣、外套、裤子,逼视着对面的老人。上千只眼睛盯着他,用火焰般的目光咬啮他。达克先生两只手掌向前一推,"但是?"

哈洛韦先生需要找点什么东西发泄怒火,于是咬紧了雪茄,"我又想了想——"

"想到了什么?"达克先生脸上绽开了笑容。

"其中一个男孩看上去有点像——"

"像谁?"

他是多么急切啊。威尔心想:爸爸,你看出来了,对吗?

"先生,"威尔的父亲说道,"你为什么这么急不可耐地想找到这两个男孩呢?"

"急不可耐?"

达克先生脸上的笑容像棉花糖一样融化、消失了。

吉姆缩成一团,把自己变成一个侏儒。威尔把自己压成一小堆,变成一个小矮人。两个人都抬头望着上面,等待着。

"先生,"图画人说,"你就是这么看待我的热情吗? 急不可耐?"

威尔的父亲发现,对方胳膊上的肌肉不住收缩、舒张。肌腱扭动,仿佛蠕动的鼓腹毒蛇和响尾蛇。这两种毒物无疑刺在对方身上,正在那里喷吐毒液。

"有一张画像,"哈洛韦先生慢吞吞地说,"看上去像米尔顿·布奎斯特。"

达克先生捏紧了一只拳头。

吉姆感到一阵炫目的头痛。

"另一张,"威尔的父亲几乎漫不经心地说,"像是艾弗里·约翰逊。"

哦,爸爸!威尔心想,你真棒!

图画人捏紧了另一只拳头。

威尔觉得脑袋仿佛夹在老虎钳里,疼得差点叫出声来。

"这两个男孩,"哈洛韦先生说,"几周前都搬家了。去了密尔沃基。"

"你撒谎。"达克先生冷冷地说。

威尔的父亲一脸震惊,"我撒谎?为什么?让他们不能获奖?"

"事实上,"达克先生说,"我们十分钟前就知道了这两个男孩的名字,我只是想核实一下。"

"当真?"威尔的父亲不相信地问道。

"吉姆。"达克先生说,"威尔。"

黑暗中,吉姆痛苦地扭动着。威尔把头缩进肩胛,闭紧了眼睛。

威尔父亲的脸像个池塘,两个名字像掷进池塘的两块黑色的石头。池塘没有泛起一丝涟漪。

"只有这个?吉姆和威尔?叫这两个名字的人多的是,像这种镇上,有一两百个。"

蜷缩的威尔稍稍蠕动了一下酸麻的身体。他想:是谁告诉他们的?弗利小姐?可弗利小姐已经不存在了,她的家空荡荡的,只有雨水留下的印渍。除了她，只有一个人……

是那个酷似弗利小姐、在树下哭泣的小女孩吗？那个把我们吓得魂不附体的小女孩？马戏团的游行队伍发现她是在半个小时以前。那时她已经哭了好几个小时，害怕到了极点。她什么都愿说，什么都肯做，只要答应她放起音乐，让她骑上木马，让世界绕着她飞转，让她变老，一圈圈变老，不再哭泣，让可怕的噩梦消失，让她再次成为她自己。马戏团在那棵树下发现她、带走她以后，是不是对她许下了虚假的诺言？不，那个小女孩，尽管哭泣不已，却没有把一切都告诉他们，因为——

"吉姆。威尔。"威尔的父亲接着说道，"姓什么？他们姓什么？"

达克先生不知道吉姆和威尔的姓氏。

刺青皮肤上的怪物们大汗淋漓，汗水浸透了他的腋窝，发出阵阵恶臭。

"所以，我觉得是你在撒谎。"威尔的父亲焕发出了一种奇特的、全新的、让他自己非常愉快的情绪：安详。"现在，我倒想问问你：为什么你，一个马戏团的陌生人，要在这个偏僻小镇上、站在这条街上，对我撒这种弥天大谎？"

图画人那双布满画面的拳头攥紧了。

威尔的父亲脸色苍白。他想着那些收紧的、卑鄙的指头、指关节、尖利的指甲。在这些东西里面，是两张男孩子的脸，在黑暗中被这些东西压榨着，困在血肉做成的牢狱里。威尔的父亲愤怒极了。

在他们下面，两个人影痛苦地扭动着。

图画人的面孔恢复了镇定。

但是，一滴鲜亮的液体从他的右拳滴落。

一滴鲜亮的液体从他的左拳滴落。

　　一滴滴液体滴下格栅,消失了。

　　威尔惊得倒吸了一口气。湿答答的液体滴到他脸上。他伸手摸了一把,然后看着手掌。

　　落在他脸上的液体是鲜红色的。

　　他的目光从手掌转向吉姆。吉姆和他一样,躺在那里,一动不动。图画人的献祭行为——不管是真有其事还是纯属他们的想象——看样子结束了。两个孩子的眼光都盯着上面,盯着图画人鞋底的鞋钉。钢铁钉子摩擦着钢铁格栅,擦出阵阵火花。

　　威尔的父亲看见了图画人紧握的拳头里渗出的鲜血,但强迫自己仍旧只看着对方的脸,说道:"抱歉,我没法帮你。"

　　图画人身后街道转角的地方,走来了尘埃女巫,那个算命的:双手在空中比比画画,一身花里胡哨的吉卜赛打扮,绷着一张蜡脸,眼睛藏在一副深紫色的墨镜后面,嘴里不停地嘟囔着什么。

　　没过多久,向上张望的威尔就看到了她。没死! 他想,被气球带走了,擦伤了,摔下来了——却又回来了,怒气冲冲! 上帝,没错,她真的发火了,而且一门心思找我算账!

　　威尔的父亲也看见了她。纯粹出于本能,他感到浑身的血液放慢了流速,几乎凝固在胸口。

　　人群高兴地给她让开一条路。大家哈哈笑着,指点着她那身鲜艳、破烂的装扮,努力记住她哼哼的歌词,今后好拿它取笑。她走着,双手在身前摸索着这个镇子,仿佛它是一幅巨大的、花样繁复的挂毯。她嘴里唱道:

　　"告诉你将会找到什么样的丈夫。告诉你将会找到什么样的妻子。告诉你将有什么样的命运。告诉你将有什么样的生活。来看我,我知道。来看我的演出吧。我会告诉你,你未来的丈夫有一双什么颜色的眼睛,你未来妻子的灵魂是否美丽。来吧,来吧,来看我的演出吧。"

孩子们高声喝彩。孩子们喜欢这个曲子,做父母的也喜欢,大家都很高兴。来自尘埃的吉卜赛女人继续唱着。时间在她的哼唱中流逝,她的手指编织着小得看不见的网,不断编织,然后一个个捻碎。她用这些网感受飞腾的烟尘和人们呼出的气息,用它们触摸飞蝇的翅膀、看不见的细菌,用它们感应最细微的斑点、颗粒,感应被人们的动作和更为隐蔽的情绪所折射的阳光。

威尔和吉姆拼命挤成一堆,听着上面的歌吟。

"瞎了,是的,瞎了。但我要看的我能看见,我在哪里我能看清。"女巫轻声道,"我看见,秋天里,一个男人戴着草帽。你好呀。我还看见,哎呀,这不是达克先生吗,还有……还有……一个上了岁数的人……一个老头子……"

他没有那么老!威尔在心里叫道。他眨过三次眼之后,女巫停下脚步,影子落在躲藏的男孩身上,像又湿又凉的青蛙。

"……老头……"

哈洛韦先生一震,感到几把冰冷的刀子刺进胃里。

"……老头……老头……"女巫说。

她停止了嘟哝。"啊……"鼻孔里的鼻毛哆嗦着,女巫张开嘴,品尝着空气,"啊……"

图画人振作起来。

"等着……!"吉卜赛女人叹息道。

女巫伸出长指甲,从上往下抠着,如同在一面无形的、空气做成的黑板上抓挠。

威尔觉得自己像一只痛苦的狗,恨不得长声嚎叫、呜咽、悲泣。

慢慢地,她的手指向下爬去,感受着光谱,掂量着光线。再过一会儿,一只食指也许就会狠狠戳向人行道上的格栅:在那里!在那里!

爸爸!威尔在心里默念:快做点什么!

图画人喜气洋洋,耐心等待着他那位瞎了双眼却无所不见的尘埃女巫,充满爱意地注视着她的一举一动。

"好……"女巫的手指动弹起来。

"好!"威尔的父亲大声说道。

女巫的手打了个哆嗦。

"好!这才是真正的雪茄呢!"威尔的父亲叫道,转身大模大样地朝柜台走去。

"安静……"图画人说。

男孩们望着上面。

"好——"女巫嗅着空中的风。

"得重新点燃它!"哈洛韦先生把雪茄伸向柜台上蓝色的长明火。

"安静……"达克先生说。

"你抽烟吗?"爸爸问道。

爸爸高声大嗓的嚷嚷声撞得女巫头昏脑涨。她放下一只受伤的手,在身上擦了擦手心的汗水,样子好像普通人擦擦天线、让它的接收效果更好。然后,她再次抬起手,张大鼻翼,嗅着空气。

"哈!"威尔的父亲喷出一口浓浓的雪茄烟。烟云裹住了女巫。

"咳!"女巫呛住了。

"蠢材!"图画人怒吼道。至于他骂的是那个男人还是女人,下面的两个孩子无法分辨。

"来,你也来一枝。"哈洛韦先生一面喷烟吐雾,一面递给达克先生一枝雪茄。

女巫打了个响亮的喷嚏,震得向后一仰,然后踉踉跄跄地走开了。图画人一把揪住爸爸的手臂,紧接着猛醒过来:做得过头了。他松开手,尾随着他的吉卜赛女人走了,身姿出乎意料的笨拙,像斗败的公鸡。一面走,一面还听见威尔的父亲说:"祝你度过美好的一天,先生!"

不!爸爸!威尔心想。

图画人转身返回。

"你的名字,先生?"他直截了当地问道。

别告诉他!威尔在心里叫道。

威尔的父亲想了想,从嘴角取下雪茄,弹弹烟灰,平静地说:"哈洛韦。在镇上的图书馆工作。欢迎来访。"

"哈洛韦先生,我会的。"

女巫在转角附近等着他。

哈洛韦先生用手指蘸了点口水,试了试风向,然后冲着她又喷出一口烟云。

她霍地转身,走了。

图画人身体一僵,直挺挺地转过身,大步走远。两只拳头紧紧攥着,将吉姆和威尔的刺像攥在掌心。

寂静。

格栅底下是如此寂静,哈洛韦先生还以为两个孩子被吓死了。

下面的威尔凝视着上方,眼睛有些湿润,张着嘴巴。他在想,我的天,我怎么以前从来没发现爸爸的这一面?

爸爸很高大。真的很高大。

查尔斯·哈洛韦仍然没有把视线投向地面的格栅。他盯着溅在人行道上的一点又一点红色。点点红色，形状像一个个小彗星，一路远去，绕过街角。这是从已经消失的达克先生紧握的双拳中滴下的血。此外，他还惊奇地注视着自己。他刚刚所做的是一件不可思议的奇事，随之而来的必然是新的挑战。他半是绝望、半是镇定地接受了这个挑战。不要问他为什么报出了自己的真名实姓，连他自己都无从知晓。现在他能做的只是望着政府办公楼的大钟，对着它说话。底下的两个男孩侧耳倾听着。

"啊，吉姆，威尔。邪恶的事情的确发生了。你们能在下面多坚持一会儿吗？藏起来，今天白天别出来。我们得争取时间。像这样的事情，我们应该从哪里着手？他们没有犯法，至少没有触犯明文律条。但我感受到了死亡的气息，死亡已久，早已埋葬，却仍然能感受到它的气息，让我浑身战栗。藏起来，吉姆，威尔，藏起来。我会告诉你们的母亲，说你们在那个游乐场找了份工作。这是个好借口，让你们可以不用回家。藏起来，直到天黑。七点钟到图书馆来。这段时间里，我会在警察记录里查查马戏团的事。还有图书馆里的剪报、书籍、从前的对开本老书，一切跟马戏团相关的资料，看有没有什么东西对得上。愿上帝保佑，到天黑时、你们来的时候，但愿我能想出个计划。在那之前，别轻举妄动。保重，吉姆。保重，威尔。"

在威尔眼里变得很高大的小个子父亲说完这番话后慢慢走开了。

无意之间，他掉落了雪茄。雪茄从格栅条之间落下，溅出几点火星。

它躺在坑底，热烈的红色独眼望着吉姆和威尔。两个孩子也回望着它，很久以后才掐灭雪茄。

36

侏儒圆睁着疯狂的、灼灼放光的眼睛,一路向南,来到小镇的主街。

他突然顿住,脑海里冲洗出一条刚才拍摄的胶片。他扫了一眼上面的影像,哼哼叫着,在无数条人腿组成的森林中狂奔乱闯。最后,他向上伸手,拽得图画人弯下腰来。一句耳语,效果不亚于一声大喝。达克先生听完便跑,把侏儒甩在身后。

达克先生奔到雪茄店前的印第安木偶旁边,跪倒在地,抓住格栅,向下张望。

下面是黄色的报纸,揉成团的糖纸,烟头和口香糖。

达克先生怒火中烧,发出一声压抑的低吼。

"丢了什么东西吗?"

泰特莱先生在他的柜台后眨巴着眼睛。

图画人抠着格栅,脑袋点了一下。

"我每个月清扫一次格栅下面的垃圾,为的是下面的钱。"泰特莱先生说,"你丢了多少?一毛?两毛五?半美元?"

砰!

图画人怒目而视。

收银窗口里高高举起一面小牌子,上面用火红色的字体写着:

停止营业。

37

小镇的钟敲了七下。

钟声回响在图书馆漆黑的大厅里。

黑暗中，一片枯干的秋叶飘飘荡荡。

不，是从旧书里脱落的一页黄纸，在空中翻滚着。

图书馆无数阅读小间中的一间。桌上亮着一盏绿罩台灯。查尔斯·哈洛韦伏在桌前，紧抿双唇，眯缝着眼睛。他的手颤抖着翻开书页、拿起书本、重新安放一本本书。他不时匆匆跑开，观察一下外面的秋夜和街道，然后回到夹着文具夹的纸页，往夹子里添些纸头，飞快地抄下几句话。他嘴里自言自语，声音撞上图书馆的拱顶，发出阵阵回音。

"瞧这儿……！"

"……这儿……"黑沉沉的过道说。

"这张照片……"

"……照片……"阅读大厅说。

"还有这个！"

"……这个……"渐渐落下的灰尘说。

在他的记忆里，这是他度过的最漫长的一天：跟形形色色奇异的或者不那么奇异的人打交道；跟在四散开来的游行成员后面，搜寻那些搜寻者；对吉姆的母亲和威尔的母亲隐瞒实情，免得破坏她们快乐的星期天；和侏儒擦身而过，和表演吐火的人互相点头致意；有意避开僻静的小巷，折回雪茄店前的格栅、发现地坑里没人时竭力压制自己的恐慌——他知道，两个孩子一定是躲起来了，他们就在附近，或者在很远的地方。上帝啊,让他们离这儿远远的吧。

那以后,混在人群中,他去了马戏团的游乐场。他小心地避开帐篷,远离旋转木马。他观察着,直到太阳落山。借着暮光,他看了看镜子迷宫中冰冷的镜子组成的海洋——紧靠岸边,浅尝辄止,抢在溺水之前上了岸。这个经历使他对镜子迷宫有了足够的了解。镜子的海洋让他浑身上下湿透了,冷到了骨子里,于是,没等天黑,他再次混进温暖的人群,借着人群的保护回到镇子,回到图书馆,回到最重要的那批书本旁边。他把这些书排成一圈放在桌上,像一面大钟。他本人则像个学习怎么认钟点的人,绕着这个大钟走来走去,眼睛打量着黄色的书页,好像它们是钉在木头上的飞蛾翅膀。

这一张是撒旦的头像。旁边的几张富于奇幻色彩的素描是圣安东尼所受的诱惑。几幅蚀刻版画画出了一批怪异的形象:出现在炼金术士仪式上、貌似人形的伪人。差五分钟十二点的地方摆着《浮士德》,两点钟位置是《神秘学图解》,六点钟是讲述马戏团历史的书籍。还有时间机器的传说,埃及迷宫的渊源……不一而足。

但是,这面钟上没有时针。

他不知道对他、对那两个男孩、对这个不知情的镇子来说,现在是沉沉黑夜中的哪个钟点。

说到底,他了解的情况太少了。

半夜三点抵达,丑怪的镜子迷宫,星期天的游行,某个高个子在汗津津的皮肤上刺了一大堆靛青色图案,几滴血滴下人行道上的铁格栅,两个男孩在洞里向上张望……然后是他自己,钻在静得像坟墓的图书馆里,竭力把碎片拼成完整的图案。

那两个孩子只透过格栅对他说了几句最简单不过的话,他为什么就相信了他们？因为他们身上的恐惧。他这辈子见过的恐惧太多了，他认得出它，就像夏夜肉铺里散发的气味。

那个浑身刺青的马戏团班主是怎么回事？沉默无语，却在沉默中吐出了那么多凶狠、腐臭、致人死命的言辞？

今天下午他从敞开的帐篷门看见的那个老人又是怎么回事？坐在椅子上，头上一面写着"电先生"的小旗，全身上下电光游动如绿蜥，织成一张蠕动的、笼罩全身的网？

如此之多、如此之多的怪事。现在又是这些晦涩难解的书本。比如这一本，《人相学——从脸上窥见人物的个性》。

难道说，那两个满怀惊恐窥探昂然行进的可怕怪物的孩子，吉姆和威尔，他们就是这本书里所谓的纯洁天使吗？美好的肤色、匀称的体格和夏日般明朗的天性，正是一切女人、男人、孩子的最完美的代表？

与之相对……查尔斯·哈洛韦翻过一页……那些四下奔走的怪物、那个浑身刺青的奇人，他们的额头上是否印着狂暴、残酷和贪婪？或许他们的嘴意味着淫恶和虚伪、牙齿代表着狡诈与易变？或许他们就是无耻、自大的化身？是人们所说的凶暴的野兽？

不。书页砰地合上。光看脸的话，那些奇形怪状的人并不比许多深夜进出图书馆的人更丑陋——在他漫长的职业生涯中，这样的人他见过不少。

能确定的只有一件事。

莎士比亚有两行诗，说的就是这件事。他应该把它们写在这面书本组成的大钟中央，让自己的心灵不再犹疑：

拇指怦怦动，

必有恶人来。①

来的是谁？如此模糊，却如此巨大。

他不愿和它共处同一个世界。

但这个夜晚，他明白了一点：除非他能和它巧妙周旋，他的余生恐怕都要和它共处。

站在窗边，他向外望着，心想：吉姆，威尔，你们正朝这里赶来吗？你们能赶来吗？

38

星期天晚上，七点十五、七点半、七点四十五的图书馆。与世隔绝的寂静。时光像看不见的雪片，从遥不可及的高处落下；而书籍则如中途凝定的雪崩，定格在书架上，像一排排刻着楔形文字的石碑，诉说着永恒。

图书馆外，镇上的人走向游乐场，从游乐场返回，进进出出，如同小镇的呼吸。数以百计的人走过吉姆和威尔潜伏的、位于图书馆一侧的灌木丛。两人时而抬头，时而低下头去，鼻腔里充斥着泥地的气味。

"该死的！"

两个人都按捺着性子。街对面走着的，可能是个男孩，也可能是个侏儒。走在那边布满霜花的人行道上的，可能是任何窸窸窣窣乱钻乱窜的

---

① 出自莎士比亚《麦克白》，朱生豪译。本书作者以后一句为书名。另：著名侦探小说家阿加莎·克里斯蒂的一部著名作品以前一句为书名。

鬼祟异物。不过，无论那边走着的是什么，它们终于全都走远了。吉姆坐起来，威尔却仍旧面孔朝下，趴在意味着安全的土地上。

"喂，你怎么啦？"

"图书馆。"威尔说道，"现在，我甚至连图书馆都怕。"那么多书立在那儿，他想，古老的、几百岁的书，剥下来的皮，彼此挤着、靠着，像一千万只秃鹫。从书堆中间走过，烫金的书名朝你挤着眼睛。古老的马戏团，古老的书，还有他自己的父亲，一切都是……那么古老……

"我知道爸爸在里面，可是，在里面的真的是爸爸吗？我是说，如果他们来了，改变了他，让他变成了坏人……他们会许诺给他某种东西，可他们其实给不出，只是他以为他们能给他；真要这样，我们冒冒失失走进去，说不定五十年后有谁打开里面哪本书，发现你和我从书里掉出来，像两片晒干的飞蛾翅膀，掉在地板上——吉姆，他们会把我们压得扁扁的，夹在书页里，谁也猜不到我们居然在——"

吉姆再也忍受不了这些话了。他决定做点什么，让朋友振作起来。没等威尔反应过来，吉姆已经咚咚地敲打着图书馆的大门。紧接着，两个人都使劲敲打起来，不顾一切地想从现在身处的这个夜晚逃进里面蕴满书香的温暖夜晚。在两种黑暗中选择的话，这一个好得多。门开了，飘出书本的气味，很像烤箱里的味道。满头白发的威尔爸爸站在门口。他们蹑手蹑脚地穿过空无一人的走廊。威尔产生了一种疯狂的冲动：想吹口哨。晚上走过坟地时他常常这么干。威尔爸爸询问他们为什么来得这么晚，他们俩则努力回忆这一天里曾在哪些地方藏身。

他们在旧车库藏过，在旧谷仓藏过。他们爬上了能爬上去的最高的大树，在上面呆得厌烦了。厌烦比恐惧更可怕，于是他们下了树，去警察局报到，和警察局长聊天，靠这个在局子里度过了最安全不过的二十分钟。那以后，威尔想出了个主意：去每个教堂转转。于是他们爬上镇子里每一座教堂的尖顶，吓唬住在钟楼上的鸽子。教堂是不是真的比其他地方更安全？教堂钟楼是不是教堂里最安全的地方？他们俩谁也说不准。但感觉上确实比较安全。可接下来，教堂的刻板再一次让他们厌烦了。到处一模一样，真让人受不了。他们差点就要去马戏团自投罗网了，那样还能找点事做。幸好这时太阳下山了。从太阳下山到现在，这段时间过得挺好。侦察图书馆很有趣：把它当成原来属于己方的城堡，现在却被阿拉伯人把守着。

"就是这些。"吉姆悄声说，然后突然住嘴，"我干吗小声说话？图书馆已经闭馆了。哈！"

他大笑起来，又突然住嘴。

他以为自己听到了地下室里轻轻的脚步声。

其实只是他的笑声回来了，迈着豹子般轻轻的脚步，从高高的书垛间溜了回来。

于是，他们再次开口时，用的仍旧是低低的耳语。森林深处、黑漆漆的洞窟、昏暗的教堂、只有数盏昏灯的图书馆——这些地方都有同样的特点：它们调低你的兴奋度，冷却你的激情，让你只能发出耳语和低呼，因为你担心自己的声音会唤起这些声音的孪生幽灵，在你离开以后很久仍然在走廊里游荡不去。

他们来到查尔斯·哈洛韦刚才待过的小房间，围坐在他摆放书籍、研读多时的桌子旁边。直到这时，他们才看到了彼此的面庞，看到了彼此惨白的脸色。大家谁也没有评论对方的脸色。

"从头开始。"威尔的父亲拉开椅子，"请吧。"

于是，两个男孩各自讲述自己的经历，畅所欲言。他们讲了路过的避雷针推销员、他如何预言风暴将至；讲了半夜三更到来的火车；突然间进驻人马的"月亮洼"草甸；没人演奏却高声哭嚎的汽笛风琴；还有大白天如何来了大批基督徒游客，却没有发生半点异象：没有狮子，也没有人把他们扔给狮子撕咬①——只是镜子迷宫有些奇怪：无数镜子中间，时间好像变得忽前忽后。还有"设备故障严禁开启"的旋转木马；库格先生；那个长着一双看遍世间繁华兴衰眼睛的男孩，这个男孩的眼睛属于一个活得太久、见得太多的人，这人说不定希望死掉，只是不知道怎么才能死掉……

孩子们停下来喘口气。

弗利小姐。转过头来再说马戏团：发了疯的旋转木马；老得不堪的木乃伊库格在月光下喘息，吐出银色的尘雾，死了，又在一把椅子上复活，那把椅子绽出绿色的电光，点亮了他的枯骨；那一刻就像暴风雨，只是没有雨，也没有雷声。游行队伍。雪茄店旁边的地坑。躲藏。最后到了这儿。完了。说完了。

威尔的父亲坐在那里，视而不见地望着桌子中央。然后，他的嘴唇动了。

"吉姆，威尔，"他说，"我相信你们。"

两个男孩呆坐在椅子里。

"全都相信？"

"全都相信。"

威尔擦了擦眼睛。"哎呀。"他哑着嗓子说，"我真想大哭一场。"

"我们没时间哭！"吉姆说。

"是的，没时间。"威尔的父亲站起身，在烟斗里装满烟丝，在衣袋里找

---

① 早期基督徒受罗马帝国迫害的经历。

火柴,几乎把所有东西都摸了出来:一只老旧的口琴,一把削笔刀,一个坏掉的打火机,一本他打算记录奇思妙想却什么都没记的便签簿。这些东西列在桌上,像为一场小型战争准备的武器,只是这场战争或许还没开始就已失败。他拨弄着这些没用的东西,摇着头,最后终于找到一个破破烂烂的火柴盒,点燃烟斗,沉吟着在屋里踱步。

“看来,我们得好好谈谈这个特别的马戏团。它从哪里来?要到哪里去?有什么目的?我们之前觉得它从来没来过这里。可是,看看这儿。”

他轻轻拍了拍一张泛黄的报纸广告,上面的日期是 1888 年 10 月 12 日。他的指甲划过几行文字:

J.C. 库格和 G.M 达克喧哗大剧院有限公司及非正常人杂技表演世界博览会!

“J.C. 和 G.M。”吉姆说,“这个星期在这儿散发的广告传单上也有同样的缩写。可是,他们不可能是同一批人……”

“不可能吗?”威尔的父亲揉着手肘,“我的鸡皮疙瘩反对这个说法。”

他拿出另外几张旧报纸。

“1860 年,1846 年。同样的广告,同样的名字,同样的缩写字母。达克和库格,库格和达克。他们来了又去,去了又来,只不过每次间隔二十年、三十年、四十年,所以大家不会记得他们。其他那么多年份里,他们在哪里?旅行。不只是旅行。总是在 10 月:1846 年 10 月,1860 年 10 月,1888 年 10 月,1910 年 10 月。现在的 10 月,今晚。”他的声音慢慢低下去,“……当心秋天的人……”

“什么?”

"出自一本古老的宗教小册子。作者好像叫纽盖特·菲利浦牧师。我小时候读的。里面怎么说来着？"

他努力回忆，舔了舔嘴唇。想起来了。

"'对某些生物来说，秋天来得很早，去得很晚，一生如此。十月之后是十一月，十一月下面又是十月，而不是十二月和基督诞生的日子。没有伯利恒之星①，没有基督诞生的喜悦，只有十一月，然后是十月，周而复始，年年如此。没有冬天、春天，也没有令人振作的夏天。对于这些生物，永远是秋天。它是唯一的季节，此外再无其他。他们来自哪里？来自尘埃。他们去往哪里？去往坟墓。他们的血管里流动着热血吗？不，流动的是暗夜的风。他们的头脑里是什么？是蛆虫。他们的嘴里吐出什么？吐出蟾蜍。他们的眼里看见了什么？看见毒蛇。他们的耳朵听见什么？星辰之间暗黑深渊之声。他们过滤人群，索取灵魂，他们吞噬人们的理智，用罪人填满墓穴。他们散布癫狂，像甲虫一样飞舞、蠕动、钻营。他们遮蔽月亮，玷污清澈的流水。听到他们的声音，蛛网都会颤抖、破裂。这就是秋天的人。警惕他们。'"

顿了一下，两个男孩齐齐呼出一口气。

"秋天的人，"吉姆说，"就是他们。一定是！"

"这么说——"威尔咽了口唾沫，"咱们就是……夏天的人？"

"不大准确。"查尔斯·哈洛韦摇摇头，"你们俩比我更接近夏天。就算我曾经是个夏天的人，一个稀有的好人，那也是很久以前的事了。我们大多数人都只是一半对一半吧。在我们身上，八月正午的热量对抗着十一月的秋凉。如果我们有头脑，会储存一点七月的热量，帮助我们熬过来。但有的时候，我们会变成彻头彻尾的秋天的人。"

---

① 耶稣诞生时出现在天空的星辰。

"你不会,爸爸。"

"你不会,哈洛韦先生!"

他飞快地转过头来,看着这两个赞美他的孩子。两个男孩,两张苍白的脸,双手撑着膝盖,好像准备跳起来反驳他的话。

"这些只是说说罢了。别那么在意,孩子们,重要的是事实。威尔,你真的了解你爸爸吗?如果需要我们站在一起,对抗他们,那么,你们应该真正了解我,我也应该真正了解你们。"

"对呀,"吉姆喘着粗气说,"你是什么样的人?"

"去你的,我们知道他是什么样的人!"威尔抗议道。

"真的知道吗?"威尔的父亲说,"咱们来看看。查尔斯·威廉·哈洛韦,没什么特别的;要说有的话,那就是我五十四岁了。对存在于我内心深处的那个人来说,这一点总是十分特别。出生于甜水镇,在芝加哥住过,还熬过了可怕的纽约。在底特律长大,胡乱闯荡过许多地方,很晚才来到这里。之前一直生活在图书馆里,这个国家各个地方的图书馆,因为我喜欢独处,喜欢拿我亲眼见过的东西和书里写的作比较。从来都是过一阵子就上路,半途而废,我自己管这叫作旅行。到了三十九岁那一年,你母亲看了我一眼,这一眼把我定住了,从此以后一直在这里没动。可我还是觉得图书馆的夜晚最自在,能避开雨点一样的人群。这里就是我的最后一站吗?很可能是的。但如果问我为什么会在这里,现在看来,是为了帮助你们。"

他停下来,看着两个孩子年轻、美好的面孔。

"是的,"他说,"这么晚我才明白这一点。为了帮助你们。"

39

夜晚的图书馆拉下了百叶窗,每扇窗子都冷得"嗒嗒"发抖。

男人和两个男孩等着这阵风吹过。

风过后,威尔说:"爸爸,你一直在帮我,帮我们。"

"谢谢你,但你说的不是事实。"查尔斯·哈洛韦仔细看着自己的手掌,说,"我是个傻瓜。我总想着监督你,替你操心你的未来,而不是跟你站在一起,共同面对现在。不过,说句聊以自慰的话吧,傻瓜不止我一个,大家都是。应该怎么做呢?应该全身心地投入自己的生活,挣扎着过,凑合着过,和别人交往,笑,哭,过日子。你尽了最大的努力,但到了某一天,还是免不了会成为最傻的大傻瓜,不过到了那时,你可以心安理得地大喊'救命',然后等着别人的回应。我现在看明白了,这个夜晚,这个国家,有那么多城市、小镇和只有白痴才会待的偏僻旮旯,而那个马戏团开着他们的蒸汽火车来了,到处撞机会碰运气,摇晃树木,看能掉下什么果子。他们想要的不是果子,而是傻瓜。或者说,孤立无援的傻瓜,那些呼喊'救命'时没有人回应的人。没有社会关系的傻瓜,这就是那个马戏团和它的打谷机想收获的东西。"

"天哪,咱们该怎么办?"威尔说,"没有法子,简直让人绝望。"

"不对。我们关心'秋天的人'和'夏天的人'的区别——光凭这一点,我就相信一定会有办法。人们有时的确会犯傻,但不一定就此永远成为傻瓜;同样的道理,一次犯错也不一定让你永远成为罪人、邪恶的人。你可以有很多选择。而他们,那个叫达克的家伙和他的朋友,并不是所有的牌都在他们手里。今天在雪茄店,我看出了这一点。我怕他,但我发现他也怕我。两方都害怕。现在的问题是,咱们怎么利用这一点?"

"怎么利用?"

"首先,咱们得临阵磨枪,恶补一下历史。如果人类喜欢'坏',它可以一直待在'坏'里不出来,你们同意吗?同意。我们现在是否仍然待在丛林中、与野兽为伍?否。或者待在水里跟梭子鱼做邻居?否。在进化的某个阶段,我们放弃了大猩猩的尖爪。在另一个阶段,我们扔掉了食肉动物的利齿,开始吃草叶。我们认为自己高于猿类,但还远远不到天使的高度。这是一个新颖、美好的观念,我们唯恐失去它,于是把它写在纸上,著书立说,以它为基础建立起观念的大厦。我们进出于这些大厦,反复思索,像我们的祖先咀嚼新发现的草叶:这一切究竟是怎么开始的?我们人类是什么时候下定决心不与兽类混同、然后走出了至关重要的第一步?我猜是几十万年前的一个晚上,一个洞穴里,某个浑身长毛的人醒了过来。他望着煤堆对面,那里是他的女人、他的孩子们。他想:有一天,他们会冷,会死,从此消失。那以后,他一定哭了。那个夜里,他伸手搂住他的终将死去的女人,还有终将随她而去的孩子。第二天,他待他们好了一点点,因为他知道,和他一样,他们心中也有同样的种子,能产生他昨晚那种想法的种子。于是,那个人明白了一个道理。他是第一个明白的,到现在,这个道理已是人人皆知:人生短暂,生命永恒。伴随着这个观念而来的是同情和慈悲,那以后,是更复杂、更神秘的观念:爱。

"总而言之,我们人类究竟是什么?我们是有知识的生物。问题是知识太多,成了我们的负担。在这种负担之下,我们又有了新的选择:笑还是哭?没有任何其他动物可以做出这两种表情。唯有人类两者皆能,视环境而定,由需要而定。不知为什么,我总觉得那个马戏团在观察着我们,看我们是哭是笑,如何哭笑,为何哭笑;当它觉得我们已经熟透、可以采摘的时候,它就会行动起来。"

查尔斯·哈洛韦停下来。见两个男孩听得全神贯注,他突然觉得脸上有点发烧,有必要转过身子。

"哎呀,哈洛韦先生,"吉姆轻轻叫道,"讲得太棒了,接着说呀。"

"爸爸,"威尔惊奇不已,"我从来不知道你这么能说!"

"什么都不会,只会说!"查尔斯·哈洛韦摇摇头,"是啊,应该早点跟你们说,随便哪天都行,多说一点。嘿,刚才我说到哪儿了?好像是……爱的由来。对,爱。"

威尔似乎对这个字眼没兴趣,吉姆则有点想入非非。

他们的表情让查尔斯·哈洛韦停了下来。

应该怎么说,他们才能理解?说爱是人类的共同事业,是人类共有的体验?它是将人类凝为一体的黏合剂,对吧?他可以对他们这样说吗:他无比感激,因为他们今晚来到了这里,在这个晚上,在这个发了疯的地球上,而这个地球正围绕着一个大太阳疯转,那个太阳之外还有更大的空间,空间之外更有巨大、无垠的宇宙,而这一宇宙正奔向某个目的,或者相反,它正在背离这个目的……他应该对他们说这些吗?他可不可以说:应该爱,因为我们同舟共济,共同体验着这个星球的高速飞行,我们有共同的事业。不,也许应该从小事说起。为什么爱那个在三月的田野里放飞风筝的男孩?因为我们的手指也体会到了风筝线摩擦手指的热量。为什么爱那个透过奔驰的火车车窗看到的弯腰汲水的农村姑娘?因为舌头回忆起了很久很久以前某个正午喝到的井水,一股铁味儿的水凉意沁人。为什么为路边陌生的死者哭泣?他们让我们想起了四十年未见的过去的朋友。为什么看了小丑被馅饼砸中会放声大笑?因为我们能尝到馅饼的滋味,能尝到生活的滋味。为什么爱那个成为你妻子的女人?她的鼻子呼吸的空气来自我熟悉的世界,所以我爱那个鼻子;她的耳朵听到的音乐是我爱到骨子里、一唱就停不下的曲子,所以我爱她的耳朵;她的眼睛会喜悦地看到这片土地的四季风光,所以我爱那双眼睛;她的舌头熟悉木瓜、桃子、樱桃、薄荷和酸橙的味道,我喜欢听它说话;她的肌肤知道热、冷、疼痛,我也了解火、雪和痛苦。分享经历,再一次分享经历,千百万种最细微的体会。切掉一种感觉,一部分人生随之而去;切掉两种,你切掉了半个人生。我们爱我们熟知的东西,我们爱我们自己。共同事业,共同体验,嘴的共同体验,还有眼睛、耳朵、舌头、手、鼻、肌体、心脏,以及灵魂。

但……怎么诉说这一切?

"这样,"他作出努力,"假定两个男人坐在一辆车上,一个是士兵,另一个是农民。一个只想谈论战争,而另一个只想说说小麦收成。到最后两人都会厌烦得直打瞌睡。但是,如果一个人说起长跑,而另一个正好跑过,哎,这两个人会整晚聊跑步的事儿,像两个孩子似的,因为共同的记忆成为朋友。这么说吧,所有男人都有一个共同话题:女人。一聊起女人,聊到天亮都收不住嘴。该死的。"

查尔斯·哈洛韦再次打住话头,脸有点发红。他模模糊糊地知道这番谈话有个目的,但不知道怎么才能达到那个目的。他咬着嘴唇

爸爸,别停下。威尔想。你说话的时候,这个地方让人感觉好极了。你会救我们大家的。接着说呀。

男人读懂了儿子眼里的意思,又从吉姆眼里看到了同样的意思。他缓缓地绕着桌子走了一圈,摸着画在书页上的夜间出没的野兽、衣衫褴褛的老太婆、孤星、弯月、古色古香的太阳、用骨末而不是沙子做的沙漏。

"本来打算跟你们说说应该做个好人的,咱们说过了吗?天哪,都记不清了。有人朝一个陌生人开枪,你不大可能冒险帮助这个陌生人。但

如果半个小时以前,你跟这个人一块儿呆过十分钟,你知道一点点他的事,还有他的家庭,那么,你也许会扑向开枪的人,阻止他。真正的了解是好事。不了解,或者拒绝了解,这是坏事,至少可以说不道德。因为不了解,你就无法行动。这种情况下贸然行动会让你跌下深渊。老天,老天,我这么滔滔不绝,你们准以为我发疯了。你们可能觉得我们应该马上出去,朝他们开火,就像在游乐场上射鸭子,在这里是射气球,朝大象那么大的气球射击,威尔,像你做的那样。但我们必须努力弄清一切可能弄清的情况,了解那些怪物,尤其是那个领头的。知道什么是'坏'以后,我们才能朝'好'努力。真可惜,我们的时间不够。星期天晚上,演出会早早结束,观众也会早早回家。到时候,我觉得会有秋天的人来拜访我们。所以,我们还有大约两个小时。"

吉姆到了窗边,目光越过镇子,眺望远处的帐篷和那具汽笛风琴——到了深夜,它会给飞旋的世界奏响伴奏音乐。

"他们做的是坏事吗?"他问。

"坏事?"威尔气愤地大喊道,"坏事!你居然还需要问这个!?"

"别发火。"威尔的父亲说,"这个问题问得好。他们的某些演出确实非常棒。但那句老话恰好可以用在这儿:将欲取之,必先予之。一点也不付出,什么也别想得到。不过事实上,他们从你这儿得到了某些东西,却什么东西都没给你。他们给你的是空头许诺,骗你伸长脖子,然后——咔嚓!"

"他们是从哪里来的?"吉姆问道,"他们到底是什么人?"

威尔和父亲也走到窗前,望着窗外。查尔斯·哈洛韦朝着远方的那些帐篷说:

"那样的人,或许从前只是个走遍欧洲的普通演员:拴在脚踝的铃铛叮叮作响,肩上扛着鲁特琴,让他映在地下的影子显得像个驼背。我说的是哥伦布之前的时代。但也可能是一百万年前,大家还差不多是猴子的时候,某个人开始以他人的不幸为食,整天咀嚼着别人的痛苦,像嚼薄荷口香糖一样,觉得这种食物香甜极了。别人的灾难滋养了他。或许他继承父业的儿子改进了父亲的工具:陷阱、捕网、榨骨器、夹碎人头的夹子、撕扯血肉的钳子,给灵魂剥皮的刀子。这个坏蛋的暴行会将他引向阴暗的池塘,这里群聚着能窒息生命的虫蚋,在夏夜吸食血肉的毒蚊,它们能将人的面孔叮咬成让骨相学家欣喜若狂的怪相。就这样,这里来一个同伙,那里来一个同伙,快得像油滑谄媚的目光,没过多久便有了一群败类。他们搜寻麻烦,聚拢悲惨,在地毯下面搜集蜈蚣的足迹,寻觅深夜的冷汗,在卧室门口窃听人们的悔恨和自责。

"别人的噩梦是他们的面包,痛苦则是涂抹面包的黄油,他们的闹钟是报死虫。时间流逝,他们愈加发达起来。他们是手执皮鞭的金字塔监工,用他人的汗水和心碎的痛苦筑起高塔;他们骑着瘟疫的白马诅咒欧洲;他们在恺撒耳边悄声提醒他不过是个凡人,同时又大肆兜售廉价匕首[1]。他们中的某些人一定曾是悠游宫廷的小丑,为皇帝、王公和教皇们充当垫脚的奴才。而在宫廷之外,他们是浪迹无踪的吉卜赛人。世界在成长,在扩张,他们也随之成长扩张,因为世间出现了更多样、更鲜美的痛苦,足以让他们茁壮生长。火车的出现为他们安上了车轮,于是他们从哥特风和巴洛克风的时代沿着长轨驶到了这里。瞧瞧他们的车厢吧,上面的雕饰与中世纪的神龛如出一辙。那些车厢,原本全是由马匹拉拽的,或者由驴,甚至是人。"

"那么多年,"吉姆的声音越说越低,仿佛声音本身吞噬了自己,"同一

---

[1] 指恺撒死于暗杀之事。

伙人？你是说库格先生、达克先生，他们都几百岁了？”

“那架旋转木马，骑一两圈就能去掉一两年，他们喜欢去掉多少年都行，对吗？”

“那、那岂不是说——”威尔脚下似乎裂开了万丈深渊，“他们可以长生不死！”

“而且不断害人。”吉姆反复掂量着这个念头，“可这是为什么？为什么非得害人呢？”

“这是因为，”哈洛韦先生说，“要让一个马戏团动起来，你需要汽油，燃料，总之需要点什么，对吗？有些人，如果不能嚼点什么有滋味的东西，他们的假牙会脱落，灵魂也会跟着假牙脱落。在葬礼上，他们的乐趣会成倍增加；早餐时，晨报上的讣告会让他们乐得笑出声来。这些人，再做个乘法，乘以那些怨偶夫妻，后者的毕生职业就是撕下对方的皮，过一阵子再把它补回去。还得加上那些蒙古大夫，把病人开膛破腹之后才拿人家的肠子占卜打卦、看病人到底得了什么病，接着再用脏兮兮的线缝死。把以上这些统统框起来，再千百次开方，你就知道这个马戏团能发出多大瓦数的黑光了。

“我们心中都有恶意，他们却是渴求痛苦、悲哀和恶毒，比普通人强烈千百万倍。我们也会拿他人的罪孽点缀自己的生活，让生活更有味道一些。但那个马戏团在乎的不是味道，臭气熏天它都不在乎，只要它能饱餐恐惧和痛苦。这就是燃料，是驱动木马旋转的蒸汽：赤裸裸的恐惧、痛彻心扉的悔恨、真实或想象的伤口所引起的惨叫。马戏团吮吸着它们，靠它们点火发动，轰隆隆上路。”

查尔斯·哈洛韦喘了口气，闭上眼睛，继续说道：

“这一切我是怎么知道的？我不是知道，我是感觉到了！尝到了。像两个晚上之前燃烧腐叶残留的烟气。像停尸房里的鲜花的气味。我听到了那种音乐。你们告诉我的,我听到了,我还听到了许多你们没有告诉我的。也许我一直在梦中看到这样的马戏团,一直等待着它的到来,好在清醒的时候见它一面,向它点头。现在,它帐篷里的演出撩拨着我,像弹木琴一样拨弄着我的骨头。

"我的骨头知道这一切。

"它告诉了我。

"我又告诉了你们。"

40

"他们能不能……"吉姆说,"我是说……他们买别人的灵魂吗?"

"能白白得到的,为什么要买?"哈洛韦先生说,"唉,大多数人巴不得交出一切,换来虚无。再没有比我们永生不死的灵魂更被我们轻视的了,我们只把它当成取笑的对象。听你话里的意思,你把那些东西当成了收买灵魂的魔鬼。我认为他们只是某种并非魔鬼的生物,学会了没有灵魂也能生存。阅读古老的神话时,有个问题一直困扰着我。我问自己,《浮士德》中的魔鬼靡菲斯特为什么想要一个灵魂?到手以后,他会拿它怎么办?派什么用场?现在我要抛出我自己的理论了,站开些,小心别被砸着。那些东西想要的是能迸发出火焰的骚动的灵魂,来自那些夜间辗转难眠、白日里因为罪孽内心纠结的人。死去的灵魂是没有火焰的。但一个活生生的、躁动的、被自我厌弃炮制得香脆可口的灵魂,啊,对那些东西而言,这才是可以朵颐大嚼的美食呢。

"我是怎么知道这些的? 通过观察得来。这个马戏团的人其实很像其他普通人,只是多了些东西。在普通人中,一个男人,一个女人,本可以各走各的路,或者干脆杀掉对方,可他们没有那样做。他们相互吸引,结为夫妻,然后互扯头发,指甲狠抓,折磨对方一辈子。对方的痛苦就像一服兴奋剂,有了它,这一天才算没有白活。这个马戏团也是这样。它能从远处嗅出焦灼的灵魂,然后被它们吸引着飞跑过来,在它们的痛苦上烘烤它的双手。男孩们焦灼,渴望着成为男人,这种焦灼的痛苦很像那颗毫无智慧的智齿引起的疼痛。而马戏团能从万里外嗅到气味。它还能察觉像我这种中年男人的痛苦:人生美好的夏日午后早已逝去,蹉跎至今一事无成。需求、向往、欲望,这些东西在我们的体液中燃烧,在我们的灵魂中氧化。它们的气息喷出我们的嘴唇、鼻孔、眼睛和耳朵,用我们的手指充当天线向外广播。至于用的是长波还是短波,只有上帝知道。而那个马戏团能察觉我们的这些痒处,然后像螃蟹一样飞快地爬过来,要替我们挠上一挠。它跑了很远的路,但一路并不辛苦,因为每个岔路口都有人向它提供痛苦,满足它的需求,为它提供继续前进的动力。所以,那个马戏团或许可以长存下去,以我们对彼此的恶意为食,还有我们最深最深的悔恨。"

查尔斯·哈洛韦突然惊呼一声。

"老天爷啊,我居然把这些话说出口了。这十分钟里,我说了多少? "

"说了不老少。"吉姆说。

"用什么语言?! 真该死。"查尔斯·哈洛韦喊道。蓦然间,他方才所做的一切似乎跟其他晚上没什么区别:陶醉于孤独的踱步,沉迷于观念的提炼,把自己的见解对着厅堂宣讲,而厅堂只回应一次,随即便让这些见解永远消失。他毕生都在著述,写在那些巨大建筑中巨大房间里的空气上，然后让它们飞出通风管道。而现在，这些言词似乎成了焰火，追求的只是色彩、声音。这些结构精巧的言辞啊，仅仅为了眩惑男孩的眼睛，妆点自我的形象。当色彩消散声音沉寂之后，他们的视网膜和脑海里没有留下任何印记。不过是一次雄辩术的练习罢了。他讪讪地问：

"这些话，你们听进去了多少？五句听进了一句？八句听进了两句？"

"一千句里听进三句。"威尔说。

查尔斯·哈洛韦大笑、叹息。

吉姆突然插话：

"他们……是不是……死神？"

"马戏团吗？"老人点燃烟斗，吐出一口烟，仔细看着烟雾形成的图案，"不。但我认为，它会把死神当成威胁别人的工具。死神并不存在。过去不存在，将来也不会存在。但那么多年来，我们无数次描绘过它的模样，一直想把它具象化，以便把握住它。我们只能把它想象成一个实体，奇怪的是我们居然把死神想象成一个活物，而且非常贪婪。其实，死亡不过是一块停下的表，是终结，黑暗，虚无。这个马戏团很聪明，它知道我们害怕虚无更甚于'某物'。你至少可以跟'某物'战斗，虚无却无从对抗。攻打虚无的哪个部位？它有心脏、灵魂、屁股还是大脑？不，什么都没有。所以这个马戏团只是冲着我们摇动一个里面什么都没有的骰盅，趁我们吓得魂不附体彻底缴枪时一把收割我们。哦，对，它还是让我们看了点东西，展示了最终通向虚无的'某物'。草甸上的那一连串镜子，没错，那就是个实实在在的'某物'，能把你吓得灵魂出窍。这一招很卑鄙，像拳手攻击对方腰带以下：让你看见一大把年头对你的影响，让你亲身感受到永恒的气息，仿佛干冰吐出的雾气。接着，趁你吓得全身僵硬，它放一首直刺人心的甜蜜曲子给你听。真甜蜜啊，散发着五月天才洗完澡、翩翩起舞的一群女人的气味,散发着酒香和干草的气息。蓝蓝的天空,夏夜湖畔,诸如此类的音乐,让你的脑袋砰砰直响,活像大圆月亮绕着那架汽笛风琴乱砸一气。手法简洁明了。上帝啊,我真的很欣赏他们这种直截了当的风格。把一个老家伙扔进镜子里,让他看着自己碎成冰碴一样的无数碎片,只有马戏团能重新拼凑起来。怎么拼凑?在旋转木马上倒着转几圈吧,回到青春时期美妙的音乐中:《美丽的俄亥俄》,或者《寡妇玛丽》。但他们很小心地没有把一件事告诉那些伴着音乐骑上木马的人。"

"什么事?"吉姆问道。

"是这样,如果你是个可怜的罪人,处于某种形态,换了一种形态之后,你仍旧是个可怜的罪人。身体的改变影响不了大脑。如果我明天把你变成二十五岁,吉姆,你的思想仍旧是孩子的思想,而且它会表露出来!换个例子,如果他们这会儿把我变成一个十岁的孩子,我的头脑仍旧是五十岁的头脑,这个孩子会成为有史以来最滑稽、最苍老、最怪异的孩子。除此之外,时间脱节还会带来其他问题。"

"什么问题?"

"就算我变年轻了,我的所有朋友仍旧是五十岁,六十岁,对不对?我们的友谊将从此消失,一去不复返。因为我不能告诉他们我做了什么,对吗?他们会痛恨这种事,他们会恨我。他们关注的事,我不会再关注了,特别是他们的烦恼。他们关注的是病痛和死亡,我只会关注自己的全新生命。所以,一个貌似二十、其实比《圣经》中的长寿翁玛士撒拉还老的人,他怎么在这个世上立足?像这样的巨大变化,谁承受得了?马戏团不会事先把这种类似术后冲击的震撼告诉你,但是,上帝啊,我敢打赌,这种震撼绝对存在,比正常手术的冲击大得多!

"那么,最后会发生什么?你得到的奖品是:发疯。身体改变了,个人环境改变了,这是其一。还有其二:愧疚。抛下了你的妻子或丈夫以及朋友,让他们和其他人一样死去——天哪,光这一点就足够让人晕过去了。马戏团倒是正中下怀:有更多的恐惧、痛苦供他们大嚼。新鲜刺激的烟雾散去之后,剩下的是痛苦不堪的良心。这时你说你想回到从前,马戏团会点着脑袋,认真倾听。行,他们向你保证,很短的一段时间以后,他们会把你那二十来年还给你,或者你那十来年。就这样,仅仅凭着一句让你变回正常老年人的许诺,那辆火车开动了,继续周游世界。它的节目里演员众多,全是那些发疯的人,等待着人家把他们放出牢笼;与此同时为马戏团效力,为它的炉膛提供燃料。”

威尔嘀咕了一句。

“什么?”

“弗利小姐。”威尔痛悼不已,“噢,可怜的弗利小姐。就像你说的那样,现在被他们捏在手心里了。得到她想要的东西以后,她被吓坏了。她不喜欢自己那个样子。哦,她哭得那么伤心,爸爸,伤心极了。我敢打赌,他们准会向她保证某一天把她变回五十岁,只要她乖乖听话。哦,爸爸!哦,吉姆!不知他们会怎么对付她。”

“只有上帝能帮助她了。”威尔父亲吃力地伸出一只手,描着一张陈旧的马戏团招贴画上的畸形人,“他们多半已经把她扔进了那群畸形人中间。那些畸形人,他们究竟是什么人?跟着马戏团走过漫漫长旅、渴望被解救的罪人?畸形会不会暗示着他们从前的罪孽?那个胖子,他从前是什么人?如果我的猜测没错,马戏团喜欢掂量罪孽,而且有意嘲弄,那么,他从前应该是个纵欲者,变着花样填塞欲望的胃口。唉,现在成了这般模样,皮肤几乎盛不下填塞进去的那么多东西,都快撑破了。还有那个瘦子,骷髅人还是什么名字,他曾在精神和物质上让他的妻儿饥饿不堪吗?那个侏儒呢？是不是你们的那个朋友,卖避雷针的人？总是在路上,始终安顿不下来,不能立住脚步面对困难,永远跑在闪电前头。是啊,他是卖避雷针的嘛,可他总是留下别人面对风暴。于是,或是巧合,或是有意安排,落进木马圈套以后,他缩小了。不是缩成孩子,而是变成了一个丑怪的肉球,圆满了,紧紧抱着自己吧。算命的吉卜赛女人尘埃女巫？说不定从前跟我一样,总是活在明天,任由今天流逝。她受到的惩罚就是猜测别人充满幻想的日出和沮丧悲伤的日落。尖头人呢？绵羊男孩呢？食火者？还有那对暹罗双胞胎,上帝啊,他们从前是什么人？联体自恋者？我们永远不会知道,因为他们永远不会说出真相。我们只能猜测,也许猜得大错特错,最近半小时里已经猜错了一百来件事。好了——来订计划吧。我们从哪里着手？"

查尔斯·哈洛韦摊开一张格林镇地图,用一枝粗铅笔标出马戏团所在的位置。

"我们能继续躲下去吗？不,有弗利小姐,还有那么多知道你们的人,躲是躲不掉的。那么,我们怎么出击才不至于一照面就被对方干掉？用什么武器——"

"银子弹!"威尔叫道。

"才不!"吉姆鼻子里哼了一声,"他们又不是吸血鬼!"

"如果我们是天主教徒就好了,可以借点教堂的圣水——"威尔说。

"别犯傻。"吉姆说,"那是电影里的东西。现实生活中没这种事。我没说错吧,哈洛韦先生？"

"我倒真希望能说你是错的,孩子。"

威尔眼睛一亮,"有了。只有一个办法:带几加仑汽油,还有火柴,去一趟'月亮洼'——"

"那是犯法!"吉姆宣布。

"真没想到这话会从你嘴里说出来!"威尔说。

"喂,别冲我开战!"

就在这时,所有人都停下不动了。

一个细微的声音。

一阵若有若无的风,吹过图书馆的走廊,流进这个房间。

"大门。"吉姆悄声说,"有人开了门。"

很远的地方,"咔嗒"一声轻响。刚才还在轻拂男孩裤脚和男人头发的微风停止了。

"有人关了门。"

寂静。

唯有布局如迷宫的、巨大的、黑沉沉的图书馆,以及图书馆内由沉睡的书籍构成的另一个迷宫。

"有人进来了。"

男孩们半直起身子,嘴里发出无声的呜咽。

查尔斯·哈洛韦等了一会儿,然后悄悄吐出三个字:

"藏起来。"

"我们不能留下你一个——"

"藏起来。"

男孩们跑了,消失在黑沉沉的迷宫里。

查尔斯·哈洛韦僵硬、缓慢地吸气、呼气。他强迫自己坐下,眼睛对准发黄的报纸。他等待着,等待着……然后继续等待着。

41

憧憧黑影中,一个影子在移动。

查尔斯·哈洛韦感到自己的心沉了下去。

过了很长时间,影子和影子陪伴的人才来到房间门口。影子似乎特意让自己慢下来,以彰显那具肉身,突出他那种意志控制之下的安详镇定。当阴影终于来到门前时,被它引领到此处、向屋里望去的不是一个人,不是一百人,而是上千人。

"我的名字叫达克。"门口的声音说。

一直屏住呼吸的查尔斯·哈洛韦的鼻孔喷出两股气流。

"大家称我图画人。"那个声音说,"那两个男孩在哪里?"

"男孩?"威尔的父亲终于转过身,打量着站在门口的高个子。

他突然发现,桌上那些古老的图书就那么放着、摊开着。他跳起身,马上又停下,然后用尽可能随意的动作一本本合上书页。

图画人嗅着书页合拢时激起的黄色书尘,假装没有注意到威尔父亲的举动。

"那两个男孩不在这儿。两家的房子都搬空了。错过免费游玩的机会,他们肯定会觉得很可惜。"

查尔斯·哈洛韦开始把桌上的书搬回书架,"要是我知道他们在哪儿就好了。嘿,他们要是知道你会给他们免费票,准会乐得叫起来。"

"是吗?"达克先生让脸上的微笑融化、消失。他轻声说:"我可以杀了你。"

查尔斯·哈洛韦点了点头,继续慢条斯理地搬运图书。

"你听见我说的话了吗？"图画人厉声说。

"听见了。"查尔斯·哈洛韦掂着书本的分量，好像这是他做出的判断似的，"但你不会现在就杀我，因为你很聪明。有这份聪明，你才能领着这个戏班子，在世上跑那么长时间。"

"这么说你读了几张报纸，然后就觉得对我们了如指掌了？"

"不，不，差得远呢。但我知道的那些已经足够让我害怕了。"

"请怕得更厉害些。"囚在黑衣下面的无数夜行生物刺青通过那双薄薄的嘴唇说，"我有些朋友在外面，他们中有人可以结果了你，让你像死于最自然不过的心力衰竭。"

血液猛地加速流动，震动着查尔斯·哈洛韦的心脏，敲打着他的太阳穴，以两倍的速度在他的手腕上跳动。

女巫。他心想。

他的嘴唇一定做出了相应的口形。

"女巫。"达克先生点点头。

查尔斯·哈洛韦将那摞书放回书架，手上只留下一本。

"嗯，是本什么书啊？"达克先生眯缝着眼睛瞅了瞅，"《圣经》？真有意思。幼稚的老套路，很有趣。"

"你读过它吗？达克先生？"

"读过吗？我熟悉上面的每一页，每一段，每一个字眼，先生！"达克先生慢悠悠地点燃一支烟，将烟雾喷向"请勿吸烟"的标志，这才对威尔的父亲说，"你真的以为这本书可以伤害我吗？难道你的盔甲就是天真幼稚吗？瞧着。"

没等查尔斯·哈洛韦有所动作，达克先生一跃上前，夺过那本《圣经》，两手拿着。

"想不到吧？瞧，我可以碰它，拿它，甚至还能读它呢。"

达克先生哗啦啦翻着书页，朝书上吐了一口烟。

"在你之前，不知多少人拿着死海古卷之类的玩意儿对付我，你指望我在这些东西面前倒下吗？很不幸，这种事只是神话，仅此而已。生活不会因为神话停住脚步。说到生活，它是多么精彩绝伦啊。一次次轮回，一次次重生。像我这么疯狂的家伙，生活里还有不少呢。你的英王詹姆士和他的所谓文学典范的《圣经》版本，那些枯燥无味的诗文——只配让我花这么点时间和精力。"

达克先生随手将《圣经》扔进废纸篓，再也不看它一眼。

"我听到你的心跳得很快。"达克先生说，"我的耳朵没有那个吉卜赛人那么精密，但也还管用。你的眼睛老是瞧着我身后，那两个男孩就藏在那片兔子窝里对吧？很好。我不希望他们逃走。当然，就算逃走，也不会有人相信他们的胡言乱语。说实话，他们的话是替我们打广告，让大家心痒难熬、晚上大汗淋漓，最后到我们那儿去贼头贼脑四处乱钻，查我们的底细，然后舔着嘴巴，想在我们那些特别的机关上花点钱。你就是这样。你来过，你钻过，你不光是好奇。你多大年纪了？"

查尔斯·哈洛韦紧紧咬着嘴唇。

"五十岁？"达克先生的声音柔和极了。"五十一？"他悄声道，"五十二？想变得年轻点吗？"

"不！"

"用不着大喊大叫。文明点嘛。"达克先生哼着小曲，在屋里溜达着。他的手抚过书籍，好像在清点流逝的岁月，"啊，年轻是件好事。再次回到四十，不错吧？四十比五十强十年，三十更是强二十年，那可是比五十强得太多太多了。"

"我不想听！"查尔斯·哈洛韦闭上眼睛。

达克先生偏着脑袋，吸着烟，观察着，"奇怪，你不想听，却把眼睛闭上了。更好的办法是捂上耳朵——"

威尔的父亲双手紧紧捂住耳朵，但声音仍然透了进来。

"咱们这么办，"达克先生挥了挥手上的烟，说道，"如果你在十五秒内同意帮助我，我就让你过四十岁生日。十秒之内，你庆祝的是三十五岁生日。这可是相当年轻啊。跟你现在相比，几乎算是个小伙子。我要看表计时了。我发誓，如果你立刻抓住机会，帮我这个忙，我说不定会给你去掉三十年。用广告上的话，优惠多多啊。好好想想！人生重新开始，一切都是全新的，那么多可以做的事、可以重新体验的美好感觉。最后机会！开始。一、二、三、四——"

查尔斯·哈洛韦蜷着身体，几乎半蹲着，死死顶着书架，挫响牙齿，想压下计数的声音。

"你在消耗自己的生命，老头子，我亲爱的老伙计。"达克先生说，"五，又消耗了一些。六，消耗得很多了。七，大消耗啊。八，浪费，浪费啊。九，十，老天，你这个傻瓜！十一，哈洛韦！十二，机会快没有了。十三！抓紧！机会正在远去！十四！你完了！十五！彻底完了！"

达克先生放低他戴着表的手腕。

查尔斯·哈洛韦喘息着。他早已扭过头去，把脸埋在古老书籍的气味中，感受着古老、舒适的皮革书封，尝着墓地尘土与干花的味道。

达克先生已经来到门口，正朝外走。

"待在那儿别动。"他吩咐道，"听着你的心跳，我会派人搞定它。在此之前，是那两个男孩……"

不眠的众生，密密麻麻，跨上那具高大的身躯，骑着达克先生，与此同时扛着他、压着他,悄无声息地跨进黑暗。它们呼喊着,号叫着,散发出模糊不清却又达到极点的兴奋。这一切汇合起来,回荡在达克先生沙哑的呼唤声中:

"孩子们,你们在吗? 不管你们在哪里……回答我。"

查尔斯·哈洛韦向前一跃,立即觉得天旋地转,而达克先生柔和、轻松、最悦耳不过的声音仍然在黑暗中响着。查尔斯·哈洛韦倚在一把椅子上,他想:听,我的心跳! 他跪倒在地,说:听着我的心跳! 它迸开了! 上帝啊,它要跳出胸口了!

图画人迈着猫一样无声的脚步,走在书架和沉沉静候的书籍组成的迷宫中。

"孩子们……? 听到我了吗……?"

寂静。

"孩子们……"

42

这里是无数书籍中间的某处。这里只有书,斜倚着的书,静止不动但充斥四方的书,数以百万计的书。向右拐过二十几个弯,向左拐过三十几个弯,从过道一直走下去,走过走廊,前面是死胡同,是锁着的门,半空的书架。这里有从狄更斯的书中抖落的伦敦的煤烟,或者,这里是陀思妥耶夫斯基的莫斯科和远方的干旱草原,又或者,这里是羊皮纸书写的《地图集》《地理学》洒下书尘的地方——两个男孩在这里强忍住喷嚏,但喷嚏仍旧蓄势待动,像一触即发的陷阱。他们在这里蹲着,站着,躺着,汗水流淌,不断积成一摊摊冰冷的咸水。

在不知位于哪里的藏身处,吉姆想:他来了!

在不知位于哪里的藏身处,威尔想:他近了!

"孩子们……"

达克先生来了,带着他的全部朋友,仿佛排出了煌煌大阵。他珍重收藏的种种形如书法的爬虫趴在他的肉体上,好像晒着深夜的日光浴。墨汁刺成的霸王龙与他一同跨步,让他的双腿迈动如机械,又如汩汩涌出的远古的矿物油般顺滑。霸王龙动若雷霆,气派堂皇,达克先生的步伐也同样如此。他浑身上下披挂着食肉的猛兽,形如鬼画符,又如邪异的闪电。羊群被这样的雷电惊散,在巨大的肉体风暴前奔窜。酷似风筝又如长柄巨镰的翼龙抬起他的双臂,仿佛要牵动他飞上大理石的穹顶。除此之外,还有其他刺成的、蚀刻的、烧灼的种种形状,平时簇拥着他的那一大批随从,现在成了观众,或紧紧抓住他的四肢,或在他的肩胛就座。它们从他毛发丛生的胸膛向外张望。还有数以百万计的微小生物,头下脚上地吊在腋窝的穹顶,一遇外敌便会发出蝙蝠的尖叫,实施攻击,必要的话发动杀戮。达克先生开口了,像一片黑色大潮卷上阴冷的海岸,像充斥着磷火和噩梦的黑色喧嚣。他的双脚、他的双腿、他的身体和他望向前方的凌厉面孔全都嗞嗞作响,同声应和。

"孩子们……"

柔和的声音无比耐心,这是最热心的朋友正在呼唤藏身于洞穴、在枯干的书本中间栖身、冻得瑟瑟发抖的可怜虫。而他的身体或疾走,或潜行,或匆匆忙忙,或潜步追踪,时而踮着脚尖,时而如轻风拂过。有时他会站住,一动不动,置身于灵长目动物之间,置身于埃及金字塔群。他走过野蛮人崇拜的神灵,擦过已经死去的非洲历史,在亚洲略停一会儿,接着漫步走向新大陆。

"孩子们,我知道你们听得见我!这儿的牌子上写着'请安静',所以我小声点儿说:我们提供的东西,你们中的一个还是想要。对不对?对不对?"

吉姆。威尔心想。

我。吉姆心想。不!哦,不!现在已经不想了!我不想要!

"出来吧。"达克先生从牙缝中说,声音轻柔绵软,"我拿出一份奖品。归第一个出来的人所有,全部!"

扑通——砰!

我的心脏!吉姆想。

是我吗?威尔想,还是吉姆!!?

"我听见了。"达克先生的嘴唇动弹着,"我现在离得更近了。威尔?吉姆?谁更聪明?是吉姆吗?出来吧,孩子……"

不!威尔心想。

我不知道该怎么办,我什么都不知道!吉姆发疯似的想。

"吉姆,对……"达克先生朝一个新的方向猛一转身,"吉姆,给我指指,你的朋友在哪儿?"声音更温和了,"咱们关上门,不要他。木马归你了。其实如果他动动脑子,本来应该是他的。对吗,吉姆?"声音像鸽子似的咕咕着,"很近了。我听到了你的心跳!"

停下!威尔暗暗对着胸膛说。

停下!吉姆屏住呼吸。停下!

"让我猜猜……你们在这个角落吗……?"

某个书堆仿佛有种特别的引力,达克先生由着这种引力拉动自己前行。

"你在这儿吗,吉姆……或者……在后面……?"

他伸手一推,一辆装满书本的推车跌跌撞撞冲进黑暗。在很远的地方,它翻倒了,车里的东西倾倒在地板上,像许多死掉的黑乌鸦。

"很会玩躲猫猫啊,你们两个。"达克先生说,"但还有人比你们更会玩。听见旋转木马的风琴声吗?你们知道吗,有个你们非常亲近的人就在木马上。威尔?威利?威廉?威廉·哈洛韦,你的母亲今晚在哪里?"

寂静。

"她出去了,在夜风中骑着木马呢,威利?威廉?转呀转。我们让她骑上木马。转呀转。我们让她骑个不停。转呀转。听见了吗,威利?转一圈,一年,然后又一年,又一年,一年又一年!"

爸爸! 威尔想,**你在哪里!**

远处的房间里,坐在椅子上的查尔斯·哈洛韦心脏狂跳。他听见了。他想,他不会找到他们。我不用行动,除非他能找到。他不可能找到。他们不会听他的!他们不会相信他的鬼话!他会离开这里!

"你的母亲,威尔。"达克先生轻声说,"一圈圈骑着。猜猜她朝哪个方向骑,威利?"

书架之间,达克先生伸出一只手,幽灵般在黑暗的空中转动着。

"转呀转,转呀转。然后,我们把你的母亲放下来,孩子,让她在镜子迷宫里瞧瞧自己的模样……你真该听听她发出的那声叫喊,只叫了一声。她就像一只胃里塞了一团毛球的猫,毛球又大又粘,怎么都吐不出来。毛发钻出她的鼻孔、耳朵和眼睛,堵住了她的那声叫唤。孩子,她变老了,好老好老。我们最后一次见到她时,男孩威利,她正在拼命逃跑,逃离她在那些镜子里看到的形象。她会敲打吉姆家的房门,吉姆妈妈会看见一个两百岁的老东西靠着钥匙孔流口水,求她行行好开枪打死她。孩子,到那时,吉姆妈妈同样会张口结舌,像胃里塞满毛球的猫。她会把她轰走,让她沿街哀告。没人会相信她说的话。威尔,这么一个只剩一把骨头的老太婆,没人会相信她曾是一位玫瑰般的美人,你挚爱的亲人! 威尔你看,现在她全靠咱们了。咱们可以跑出去,找到她,救她,因为咱们知道她是谁——对吗,威尔? 对吗,威尔? 对吗? 对吗? 对吗?!"

黑暗的人的声音小了下去,变成哑哑声,然后消失。

非常微弱的声音响起来了。图书馆的某个地方,有人在抽泣。

啊……

图画人高兴地吁出一口气,从黑色的肺里朝空中吐出一口毒气。

成了了了了了……

"好吧……"他低声嘟哝,"你们在哪个书架? 男孩的男字,字母 n 那一架? 或者 m,冒险的冒字? d,躲藏? m,秘密? h,害怕? 或者按名字分类,吉姆的 j,赖谢的 l,w,威廉,h,哈洛韦? 我最喜欢的两本人书放在哪里? 我想翻翻他们的书页。嗯?"

他从一具高高堆着书的书架的第一层踢开几本,给右脚清理出一个踏脚处。

他插进右脚,全身跟着上去,左脚腾空。

"来了。"

他的左脚碰到了第二层,踢出空位。他爬了上去。右脚在第三层捣了个洞,蹬倒几本书。就这样,他一层一层爬上去。第四层,第五层,第六层,在图书馆黑漆漆的高空中摸索着。手抓着书架,不断升高,翻开夜的书页寻找那两个男孩,仿佛他们是书页里的书签。

他的右手像一只头戴玫瑰花环的巨大的狼蛛,撕开了一本贝叶挂毯图集,让它坠向下面看不见的深渊。仿佛过了许久,贝叶图集才撞上地面,被摧残的美丽书页散落开来,将金色、银色和天蓝色的线头纷纷扬扬洒向地板。

他的左手伸向第九层。他喘息着,哼哼着。手伸进一个空档——没有书。

"孩子们,你们在这个珠穆朗玛峰上吗?"

寂静。只有微弱的抽泣声。现在离得很近了。

"这儿冷吗? 很冷? 还是最冷最冷?"

图画人的眼睛与第十一层齐平了。

三英寸外,像一具直挺挺的尸体,脸朝下匍匐着的,是吉姆·赖谢。

在这个墓穴里,更上一层,眼里泪光颤动,躺着威廉·哈洛韦。

"哈。"达克先生说。

他伸出一只手,拍了拍威尔的脑袋。

"哈啰。"他说。

43

威尔只见那只手掌从下面缓缓向上,像月亮升起。

掌心是鲜艳的图案,蓝墨刺成。他自己的肖像。

吉姆同样看见一只手掌伸在面前。

掌心里,他自己的肖像望着他。

刺着威尔肖像的手抓住威尔。

刺着吉姆肖像的手抓住吉姆。

尖叫，呼喊。

图画人纵身一跃。

身体扭动着，他半跌半跃，落向地板。

踢打着，叫喊着，两个男孩和他一起跌落。他们双脚着地，随即摇晃着栽倒，又被揪住，拉起，站定，衬衣攥在达克先生的拳头里。

"吉姆！"他说，"威尔！孩子们，你们俩在那上头干什么？不会是在读书吧？"

"爸爸！"

"哈洛韦先生！"

威尔的父亲踏出黑暗。

图画人调整了一下男孩们的位置，动作轻柔，一只胳膊搂住两人，像夹住一捆干柴。然后，他盯着查尔斯·哈洛韦，眼神里带着真正的好奇。他的另一只手向对方伸去。

威尔的父亲只来得及打出一拳，左手便被抓住、攥牢、扭动。孩子们望着、喊着，只见查尔斯·哈洛韦倒抽一口气，一只膝盖跪倒在地。

达克先生更加用力地拧着这只左手，与此同时，另一只胳膊缓缓地、从容不迫地搂紧男孩，越来越紧地挤着他们的肋骨，将他们肺里的空气挤出嘴去。

夜色飞旋，在威尔眼里转成两个剧烈旋转的旋涡，像两个巨大的拇指指纹。

威尔的父亲呻吟着，双膝跪倒，右臂拼命挥舞着，挣扎着。

"你这个遭天谴的！"

"问题在于，"马戏团班主轻声说，"我本来就是。"

"混蛋！混蛋！"

"光靠嘴说是没用的，老家伙。"达克先生说，"书里说的没用，你嘴里说的同样没用。只有真正的想法和真正的行动、迅速的想法和迅速的行动，才能赢得今天的胜利。所以……"

他的拳头猛地一紧。

两个男孩听到了查尔斯·哈洛韦指骨迸裂的声音。他大叫一声，昏倒在地。

图画人一个转身，绕过书架，动作如庄重的宫廷舞。夹在他胳膊下的两个男孩踢打着，一路将书籍踢下书架。

被夹得紧紧的威尔觉得墙壁、书籍和地板飞一般掠过。他忽然产生了一个傻乎乎的念头：哎呀，达克先生的气味闻上去……像汽笛风琴的蒸汽！

突然间，两个男孩被扔下地来。没等他们动弹、喘气，两人都被揪着头发，像牵线木偶一般被拽到临街的一扇窗前。

"孩子们，读过狄更斯的书吗？"达克先生悄声说，"批评家觉得他的小说里巧合太多了。但咱们明白这是怎么回事，对吗？生命就是巧合。一旦生命化为死亡，偶然事件就会从它身上纷纷落下，就像跳蚤从死牛身上落下一样。看！"

两个男孩被达克先生紧紧抓在手中，像囚禁在饥饿的蜥蜴和凶恶的猩猩围成的钢铁囚笼中。他们扭动着，挣扎着。

威尔不知道自己是应该流下喜悦的泪水，还是因为新的绝望放声哭号。

下面，大街对面，是他的母亲和吉姆的母亲，正从教堂回家。

没有去骑旋转木马，没有变老、发疯、死去或者关进监狱，而是神清气爽地站在十月的和风中。最近的五分钟里,她一直在教堂里,离这儿不到一百码!

妈妈! 威尔想尖叫,想挣脱那只手。而那只手早已料到了他的举动,紧紧捂在他的嘴巴上。

"妈妈,"达克先生嘲弄地低声轻唤,"快来救我!"

不,威尔想,救你自己,快跑啊!

但是,他的母亲和吉姆的母亲只是高高兴兴地漫步而行,从温暖的教堂出来,走在小镇的街上。

妈妈! 威尔再一次放声尖叫,从那只汗湿的手掌中发出微弱含混的哀鸣。

人行道上,威尔的母亲停住脚步。

她不可能听见! 威尔想,可是——

她望向图书馆。

"好,"达克先生叹道,"真好,太妙了!"

这里! 威尔心想,看我们,妈妈! 快跑,叫警察!

"她为什么不看这扇窗户呢?"达克先生轻声问道,"只要一看,就能看到咱们站在这儿,像一幅画。朝这边看吧,然后跑过来。咱们会让他进来的。"

威尔压下一声抽泣。不,不。

母亲的目光扫过大门,扫向一楼的那排窗户。

"我们在这儿。"达克先生说,"二楼。真巧啊,咱们来让它更巧一些。"

吉姆的母亲说话了。现在,两个女人都停在人行道边。

不,威尔想,哦,不。

两个女人转过身去,走进星期天晚上的镇子。

威尔感到图画人稍稍放松了一点点。

"这个巧合不怎么样啊。没有危机,没有谁落入魔掌或者被救出生天。可惜呀。好了!"

拖着男孩,他滑行一般朝楼下走去,打开大门。

有人在阴影中等着他。

一只手摸索着威尔的脸,冷冰冰的,像匆匆忙忙的蜥蜴。

"哈洛韦。"女巫哑着嗓子说。

一只壁虎爬上吉姆的鼻子。

"赖谢。"干扫帚似的声音扫过。

站在她身后的侏儒和骷髅人沉默不语,身体不住挪动,似乎有些不安。

处于这种场合下,男孩们原本会发出他们能发出的最响亮的尖叫,但图画人再一次提前料到了他们的举动,没等声音发出便困住了它。接着,他冲着那个年纪老迈的尘埃女巫一点头。

女巫缝合的眼皮像黑蜡,又像鼹鳞蜥,鼻子又长又尖,鼻孔像熏黑的烟斗。她蹒跚着走过来,手指摸索着,用意识编织着看不见的图案。

男孩们瞪大眼睛望着她。

她的指甲在抖动,在飞驰,带着冬天冰水般的寒风。她酸臭的呼吸像绿色青蛙爬过男孩的肌肤,让他们起了一身鸡皮疙瘩。她轻声唱着,咪呜咪呜叫着,哼哼着。他们结识于留下粘湿的蜗牛痕迹的屋顶、凌空直刺的箭、被天空吞没的受创的气球,可她的声音却像洒向自己的婴儿、男孩、朋友的点点星光。

"像蜻蜓一样飞舞、缝补的针啊,缝上这些嘴巴,让他们说不出!"

摸着,缝着,摸着。她的拇指指甲沿着他们的上唇和下唇做着缝纫的动作：刺、穿、拉线，刺、穿、拉线……直到看不见的线紧紧缝住了他们的嘴唇。

"像蜻蜓一样飞舞、缝补的针啊，缝上这些耳朵，让他们听不见！"

冰冷的沙子灌进威尔的耳朵，渐渐埋住了她的声音。模糊了，远去了，消失了。她继续吟唱着，卡钳似的手舞动着：唰唰，嗒嗒，咔咔。

吉姆耳朵里似乎长出了青苔，很快就封死了他的耳朵眼。

"像蜻蜓一样飞舞、缝补的针啊，缝上这些眼睛，让他们看不见！"

白炽的手指将他们的眼球向后按去，砰地拉下眼皮，仿佛金属房门砰然关闭。

千百万盏灯在威尔眼前迸放光芒，然后骤然熄灭，变成一片黑暗。看不见的缝补的针飞走了，在远处欢跳，嗡嗡作响，像一只飞向被阳光晒热的蜜罐的昆虫。但这些声音已经远在他们被缝合的感官之外，再也听不见了，永远听不见了。

"像蜻蜓一样飞舞、缝补的针啊，眼睛、耳朵、嘴唇和牙齿完成了，再缝上边吧。把黑暗、积尘和沉沉的睡眠缝进褶边。细细挽好所有针脚。向血液中灌进寂静，像沙砾沉入河流深处。就这样，就这样。"

男孩们感官之外的某个地方，女巫垂下了双手。

男孩们静静地站着。图画人松开困住他们的手臂，后退了一步。

来自尘埃的女人嗅着她的两件战果，最后一次伸手爱抚着两具雕塑。

侏儒在男孩投下的影子里发疯似的蹦着，一点点啃着他们的指甲，低声叫着他们的名字。

图画人朝图书馆点点头。

"那个看门的，停掉他的钟。"

女巫张大嘴巴，品尝着下一个目标的滋味，漫步走上大理石地板。

达克先生说:"左脚,右脚,一,二。"

两个男孩走下台阶。侏儒走在吉姆身边,骷髅人走在威尔身边。

图画人跟在后面,神态庄重,宛如死神。

44

附近的某个地方,查尔斯·哈洛韦的手躺在白热的火炉中,融化殆尽,只剩下剧痛的神经。他睁开眼睛。就在这时,他听见大门发出一声长长的叹息,关上了。一个女人的声音在大厅中吟唱:

"老头,老头,老头,老头……"

左手原来所在的地方是一团肿胀瘀血,脉搏在那里跳动,引起剧烈的疼痛,聚焦了他的全部注意力、全部意志、全部生命。他想坐起来,但疼痛如铁锤般砸倒了他。

"老头……?"

我不老!五十四岁并不老!他发疯似的想。

她来了,走在磨损的石砌地板上,飞蛾般的手指扑打着,阅读盲文一样扫描着书名,鼻孔吸管般吸吮着憧憧阴影。

查尔斯·哈洛韦拱起脊背,爬动,再拱起脊背,再爬动,朝最近的书堆爬去,一路用舌头压下阵阵涌上来的痛苦。他得爬到对方够不到的地方,爬到可以拿书当武器的地方,把书本砸向在夜晚蠕动的追兵……

"老头,我听到了你的呼吸……"

他带起了潮水,而她顺着潮水漂去。她让自己的身体响应他的每一丝痛苦,响应它们的召唤。

"老头,我感应到了你的痛苦……"

如果他能把这只手连同痛苦扔出窗口,那该多好!它会躺在外面,像一颗心脏般砰砰跳动,骗过她,把她从这里唤走,让她去追逐那团痛苦灼烧的火焰。他想象着她在街上弯下腰,高兴地摸索那块悸动的、疼得发疯的、被抛弃的肉。

可惜手仍在那儿,发着白炽的光,朝空气中排着毒气,催促那个又像尼姑又像吉卜赛人、张着贪婪的嘴巴拼命喘息的奇怪女人加快脚步。

"该死的!"他喊了起来,"早完早了!我在这里!"

女巫一个转身,无比迅速,像脚踩橡皮球、身穿黑衣服的偶人。她向他俯下身来。

他没有看她。让他精疲力竭的绝望沉重无比,压迫着他,攫住了他的全部注意力。他的眼睛只能望着眼皮后面,在那里,阴森森的恐惧直扑过来。

"很容易。"低语声朝他弯下腰,凑近过来,"停住心跳。"

为什么不呢?他迟钝地想。

"放慢。"她喃喃地说。

好的,他想。

"慢,很慢很慢。"

狂跳的心脏恍惚起来,好像患上了奇异的疾病,迟疑着,安静了,轻松了。

"再慢些,更慢些,更慢些……"她要求着。

真累呀,是呀,心脏,你听见了吗?他想。

心脏听见了。像一只疲乏的拳头,它开始松开,一次松开一根指头。

"彻底停下来,不再跳动,永远忘记跳动。"她悄声说。

嗯,为什么不呢?

"慢……最慢。"

他的心脏突地打了个趔趄。

他是真的想摆脱痛苦,睡过去正是个好办法……然后,没有任何理由,也许仅仅为了最后一次看看四周,查尔斯·哈洛韦睁开了眼睛。

他看见了女巫。

他看见她的手指摆弄着空气,摆弄着他的脸、他的身体、身体内部的心脏,还有心脏内部的灵魂。她如同沼泽般的呼吸浸泡着他。怀着极大的好奇心,他观察着她唇边有毒的唾沫,数着她缝得皱巴巴的眼皮上的皱褶,还有那蜥蜴一般的脖子,木乃伊裹尸布一样的耳朵,干枯河床上的沙砾似的眉毛。他一生中从未像现在这样全神贯注地观察过一个人。她仿佛是一个打乱的拼图,只要能拼合起来,就能揭示出生命最大的秘密。这个秘密就藏在她里面,这一刻就会大白于天下,不,下一刻,不,再下一刻。好好观察那些蝎子似的手指!倾听她哄骗空气时哼唱的歌谣。对,就是哄骗,咯吱着空气,咯吱着。"放慢!"她悄声说,"放慢!"他的心脏听话地勒住了缰绳。咯吱着,她的手指继续咯吱着。

查尔斯·哈洛韦鼻子里吭哧吭哧。终于,他咯咯地笑了。

他听到了笑声。为什么?为什么我……咯咯地笑,在这种时候!?

女巫微微后退了一点点,仅仅四分之一英寸,好像湿手指的螺纹触到了某个奇怪的、暗藏的插座,被电了一下。

查尔斯·哈洛韦看见了她这一缩,却又视而不见;感应到了她的后退,却又懵然不觉。而女巫几乎立即便夺回了主动权。她猛扑上来,没有触摸他,只是无声地在他胸前比比画画,好像在拨动一台古旧大钟的钟摆。

"慢!"她叫道。

不知不觉地,一个傻乎乎的微笑从不知何处升起,浮现在查尔斯·哈洛韦的鼻子下面。

"最慢!"

女巫的狂热和焦灼化为怒火,可在他看来,这是个更加有趣的玩具。他的一部分意识苏醒过来,倾身向前,扫视着那张万圣节怪脸上的每一个毛孔。不知为什么,无可阻挡地,一个念头成形了:一切其实无关紧要。走到尽头的生命看上去完全是一个巨大的笑话,你只能远远地站在走廊这一头,望着它毫无意义的长度和全无必要的高度。它就像一座大得可笑的山,相形之下,你就像个侏儒,在它的阴影下嘲笑着它的夸张。就这样,面对近在眼前的死亡,他麻木而专注地思考着生命的自负和虚荣:它的到来,它的离去,男孩短途旅行般傻乎乎的生命,还有年轻人、成年人和老傻瓜似的老年人。他自己也曾搜寻、积攒起各式各样的小癖好、小手段,供他那个自高自大的自我摆弄、把玩。而现在,在书籍形成的愚蠢的走廊之间,他生命中的这些小玩意儿显得那么荒诞,而最荒诞的莫过于这个名为从尘埃中读取未来的吉卜赛女巫的东西。这东西还在不住地咯吱着。就是这话,仅仅是咯吱着空气!傻瓜!她根本不知道自己在干什么!

他张开了嘴。

它是自己诞生的,好像一个出乎父母意料、呱呱坠地的婴儿——一声最纯粹的狂笑迸出口腔。

女巫晕厥似的向后一仰。

查尔斯·哈洛韦没有看见。他太忙了,忙着让笑声冲刷他的手指,让欢闹遵循它自己的意志冲出他的喉咙。他紧紧地闭着眼睛,任狂笑飞舞,将欢闹的弹片射向四面八方。

"你！"他喊道，不针对任何人，针对每一个人：他自己、她、他们、所有人。"滑稽！你！"

"不。"女巫抗议道。

"别咯吱了。"他笑得喘不过气来。

"不！"她发疯似的扑上来，"不！睡！放慢！很慢！"

"哈，不过是咯吱，就这么回事！"他哄然大笑，"哦，哈哈！哈哈！停下！"

"对，停下心跳！"她尖叫起来，"停止血液流动。"她自己的心脏一定响得像小鼓，她的手抖个不停。一个动作比画到一半，她忽地僵住了，意识到这些手指显得多么愚蠢。

"哦，我的上帝啊！"他笑得流出了欢乐的眼泪，"别挠我肋下，哦，哈哈，受不了啦，我的心脏！"

"你的心脏，对对对对对！"

"上帝啊！"他猛地睁大双眼，大口吞咽着空气，像引来清水和肥皂洗涤一切，洗得无比洁净。"你们这些玩偶！发条钥匙从你背后戳出来了！给你上发条的人是谁!?"

一阵最洪亮的笑声，轰轰然如火浪，冲向那个女人，仿佛点燃了她的双手，烧焦了她的面孔。她惊跳开去，像远离火焰烛天的洪炉。她用破破烂烂的埃及式衣裳裹住双手，揪着干瘪的乳房，向后连跳了好几步，然后停下，接着慢慢后退，像一个被击败的人，被推着，搡着，接二连三地挨着重拳，一寸一寸后退，一尺一尺后退，把阅览架、书架撞得哗啦啦响成一片。她的手胡乱抓着书本，想寻找支撑，却只是把书扯得散落一地。她的额头撞上了隐晦难明的历史，自负的理论，时间积成的沙丘，看似一片光明结果黯淡无光的岁月。他的笑声追逐着她,打伤了她,痛击着她。笑声回荡,响彻穹窿。终于,她飞快地一转身,两只爪子发疯般撕扯着空气,逃向楼梯,一头栽了下去。

片刻之后,她总算挤出大门。大门一声巨响,重重地关上了。

摔倒的声音和门的响声几乎打断了他的笑声。

"天哪,天哪,停下来,停下来吧。"他哀求着狂笑。

狂笑却并不理会。

但终于,狂笑降低了强度,变成正常的大笑。高兴的哈哈大笑又变成咯咯低笑,渐渐轻了,然后远去。他无比喜悦地恢复了呼吸。他的脑袋笑累了。剧烈的运动让喉咙和肋骨好不疼痛,当然这种疼痛并非真正的痛苦。他靠着书堆躺着,头下枕着的几本恰好是他最喜爱的。他的脸颊咸咸的,来自狂喜的、释放内心压抑的泪水。

蓦然间,他知道她走了。

为什么? 他想。我做了什么?

他发出最后一声兴奋的大笑,慢慢站起身来。

刚才发生了什么事? 哦上帝,这个问题一定要弄清楚! 首先,去药店,买几片阿司匹林,暂时缓解一下这只手的伤痛。然后,想! 刚才你赢了,赢在最后五分钟,对吧? 胜利是怎么得来的? 好好想! 努力回忆!

受伤的左手仿佛一只死去的动物,躺在弯过来的右肘窝里。这副模样真滑稽。他又露出了微笑。夜色中,他匆匆走过图书馆的一条条走廊,走进外面的镇子……

第三部

离　去

45

　　这支小小的队伍移动着,无声无息,走过颜色像棒棒糖、蛇一般蜿蜒转动、好像随时可以结束却又并未结束的克罗斯提理发店前的转筒,走过所有正在熄灯、已经熄灯的店铺,走过空空荡荡的街道——人们或是吃完教堂晚餐回了家,或是在游乐场看最后的杂耍,还有那个高台跳演员的最后一场表演:飘在空中然后一头扎进夜色。

　　威尔的双脚敲打着人行道,它们在他下面,离他很远很远。一,二,他想。有人在告诉我抬左脚,抬右脚,像蜻蜓的低吟:一,二。

　　吉姆在吗?威尔的眼睛朝旁边飞快地一瞥。他在!可另一个小个子是谁?疯疯癫癫的家伙,对每样东西都感兴趣,都要摸上一摸,而每样东西仿佛都炽热滚烫,让他赶紧缩手。是侏儒!还有那个骷髅人。后面的又是谁?数百人,不,数千人,紧紧跟着他,鼻息吹动他的后颈。

　　图画人。

　　威尔点着脑袋,发出悲号。声音既响亮又沉寂,或许只有狗能听见。

而狗帮不上忙,狗不会说话。

真的有狗。斜着眼睛望过去,他看到的不是一条、不是两条,而是足足三条狗。它们嗅出了这支队伍的蹊跷,时而跑在前面,时而落在后面,高高竖着尾巴,好像为这一小队人打着旗帜。

叫! 威尔想,像电影里那样。叫啊,引来警察!

但那些狗只是笑眯眯的,一路小跑。

来点巧合吧,求求你。威尔想,只要一点点巧合就好!

泰特莱先生! 太好了! 威尔没有看见却又看见了泰特莱先生,正把那个印第安木雕挪进店铺,准备晚上关门。

"头转过去。"图画人嘟囔道。

吉姆转过头去。威尔转过头去。

泰特莱先生露出微笑。

"微笑。"图画人嘟囔道。

两个男孩露出微笑。

"哈啰。"泰特莱先生说。

"说哈啰。"有人悄声耳语。

"哈啰。"吉姆说。

"哈啰。"威尔说。

几只狗叫起来。

"免费看马戏团喽。"达克先生嘟囔道。

"免费。"威尔说。

"看马戏团喽。"吉姆干巴巴地说。

然后,像两台运行良好的机器,他们关掉了笑容。

"玩得开心点!"泰特莱先生喊道。

狗兴奋地吠叫着。

队伍继续前行。

"会开心的。"达克先生说,"免费的。再过半小时,观众回家以后,我们让吉姆骑木马。你还想骑的,对吗,吉姆?"

被锁死在自己体内的威尔没有听见又听见了。他想,吉姆,别听他说话!

吉姆的目光游移不定,辨不清是泪水还是闪光。

"你会跟我们一块儿旅行,吉姆。如果库格先生没挺过来——他这次有点玄,我们还没能把他抢救过来,会再努一把力——可如果他挺不过来,吉姆,你想当合伙人吗?我会让你长大,长到一个身强体壮的年龄,怎么样?二十二?二十五?!达克和赖谢,赖谢和达克。对表演咱们这种节目的人来说,这两个名字太般配了。咱们一起周游世界!你怎么说,吉姆?"

被女巫缝死在梦中的吉姆什么都没说。

别听他的!威尔向自己最好的朋友呼号。后者什么都没听见,又什么都听见了。

"拿威尔怎么办呢?"达克先生说,"咱们让他反着骑,一圈又一圈,呃?把他变成个抱在怀里的小婴儿,让侏儒抱着他,当成个婴儿小丑。让他在木马上不断兜圈子,接下来的五十年里,每天都是小婴儿。你喜欢吗,威尔,永远当婴儿?不能说话,你知道那么些好事儿,却一句也说不出。怎么样?对,我觉得这么处理威尔最合适。一个玩具,侏儒的裹尿片的小朋友!"

威尔一定发出了尖叫。

却出不了声。

因为只有狗惊恐地吠叫起来,它们呜咽着逃走了,好像被雨点般的石块砸中了似的。

一个人转过街角，走了过来。

一个警察。

"这是谁？"达克先生低声问。

"科伯先生。"吉姆说。

"科伯先生！"威尔说。

"缝补的针，"达克先生悄声道，"蜻蜓。"

剧痛扎进威尔的耳朵里。苔藓塞住了他的眼睛。胶水粘住了他的牙齿。他感到无数东西围绕他的脸扑打着、穿梭着、编织着。再一次无知无觉。

"对科伯先生说哈啰。"

"哈啰。"吉姆说。

"……科伯……"梦游中的威尔说。

"你们好，孩子们。你们好，先生们。"

"转弯。"达克先生说。

他们转弯。

走向郊外的草甸，离开温暖的灯光、美好的小镇、安全的街道。没有鼓点伴奏，队伍行进着。

46

现在，这支队伍有了变化。它仍在行进，只是拉长了，从头到尾超过一英里。它是这样组成的：

快到马戏团游乐场的地方，吉姆和威尔僵直地在草地上走着。身边的人给他们定着步调，不断说着那两个神奇的词：缝补的针、蜻蜓。

在他们后面足足半英里的地方，是那个能像看手相一样研读尘埃的吉卜赛女人，正拖着神秘负伤的身体，努力追赶前面的人。

更后面一点，是那个在图书馆当看门人的父亲，时而因为年龄关系放慢速度，时而又因为刚才短促交锋的胜利振作起来，加快脚步。他把左手抱在胸前，一边走一边嚼着药片。

游乐场边，达克先生回头张望，仿佛心里有个声音为他指出了这支拖拖拉拉队伍后面的掉队者。但这个声音很微弱，他不能确定。达克先生轻轻点了点头，侏儒、骷髅人、吉姆和威尔挤进人群，向前走去。

吉姆感觉到了人流，像一个个明亮的人组成的河，从四面八方流过他身边，却触不到他。威尔听到了这里那里响起的瀑布似的欢笑，而他只能从笑声的水花中走过去。天空绽开光芒，像群聚飞舞的萤火虫，那是摩天轮，盛放的焰火在他们头顶不断膨胀。

然后，他们来到镜子迷宫，在无穷无尽的冰封的池塘中间穿来绕去，直行侧行。冰面照出两个垂头丧气、仿佛被蜘蛛蜇了的男孩，长得很像他们，不断出现、消失，千百次重复。

那是我！吉姆心想。

可惜我帮不了我，威尔想，无论镜子里有多少个我。

除了一群群男孩，镜子里还有另外的人群。达克先生脱掉了外套和衬衣，画中众生于是映入镜子，挨挨挤挤，推推搡搡，潮水般涌向迷宫尽头的蜡像馆。

"坐下。"达克先生说，"等着。"

蜡像。被谋害、被枪杀、在断头台上斩首、在绞架上吊死的男人和女人。两个男孩坐在蜡像群中，像两只埃及猫，一动不动，不眨眼，不吞咽。

晚来的观众从他们身边走过，一路笑着，评点着一尊尊蜡像。

他们没有发现，一个"蜡像"男孩的嘴角淌下了一缕细细的口水。

他们没有发现，另一个"蜡像"男孩用急切、闪亮的目光注视着他们。清亮的泪水忽然涌入那双眼睛，流下面颊。

游乐场外，女巫一瘸一拐地走进来，穿过帐篷后面绳索和木桩形成的一条条小巷。

"女士们，先生们！"

这个夜晚的最后一批观众齐齐转身。三四百人，动作仿佛一个整体。

图画人上身赤裸。噩梦般的毒蛇、剑齿虎、好色的猩猩、羽毛纠结的秃鹫……无数生灵向着硫黄色的天空长身而起，发出宣告：

"今晚最后一场免费演出！来吧，来吧，都来吧！"

观众涌向畸形人帐篷外面的大舞台。侏儒、骷髅人和达克先生站在舞台上。

"享誉全球、最惊人、最危险、常常致人死命的——子弹绝技！"

人群欢呼。

"请看，枪！"

骷髅人咔地打开枪架，上面列着一排锃亮的枪械。

女巫匆匆奔到近前，却被达克先生的喊声惊呆了，"请看！挑战死神、接住子弹、用生命冒险的人——我们的塔罗牌小姐！"

女巫连连摇头，发出阵阵哀鸣。但达克的手刷地伸下，一把将她拉上台来，轻松得像拎一个孩童。女巫仍在不住推辞，让达克愣了一下。但是，当着那么多观众，他只能继续：

"谁来开枪？我需要一个志愿者！"

人群嗡嗡轻响，看谁开口响应。

达克先生的嘴唇几乎没动，用极低的声音问道："那人的钟停了吗？"

"没有停。"女巫颤声说。

"什么？"他差点没能压住嗓门。

他用双眼的怒火烧灼着她，然后转身面向观众，嘴里滔滔不绝，手指叩击着架子上的步枪。

"志愿者，请！"

"停下节目。"女巫绞着手指，轻声哀求。

"节目接着演。诅咒你，双倍诅咒你。"他悄声说，但声音如同哨音，嗖嗖作响。

达克暗暗掐住手腕上的一块肉，上面刺着一个身披黑衣的瞎子尼姑。他的指甲狠狠咬进尼姑的身体。

女巫一阵抽搐，捂住胸口。她咬紧牙关，发出低低的呻吟。"饶命！"她哑哑地叫出了声。

人群蓦地安静下来。

达克先生赶紧点点头。

"既然没有志愿者……"他在刺青的手腕上狠抓一把，女巫猛地一震，"我们只好取消这最后一场演出——"

"我志愿！"

人群转过头来。

达克先生身体一缩，然后问道："在哪里？"

"这里。"

远处，人群的边缘，一只手举了起来，一条甬道开始为他分开。

达克先生清楚地看见了那个人,孤身一人,挺身而立。

查尔斯·哈洛韦,公民,父亲,经常反躬自省的丈夫,踯躅徘徊于深夜的夜游者,本镇图书馆的看门人。

47

观众的欢呼声渐渐平息。

查尔斯·哈洛韦站在原地没动。

他等着甬道扩开,一直通向舞台。

他看不到站在舞台上的畸形人的表情。他的眼睛扫过人群,看到了镜子迷宫。那里是一无所有的虚无。那里有数万光年以外、数万年以外的影像,颠倒然后再颠倒的影像,影像的影像。它们呼唤着你,引领着你一头扎向虚无,脸朝下扎向虚无,让你胃里痉挛之后再一个猛子扎下去,让你的胃里愈加痉挛,扎向更深的虚无。

可是,银粉敷就的镜底背后,好像还残留着两个男孩的影子? 他的眼睛或许没有看见,但他还有颤动的睫毛。睫毛的末梢好像感应到了他们的存在? 好像感应到了镜子之外的他们? 他们或许就在那边,像冷风中的热蜡,等待着恐怖和惊惶的塑造?

不。查尔斯·哈洛韦对自己说:别多想。径直去做!

"来了!"他喊道。

"上,大叔,给他们点颜色看看。"一个人说。

"说得对。"查尔斯·哈洛韦说,"我会的。"

他走过人群。

这个在夜色中漫步走来的志愿者如磁铁般吸引着女巫,让她缓缓转过身来。深色墨镜背后,那双黑线缝合的眼皮抽搐着。

舞台上,裹在图画中、浑身上下生灵出没的达克先生倾身向前,兴奋的舌头磨刀一般舔着嘴唇,眼睛像飞轮一样转动着无数想法,如同烟火般飞旋、飞旋、飞旋。唰唰、唰唰、唰唰!

上了年纪的看门人脸上挂着僵硬的微笑,像在脸上贴了一副爆米花盒子里附送的白色赛璐珞白牙。他继续走着,人群在他前面分开,在他身后合拢,恰如红海之于摩西。而他心里却不知道应该做什么、为什么来到这里。但他仍旧坚定地向前走着。

查尔斯·哈洛韦的脚踏上了舞台的第一级阶梯。

女巫暗自颤抖起来。

达克先生察觉到她的颤抖,狠狠瞪了她一眼。他敏捷地伸出手去,想抓住五十四岁看门人的那只完好的右手。

但那个五十四岁的人摇了摇头,不想让自己的手被对方抓住、触摸,也不想接受对方的助力。"谢谢,不用。"

登上舞台的查尔斯·哈洛韦向观众挥手致意。

人群中爆发出几声喝彩。

"可是——"达克先生有些吃惊,"你的左手不方便呀,先生。只靠一只手,你没法端枪开火。"

查尔斯·哈洛韦的脸上失去了血色。

"我能行,"他说,"一只手也行。"

"呜啦!"舞台下,一个男孩高喊一声。

"好样的,查理!"远处一个男人叫道。

笑声和喝彩声更响亮了。达克先生涨红了脸。他抬起双手抵挡新一轮大潮般的喧嚣,仿佛遮挡来自人群的倾盆大雨。

"好吧,好吧!咱们来瞧一瞧,看他到底行不行!"

图画人粗暴地从枪架卡位上扯下一支步枪,脱手掷出。

人群惊得倒吸一口冷气。

查尔斯·哈洛韦低头躲开。他伸出右手。步枪打在掌心,他猛地抓紧。枪没掉落,他牢牢地握住了它。

观众们朝有失风度的达克先生大喝倒彩,一片污言秽语,气得他背转身去一小会儿,默默咒骂自己的愚蠢。

威尔的父亲高举步枪,容光焕发。

彩声雷动。

欢呼的浪潮涌来,摔成碎浪,从滩头退去。趁着这段时间,他再一次望着镜子迷宫。他并没有看到,却隐约感到威尔和吉姆就藏在无数片刀锋般锐利、揭示真相同时显示幻象的镜子中间。他的目光转向达克先生,正迎上后者美杜莎①般的瞪视,略扫一眼之后,又望向那个缝着眼睛、战战兢兢的盲女人。来自暗夜的女人一直在偷偷地向后挪动,这会儿已经溜到离他最远不过的地方,到了舞台的另一头,几乎紧贴在红黑相间、形如螺旋的枪靶旁边。

"男孩!"查尔斯·哈洛韦高声叫道。

达克先生的身体僵硬了。

"我需要一个男孩志愿上台,帮我端枪!"查尔斯·哈洛韦喊道。

"谁上来?随便哪个男孩都行!"他叫道。

人群中,几个男孩不安地捯动脚步。

---

① 希腊神话中的蛇发女妖,会将任何看到她的人变成石头。

"上来个男孩!"查尔斯·哈洛韦喊道,"等等。我的儿子就在这儿,他肯定愿意当一个志愿者。对不对,威尔?"

女巫扬起一只手,摸索着这些大胆狂妄的言辞的形状。它们来自那个五十四岁的老人,如热浪般扑来。达克先生的身体转了一圈,仿佛被疾速飞来的枪弹射中一般。

"威尔!"他的父亲高喊道。

蜡像馆里,威尔一动不动地坐着。

"威尔!"他的父亲高喊道,"来吧,孩子!"

人群向左望,向右望,向后望。

没有回答。

威尔坐在蜡像馆里。

达克先生注视着这一切,目光中带着些许敬意,些许钦佩,些许担忧。看上去,他似乎在等待,和威尔的父亲一样。

"威尔,上来帮你爹一把!"哈洛韦先生高高兴兴地喊着。

威尔坐在蜡像馆里。

达克先生露出了微笑。

"威尔!威利!到这儿来!"

没有回答。

达克先生脸上笑意更盛。

"威利!没听见你老爹叫你吗?"

达克先生不笑了。

因为这最后一声来自台下的一位先生。

人群大笑。

"威尔!"一个女人叫道。

"威利!"另一个人叫道。

"呜——喂——!"这是一个留着络腮胡的先生。

"快出来吧,威廉。"一个男孩。

观众的笑声更响了,彼此用胳膊肘开心地捣着。

查尔斯·哈洛韦在呼唤。众人在呼唤。查尔斯·哈洛韦朝群山呼唤。众人朝群山呼唤。

"威尔! 威利! 威廉!"

无数镜子中间,一个影子在闪烁,来往穿梭。

骤然间,女巫汗出如浆。汗珠如枝形吊灯上的水晶一样倾泻而下。

"在那儿!"

人群停止了呼唤。

查尔斯·哈洛韦也一样。儿子的名字哽在他喉头,他说不出话。

威尔立在镜子迷宫入口,像一尊蜡像。现在的他几乎正是一尊蜡像。

"威尔。"他的父亲说,声音很轻。

这一声轻唤却让女巫汗不敢出。

威尔动了起来,目不能视,直愣愣地穿过人群。

他的父亲向下伸出步枪,像递给男孩一根拐杖,把他拉上舞台。

"我的左手来了,完好无损的左手!"做父亲的宣布。

威尔既没有听到也没有看到汹涌袭来的欢呼。

这段时间里,达克先生没有任何举动。但查尔斯·哈洛韦却能看到他在脑子里拼命燃放火炮、发射炮弹。可每一发炮弹都哧哧地哑火了。达克先生完全猜不到他们打算干什么。话说回来,连查尔斯·哈洛韦自己都不知道也猜不到。这出戏仿佛出自他本人的手笔。这么多年来,无数个夜晚,在图书馆里,他亲手写下剧本,记在脑子里,然后撕掉了底稿;

现在却全然忘记了他之前牢记的一切。他能做的仅仅是在心里发掘自我、发现自我，见机行事，靠鼻子领路，走一步算一步。不对，不是鼻子，靠的是心，是灵魂。现在的问题是，下一步……该怎么办?!

他笑了，咧开的嘴里，牙齿闪闪发亮。亮光直刺女巫双眼，似乎让她瞎得更厉害了。这不可能! 她猛地抬手捂住墨镜，捂住缝合的眼皮。

"大伙儿靠近些! "威尔的父亲喊道。

人群向前涌来。舞台是孤岛，人群是大海。

"看着当靶子的人! "

女巫瘫软在她的破衣烂裳里。

图画人朝左看去，左边的骷髅人无法给他信心，那个骷髅人似乎变得更瘦了；朝右看去，右边的侏儒无法给他信心，矮墩墩的侏儒藏身于纯粹的疯狂里，只露出一张漠然的脸。

"请把子弹给我。"威尔的父亲和气地说。

颤抖不已的满身横肉上，成千生灵听而不闻，达克先生当然同样听而不闻。

"请。"查尔斯·哈洛韦说，"给我子弹。看我把吉卜赛老太婆瘤子上的跳蚤敲下来。"

威尔站着，一动不动。

达克先生犹豫不决。

下面起伏的大海中，这里，那里，笑容在闪烁。这里，那里，在一百张、两百张、三百张白蒙蒙的脸上闪烁着笑容。仿佛在月球引力的牵引下，大海受了挑动，激荡起来。潮水退下，巨浪将至。

图画人拿出子弹，动作十分缓慢。他伸出手臂，像一道长长的、起伏的矿脉，慢吞吞地将子弹递到男孩手里。他看着男孩，看对方是否意识到了手里的子弹。没有意识到。

男孩的父亲拿过子弹。

"在子弹上标记姓名缩写。"达克先生机械地说。

"不,我的标记比缩写强多了。"查尔斯·哈洛韦抬起儿子的手,让他拿好子弹。他自己则用唯一的一只好手掏出一把削笔刀,在铅弹头上刻了一个奇怪的符号。

这是怎么回事?威尔想。我知道这是怎么回事。我不知道这是怎么回事。这是怎么回事!?

达克先生看着刻画在子弹上的弯月,没看出什么古怪,于是把子弹塞进枪膛,啪地把枪甩给威尔的父亲。后者再一次灵巧地接枪在手。

"准备好了吗,威尔?"

男孩带着桃子般绒毛的嫩脸耷拉着,打瞌睡一样,轻轻点了一下脑袋。

查尔斯·哈洛韦最后一次瞥了迷宫一眼,想,吉姆,你还在那儿吗?准备好!

达克先生走到女巫身边,拍打着她,好言安抚,让这位干瘪的尘埃朋友镇定下来。他咔地定住不动了,因为他听到了咔的一声。那是枪膛重新打开的声音。威尔的父亲退下子弹,好让观众看到子弹仍在枪里。子弹看上去跟真的一模一样,但威尔的父亲早就在书里读过这种把戏:这是一颗替换掉方才那颗真子弹的蜡制假弹。钢灰色的蜡很硬,但击发之后,蜡弹会在枪管里化为轻烟。眼下,要弄手法将子弹调包的图画人正将那颗做过标记的真子弹悄悄塞进女巫哆哆嗦嗦的手指中。她会把它藏进嘴里。枪响的那一瞬,她会假装被并不存在的冲击力撞得一震,然后用那口鼠牙似的黄牙咬住子弹向观众展示。号角齐鸣!掌声雷动!

图画人抬眼望去,望着查尔斯·哈洛韦手里打开枪膛的步枪和那颗蜡弹。可哈洛韦先生并没有点破真相,只说了句"咱们把标记刻得更清楚些,好吗孩子?"男孩无知无觉的手拿着子弹,父亲拿起削笔刀,在那颗干干净净没有任何标记的蜡弹上重新刻下那个神秘的弯月符号,然后推弹上膛。

"准备好了吗?"

达克先生望着女巫。

女巫迟疑半晌,这才微微点头,只点了一下。

"预备!"查尔斯·哈洛韦喊道。

这里有帐篷,有喘息的观众,焦灼不安的畸形人,还有一个如堕冰窟吓得发疯的女巫,被藏起来还未找到的吉姆,以及一具坐在电椅里、浑身亮着蓝色电光的木乃伊。此外还有一架旋转木马,孤零零地等待着。它在等待演出结束,人群离去,等待马戏团在男孩身上得手,如果可能的话,等待那个或许会困在这里的看门人。

"威尔,"查尔斯·哈洛韦端起那枝突然间似乎变得沉甸甸的步枪,看似随意地说,"我把枪放在你的肩膀上,这里。扶着枪身中间,轻点,用一只手。扶着枪,威尔。"男孩抬起一只手。"做得很好,儿子。我说'稳住'的时候,屏住呼吸。听到我的话了吗?"

男孩的头轻轻抖了一下,做出肯定的表示。他在睡。他在做梦。做着噩梦。噩梦就是此刻的这一幕。

而下一幕则是他的父亲放声高呼:

"女士们,先生们!"

图画人拳头一紧。拳头里面,威尔的画像成了一朵被压扁的花。

威尔一阵抽搐。

步枪坠地。

查尔斯·哈洛韦假装没有看见。

"我的左胳膊不中用,威尔来当我的胳膊。我和威尔将为大家奉上世间独一无二的、最危险、常常致人死命的——子弹绝技!"

彩声四起,哄堂大笑。

五十四岁的看门人将步枪重新架上男孩不住颤抖的肩头,动作飞快,完全不像个上了岁数的人。

"听到笑声了吗,威尔?听!是给咱们的!"

男孩听着。男孩镇定下来。

达克先生的拳头再次一紧。

威尔中风似的发抖,但抖动得不那么厉害了。

"咱们要来个正中靶心,对吧,孩子!"他的父亲说。

笑声更响了。

男孩更加镇定了,彻底镇定了。尽管肩上架着步枪,尽管达克先生狠狠攥紧手心里那张带着桃子般绒毛的鲜嫩面孔,但在笑声中,男孩变得宁静安详。笑声仍在流淌,而他的父亲正使尽浑身解数,让它像孩子们玩的铁环一样继续滚动。

"让那位太太瞧瞧你的好牙口,威尔!"

威尔向背靠靶子的女巫亮出牙齿。

女巫的脸变得毫无血色。

查尔斯·哈洛韦也向她亮出自己那口不算太好的牙齿。

冬天降临到女巫身上。

"老天,"观众中间有人说,"她真是太棒了。瞧那副魂飞魄散的样子,演得活灵活现。看啊!"

我看着呢,威尔的父亲想。没用的左手垂在身侧,右手抬到扳机处,眼睛注视着准星。他的儿子稳稳地扶着枪身,将枪口指向靶心位置的女巫的脸。

最后关头到了,枪膛里却仅有一颗蜡弹。一颗蜡弹有什么用?发射过程中就会分解、消失的子弹,有什么用?我们为什么来这里?我们又能做什么?蠢啊,蠢啊!

不!威尔的父亲想,停!

他止住自己的犹疑。

在他嘴里,话语正在成形,却没有声音。

但女巫听到了他的话。

压过正在消失的笑声,在这些温暖的声音散去之前,他完成了这些话语,只用嘴唇,无声地说道:

我在子弹上刻下的弯月不是弯月。

它是我的微笑。

我把微笑刻上了子弹,压进了枪膛。

他说了一遍。

他等着她听懂。

无声地,他又说了一遍。

抢在图画人将口型译解完毕前的一刹那,查尔斯·哈洛韦一声轻唤:"稳住!"威尔屏住了呼吸。而在后面很远的地方,藏身蜡像中间的吉姆脸上淌着涎水;捆在电椅中、已经死去而又活着的木乃伊齿缝中电流嘶鸣;达克先生的画中众生在涔涔冷汗中扭动挣扎,他最后一次攥紧了拳头——太晚了!吉姆安详地屏住呼吸,扶牢武器。他的父亲安详地说:"放。"

开枪。

48

一声枪响。

女巫倒吸一口气。

蜡像馆里的吉姆倒吸一口气。

睡梦中的威尔也是。

他的父亲也是。

达克先生也是。

所有的畸形人也是。

观众也是。

女巫尖叫。

蜡像群中,吉姆一口喷出积在肺里的全部空气。

舞台上,威尔醒了,放声尖叫。

一声怒吼,图画人嘴里吐出一口气。他挥动双手,想阻止这一切。但女巫已经倒下,从舞台摔落,倒在尘埃里。

一只好手握住冒烟的步枪,查尔斯·哈洛韦慢慢吐出屏住的气息,真切地感到它一点一点离开自己的身体。他的眼睛仍旧瞄着准星,注视着靶子,注视着女巫刚才所在的地方。

舞台边缘,达克先生望着下面惊呼的人群,望着他们惊呼的对象。

"她昏过去了——"

"不,是滑了一跤!"

"她……中弹了!"

终于,查尔斯·哈洛韦来到图画人身旁,向下望去。他脸上的表情很复杂:吃惊,焦灼,还有一丝奇异的宽慰和满足。

那个女人被抬起来,放上舞台。张嘴惊呼的表情凝固在她脸上,那种表情几乎像终于明白了什么。

他知道她已经死了。再过一会儿,观众们也会知道。他望着图画人的手伸下去,触摸、搜寻、感觉着生命的迹象。接着,图画人摆弄布娃娃一样抬起她的双手,操纵牵线木偶似的,想让她动起来。但那具尸体拒绝了。

于是,他将女巫的一只胳膊交给侏儒,另一只交给骷髅人。他们摇晃着那两只胳膊,形成一幅可怕的画面,仿佛她醒了过来。观众向后退去。

"……死了……"

"可是……没有伤口啊。"

"不会是被吓死的吧,你说呢?"

吓死的,查尔斯·哈洛韦想,我的上帝,难道真是吓死的?或者死于另一颗子弹?我开枪的时候,她会不会把那一颗子弹咽进了喉咙?或者,她……被我的微笑憋死了!? 基督啊!

"没事! 演出结束! 晕倒而已!"达克先生说,"是表演! 这些都是表演的一部分。"他没看那个女人,没看观众,却盯着威尔。而威尔只是站在那儿,眨巴着眼睛,刚刚逃离一个噩梦,却又陷入了另一个。他的父亲站在他身旁。达克先生喊道:"大伙儿回家去吧! 演出结束了! 关灯!关灯!"

马戏团的灯光开始闪烁。

渐渐熄灭的灯光驱赶着观众,人群像一架巨大的旋转木马一样转动着,匆匆走向残存的寥寥几处灯火,好像希望在那里暖暖身子,再走进外面的寒风。一盏接一盏,灯光渐渐熄灭。

"关灯!"达克先生说。

"跳!"威尔的父亲说。

威尔跳下舞台,和父亲一起拔腿便跑。父亲仍旧扛着那枝射出笑容、杀死吉卜赛女人、让她倒毙尘埃的步枪。

"吉姆在里面吗?"

他们跑到了镜子迷宫的入口处。身后的舞台上,达克先生吼叫着:"关灯! 回家去! 结束了! 完了!"

"吉姆在里面吗?"威尔想着,"对,对,他在里面!"

蜡像馆里,吉姆仍旧一动不动,连眼皮都不眨一下。

"吉姆!"声音穿过迷宫传来。

吉姆动了,吉姆眨着眼睛。一扇后门敞开着。吉姆跟跟跄跄地朝它走去。

"我进来找你,吉姆!"

"别去,爸爸!"

威尔追上了爸爸。爸爸站在镜子迷宫的第一个转弯处。他的手又开始疼了,疼痛沿着神经一路向上,像火球一样打在心脏附近。"爸爸,别进去!"威尔抓住他那只好胳膊。

在他们身后,舞台空了。达克先生奔跑着……去哪儿? 某个地方。黑夜在合拢,灯光在熄灭、熄灭、熄灭。黑夜吸干了灯光,它在聚合,打着呼哨,发出阵阵假笑。观众们纷纷逃离游乐场,像无数枯叶从一棵大树上吹落。而威尔的父亲站定在镜前,面对玻璃的潮水和浪涛。他必须游过去、涉过去。他知道,恐怖的铁手等待着他,他要迎战的是能够让一个人的自我枯萎与毁灭的力量。他见识过,知道厉害。闭上眼睛,你会迷失。睁开眼睛,你会遭遇达到极点的绝望和痛苦;它们的重量会让你不堪负荷,你或许永远也挣扎不到第十二个转弯处。但是,查尔斯·哈洛韦拿开威尔抓住胳膊的双手。"吉姆在里面。吉姆,在里面等着!我进去了!"

就这样,查尔斯·哈洛韦迈出一步,踏进迷宫。

前面流动着道道银光,投下一块块黑影。镜面光滑洁净,镜像出没其间。他们自己的镜像,还有其他人的。那些人的灵魂曾经游荡在镜子之间,它们的痛苦擦拭着玻璃,它们的自恋洗刷着寒冰似的镜面,它们恐惧的冷汗在镜面和镜角流淌。

"吉姆!"

他在奔跑,威尔在奔跑。突然,他们停住脚步。

迷宫的灯或熄灭,或变暗,或改变着颜色:时而呈蓝色,时而呈现出状如光晕的夏日闪电的丁香色,时而明灭不定,仿佛在风中摇曳的上千根古老的蜡烛。

而在他和等待援救的吉姆之间,是一支百万人组成的大军,个个张着惊恐的嘴巴,发如银霜,白须杂乱。

是我!他们是我!他想,全都是我!

爸爸!他身后的威尔想,别害怕。他们是你,全都是,是我的父亲!仅此而已,没什么大不了的。

但威尔不喜欢他们的模样。他们是那么老,那么那么老。行进的人群中,离得愈远,愈加衰老。父亲抬起双手,挡开这些揭示出可怕真实的镜像,而镜像们也随之手舞足蹈,状若疯癫。疯狂的镜像无休无止地重复着,多得让人发疯。

爸爸!他想,别怕,他们是你呀!

可是,他们不止于此。他们同时是别的东西,更多东西。

就在这时,所有的灯都灭了。

全身缩紧的两个人不动了。身体站立在恐惧中,喘息被一片寂静死死地捂住。

49

黑暗之中,一只手动了起来,鼹鼠一样掏摸着。

威尔的手。

它掏空他的口袋,继续深深地掏挖下去,扔掉一些东西,然后再挖再掏。他知道,尽管四下一片漆黑,镜中的百万老人仍会继续行进,会加快脚步,会冲过来,会跳起来,用他们真正的本质压垮爸爸!在这片封闭的夜色中,只要想到他们,哪怕只想四秒钟,他们就会彻底抓住爸爸,对他为所欲为!他们是来自未来的大军,是未来的人生发回的无数警兆,他们是如此凶恶,赤裸裸不加任何掩饰,却又如此真实。你无法否认,那就是爸爸今后的模样,明天、后天、大后天、再后天……未来的一切可能、所有岁月,畜群般一拥而至。如果威尔不能再快些,爸爸就会被席卷、被裹胁,万劫不复!

快,快呀!

谁的口袋比魔术师还多?

男孩。

谁口袋里的东西比魔术师的还多?

男孩。

威尔的手抓住了一盒厨房火柴。

"感谢上帝！爸爸,看这儿！"

他划着火柴。

畜群蜂拥而来,脚步声近在耳畔！

他们是奔过来的,却被光亮骤然定住。他们和爸爸一起瞪大眼睛,惊恐地张大嘴巴,注视着自己衰朽的模样和装扮。站住！火柴喝道。左边的无数个排,右边的无数个班,镜像们定住脚步却跃跃欲试,瞋目瞪视,心痒难耐地等着火柴熄灭的那一刻。到那时,重获自由的他们会再次扑来,扑向这个老人,这个很老的人,非常老的人,老得惊人的人。他们会在一瞬间将他窒息在命运中。

"不！"查尔斯·哈洛韦说。

不。百万双没有生命的嘴唇动着。

威尔将火柴向前伸去。他已经衰老干瘪的无数镜像模仿着做出同样的动作,举起一团玫瑰蓓蕾般的蓝黄火苗。

"不！"

一面面玻璃反射光线,如掷出标枪。无形的标枪深深刺进心脏、灵魂、肺叶,它们冻结血脉,切断神经,让威尔一头栽倒,让他的心脏停跳,接着又如被踢打的足球般狂跳不已。而那个很老很老的人双腿一软,跪倒在地;同时跪地的还有他那一大批镜像,那些一周后、一年后、两年后、二十年、五十年、七十年、九十年以后的惊恐的自我的集合！也许他会堕入疯狂,因疯狂而逃出此劫,保全性命;那以后,每一秒、每一分、午夜过后的每一个小时的形象,都在这一刻跪下,被镜子反射的光线映照得愈加苍白,泛着黄色。镜子反射着光线,跳弹般不断穿透他的身体,让血液从伤口流失,带走他的生命,让他干瘪下来。而镜子会继续用光线抽打他,让他化为飞灰,将片片灰烬洒在地下。

"不!"查尔斯·哈洛韦打落儿子手里的火柴。

"爸爸,不!"

新的黑暗中,重新躁动起来的一群群老人拖着脚步向前走来。

"爸爸,我们一定得看!"

他擦燃了第二根、也是最后一根火柴。

火光下,他看见了蹲伏在地、紧闭双眼、紧握双拳的爸爸,还有其他所有人影——一旦这最后的光明消失,他们就会重新行动,手在地下撑着、爬着、匍匐着靠双膝爬行,一窝蜂涌上前来。威尔抓住父亲的肩膀,摇晃着他。

"哦,爸爸,爸爸,我不在乎你有多老,永远不在乎!不在乎!我什么都不在乎!哦,爸爸,"他哭喊着,抽泣着,"我爱你!"

这句话让查尔斯·哈洛韦睁开了眼睛。他看到了自己,看到了酷似自己的其他人,看到了在他身后努力扶持他的儿子。儿子手里的火苗颤动着,脸上的泪水颤动着。蓦然间,他想起了那个女巫、图书馆,想起了她的失败和他的胜利。回忆向他涌来,里面有枪声、飞行的子弹和四散奔逃的人群。

他注视着周围的无数自我,注视着威尔。他只看了一小会儿。接着,一个微弱的声音溢出他的嘴边。再接着,另一个稍响一点的声音溢出他的嘴边。

然后,终于,面对迷宫、镜子和未来的所有时日,面对前面、周围、上面、后面、下面,以及流连在他内心的一切光阴——他给出了唯一可能的回答。

他大大地张开嘴,尽情释放出最响亮的声音。

如果那个女巫还活着,她会听出这是什么声音,然后再死一次。

50

从后门逃出迷宫的吉姆·赖谢在游乐场里迷路了。跑着跑着,他停了下来。

图画人在一个个黑色帐篷之间的某个地方奔跑。跑着跑着,他停了下来。

侏儒僵住了。

骷髅人转过身。

所有人都听到了。

不是查尔斯·哈洛韦发出的声音。不。

而是随之而来的巨响。

先是一面镜子,接着是第二面镜子,然后一顿,紧接着,第三面、第四面、又一面、一面又一面,像多米诺骨牌一样,一面又一面镜子在镜中人的目光下绽开冰纹。丁零零的轻响过后,咔嚓嚓地迸裂,倒塌。

前一分钟,这里还是重重叠叠排列如天梯的玻璃镜面,将无数镜像折叠折叠再折叠,压缩进一小片光亮之中。下一分钟,溅成一片流星雨。

驻足聆听的图画人觉得自己的眼睛几乎随着这个声音绽开冰纹,迸成碎片。

查尔斯·哈洛韦仿佛重新成了唱诗班男童,在一座奇怪的、魔境林立的教堂里引吭高歌,发出平生最美妙、最欢乐的高音。这个声音震落了镜子后背那层如飞蛾身上粉末般的银粉,摇撼着镜中人的脸庞,最后震毁了镜子本身。十几面、成百面、上千面镜子,连同里面老迈不堪的查尔斯·哈洛韦,纷纷坠向地面,像雪花飘向月亮,像雪霰随雨水洒落。

都是因为他发自肺叶、穿过喉头、冲口而出的声音。

都是因为他最终接受了一切:接受了马戏团、远处的山丘、山间的居民,还有吉姆、威尔,最重要的是接受了自己和生命中的一切事物。因为接受了这一切,他才会在今天晚上第二次仰起头来,用声音表明他的这一态度。

看哪,仿佛号角声中的耶利哥城墙①,美妙如音乐的雷霆声中,镜子放开了它们囚禁的幽影。一吐积郁的查尔斯·哈洛韦失声痛哭。良久,他从脸上放下双手。星光和马戏团正在熄灭的灯光涌了进来,让他重获自由。映在镜中的死者们消失了,埋葬在他脚边轰响、飞溅、涌动的玻璃中。

"关灯……关灯!"

远处在叫喊,声音卷走了更多温暖的灯光。

僵立的图画人动了,消失在帐篷中。

观众离开了。

"爸爸,你到底是怎么做到的?"

就在这时,燃尽的火柴灼到了威尔的手指。他扔下火柴。好在现在有了些许微光,能看见爸爸走过地上的垃圾和碎玻璃,走过一片片从前的迷宫、现在的空地。

"吉姆?"

一扇门开着。马戏团还没来得及关上的几盏昏灯照了进来,让他们

---

① 出自《圣经》,耶利哥的城墙被号角声震得坍塌下来。

看到眼前蜡制的杀人者和被杀者。

吉姆没有坐在蜡像中间。

"吉姆！"

他们盯着那扇门。吉姆就是从这里跑出去，迷失在一座座黑色帐篷投下的黑暗沼泽中。

最后一盏电灯灭了。

"这下子，我们永远别想找到他了。"威尔说。

"不。"站在黑暗中的父亲说，"我们会找到他的。"

去哪儿找？威尔心想。但他的思绪被打断了。

游乐场远处，旋转木马喷出蒸汽。汽笛风琴奏响了鬼哭狼嚎的音乐。

那儿。威尔想，要说吉姆会去哪儿，肯定是那个地方，循着音乐声去了。满脑子怪念头的吉姆，我敢打赌，那张免费票肯定还在他兜里藏着呢。哦，该死的吉姆，下地狱去吧！可他马上想道，不！他说不定已经在地狱里了。就算还没有，也快了！四周一片漆黑，我们怎么才能找到他？没有火柴，没有灯，我们这边只有两个人，他们有那么多人，而且还是在他们的地盘。

"我们怎么——"威尔说出了声。

他的父亲只说了一句"看那儿"。声音很轻，充满感激。

威尔走到门边，这里更亮一些。

月亮！感谢上帝。

它正从小山那边升上天空。

"去找警察……？"

"没时间了。几分钟就要见分晓，或是成功，或是失败。咱们要考虑三个人——"

"那些畸形人！"

"其他人，威尔，三个。第一个，吉姆。第二个，正在电椅里烤着的库格先生。第三个，达克先生和他那一身刺青。救一个，其他两个踢下地狱，完蛋大吉。我想，只要他们俩一完蛋，畸形人自然就散了。你准备好了吗，威尔？"

威尔看着房门、外面的帐篷、夜色、被新的光源照得发白的天空。

"上帝保佑，幸好有月亮。"

父子俩紧紧握了握手，跨出门去。

如同在迎接他们，一阵风起，卷得一座座帐篷的帆布门帘上下翻飞，好像来自史前的雷鸢，亮着它们罹患麻风的翅膀。

51

他们在散发着尿臊味儿的暗处奔跑。他们在散发着洁净的冰的气味的月光中奔跑。

蒸汽吹响的汽笛风琴低吟着、敲打着、颤抖着。

音乐！威尔想，它是倒着放还是正着放？

"怎么走？"爸爸悄声问。

"从这儿穿过去。"威尔一指。

一百码外，远离帐篷的地方，一阵蓝光闪起，伴着火花起落。接着又变成一片黑暗。

电先生！威尔想。他们准是在搬动他！把他弄上旋转木马，不是转死他就是治好他。如果治好了,哦,上帝,一个怒气冲冲的他,加上一个怒气冲冲的图画人,两个人一起出手对付我和爸爸!对了,还有吉姆。可是,把吉姆算成哪边的?那个家伙,今天这样,明天那样……今晚他会怎么样?他会站到哪一边?我们这边!老朋友吉姆!我们,当然是我们这边!

但是威尔打了个哆嗦。过去的朋友,今后也是朋友吗?无论何时,都能相互依靠、相互指望吗?

威尔朝左望去。

侏儒站在那边,一半身体被翻飞的帐篷门帘裹住。他就那样等在那儿,纹丝不动。

"爸爸,看。"威尔轻声叫道,"还有那儿——骷髅人。"

那个高个子离他们更远些,如同枯树一样站立着,像一具裹着古埃及莎草纸的骨架。

"那些畸形人——为什么不拦住我们?"

"因为他们害怕。"

"怕——我们?!"

威尔的父亲蹲在地上,眯着眼睛,从一只空笼子侧边向外张望。

"不是害怕,就是发懵。他们看到了女巫的下场。只能是这个原因。看看他们的样子。"

只见远远近近的畸形人们全都直挺挺地立着,像一根根帐篷支柱,稀稀拉拉,躲躲闪闪,撒在整个草甸上,藏在暗处,等待着。等什么?威尔好不容易才咽下一口唾沫。或许他们并不是躲起来,而是有意散开,布好阵势,等着即将到来的战斗打响。时机一到,达克先生一声吆喝,他们就会包围上来。现在时机还没到,达克先生还忙着别的事。等他把手头那些必须做的事忙完，就会发出那声吆喝。也就是说……说什么？威尔想，也就是说，我们得做点什么，让他吆喝不出来。

威尔的双脚划过草丛。

威尔的父亲走在前头。

畸形人们望着他们过去，眼里全无表情。

汽笛风琴的乐声变了。悲伤、甜蜜的哨音在帐篷四周缭绕，在沉沉流动的夜色中起伏。

这是正着放的音乐！威尔想，对！刚才是倒着放，然后停下，再响起时却改成正着放了。达克先生想干什么？

"吉姆！"威尔脱口而出。

"嘘！"父亲拉了他一下。

汽笛风琴描绘着未来的金色年华，让他立刻想到吉姆。他感到，在某个地方，音乐吸引着吉姆，他开始想象高大的十六岁、十七、十八岁，然后，啊，十九，接着，简直不敢相信——二十！时间的风吹过风琴的铜管，奏响欢快、美好的夏天的曲子，许诺着一切。连威尔自己都忍不住要跑向音乐，它就像一株在阳光下不断成长、缀满果实的桃树——

不！他想。

这种可怕的吸引力源自他自己内心的渴望。为了管住双脚，威尔努力哼起一段自己喜欢的曲子。曲子从肺里挣扎出来，挤出喉头，在他的脑袋里回荡，淹没了汽笛风琴的声音。

"看那儿。"爸爸小声说。

前面是一支阴森森的队伍，正从一座座帐篷中间走过。一个有些眼熟的人影坐在椅子里，椅子被扛在高矮不同、形状各异的黑影肩上，仿佛黑色的苏丹乘轿出行。

他们听到了父亲的声音。队伍一震,跑了起来!

"电先生!"威尔说。

他们要抬他去旋转木马那儿!

队伍不见了。

前面是又一座帐篷。

"绕过去!"威尔拉着父亲飞跑。

汽笛风琴奏着甜蜜的曲子,正在吸引着吉姆,要把他拉过去。

那支带着电先生的队伍到达以后呢?

音乐会反着放,木马会倒着转,剥掉他那身老皮,让他的岁月重新开始!

威尔脚下一绊,摔倒了。爸爸把他拉起来。

就在这时……

一个人声响起,像狗一样吠叫着,呜咽着,号啕着,哀鸣着,好像一切都完了似的。一声长长的呻吟,接着是震惊的喘息,最后是一声长叹。随之响起的是一大片人声,发自许多异于常人的喉咙。

"吉姆!他们抓住了吉姆!"

"不……"查尔斯·哈洛韦低低地说,声音有些奇怪,"说不定是吉姆……或者我们……打了他们一个冷不防。"

他们绕过最后一座帐篷。

风突然扬起一大团尘埃,扑在他们脸上。

威尔抬手捂住鼻子。这股灰尘有一种陈旧的香料味,有些刺鼻,像把烧焦的枫叶磨碎细筛,再加上大量灰土。尘埃翻滚,拖着黑影,散入一座座帐篷。

查尔斯·哈洛韦打了个喷嚏。

在一座帐篷和旋转木马之间扔着一个什么东西，倒立着，歪歪斜斜。还有许多人影，正乱纷纷地从它旁边跑开。

原来是那把电椅，翻倒在地，木头扶手和椅子腿上散落着束缚带，椅背顶上还吊着一个金属头罩。

"可是，"威尔说，"电先生在哪儿？我是说……库格先生？"

"刚才那个，恐怕就是他。"

"刚才哪个？"

答案就在空中：那些被旋转的风卷成一个个小漩涡，纷纷扬扬洒向游乐场、闻着像烧焦的香料、携带着秋天味道的尘埃。

不是转死他，就是治好他。查尔斯·哈洛韦想。他想象着那些人如何在以秒计时的最后关头拔下电椅插头，手忙脚乱地扛着那把古老、衰朽的老骨头跑过僵立的枯草。他们很可能已经作过多次努力，拼命保存，滋养活力，试图将生命之火注入那一堆停尸房的垃圾、注入那一撮铁锈，却怎么也无法点燃已经烧尽的煤渣。刚才看到的只是他们的最后挣扎。过去的二十四小时里，他们肯定多次想搬动这位库格先生，但最轻微的震动、最微弱的气息都会把那个老朽的东西变成一摊烂泥，一堆渣滓。他们只好在惊恐中罢手。最好还是把他绑在那把热乎乎的电椅里，让他始终不停地演出，成为长期展示的项目，让观众在他面前目瞪口呆。但现在，因为一颗子弹上的一个笑容，马戏团的灯灭了，观众逃进了夜色，他们需要库格先生变回原来的样子：高大、火红的头发、地震般暴烈的性情。可是，二十秒、十秒钟前，在某个地方，最后的粘胶绽开了，最后一枚螺钉脱落了。于是，这具木乃伊、这个全靠人为支撑的怪物垮台了，化作一阵灰烟，化作十一月的一张传单，在风中宣告人终有一死。现在，终于被死亡收获、脱粒的库格先生成了亿万片碎屑，翻翻滚滚，落在草地上。古老的谷壳,里面只包着一撮灰,一旦剥开,便成乌有。

"哦,不,不,不,不,不。"有人喃喃自语。

查尔斯·哈洛韦抚着威尔的手臂。

威尔不再说"不"。在最后的几秒钟,和父亲一样,他也想到了同样的东西:被人扛着跑的尸体、飞扬的骨粉、得到矿物质滋养的草地⋯⋯

前面只有空空的椅子,束缚带上还残留着点点磷火,来自某种特别的尘埃。刚才扛抬着这堆垃圾的畸形人已经逃进了阴影。

让他们逃走的是我们。威尔想,但让他们扔下椅子的是别的东西!

不,不是别的东西。别的人。

威尔的眼睛朝四周望去。

无人照看的旋转木马转台上空荡荡的,它仍旧按它自己的时间转动着,正着转动。

可是,翻倒在地上的椅子和旋转木马之间,还站立着一个孤零零的人影。是个没有逃走的畸形人? 不⋯⋯

"吉姆!"

爸爸用手肘捅了他一下。威尔闭上了嘴。

吉姆,他想。

还有,达克先生在哪里? 他此刻在哪里?

肯定在某个地方。因为他开动了木马。是他开动的,对吗? 肯定是!为了把他们引过来,把吉姆引过来,还有——还有什么? 现在没时间多想,因为——

吉姆从翻倒的椅子旁转过身,朝旋转木马转过身,慢慢走向免费、免费、免费的骑乘游戏。

他一直知道这是他终究会去的地方。他曾像风向标一样,在明亮的天空和暖风的指点下颤抖着转向这边,迟疑地转向那边。但现在,他终于选定了方向。他像半梦半醒似的,打着哆嗦,走向转动的旋转木马和夏日音乐。他目不转睛地望着转台上的木马,无法转开眼睛。

一步,又一步,吉姆向前走去。

"抓住他,威尔。"他的父亲说。

威尔冲了上去。

吉姆抬起右手。

木马转台上的黄铜扶手杆闪烁着转向未来。它像黏稠的糖浆般拉扯着吉姆的肌肤,像扯太妃糖一样抻着他的骨头。阳光般的黄铜反光烧灼着吉姆的面颊,在他的眼睛里点燃火苗。

吉姆伸出手。不断转动的黄铜扶手杆叩过他的指甲,叮叮有声,像演奏着一首属于他们自己的小曲。

"吉姆!"

黄铜扶手杆一排排掠过,如同夜里升起的黄色太阳。

音乐的调子突然往上一跳,如同一股清澈的喷泉跃向空中。

它发出一个高音:咦咦咦咦咦咦。

吉姆张开嘴,发出同样的声音:

咦咦咦咦咦咦!

"吉姆!"威尔一边跑一边喊。

吉姆的手掌拍在一根黄铜扶手杆上。扶手杆继续向前,"嗖"地过去了。

他拍在另一根扶手杆上。这一次,他的手掌紧紧粘在上面。

手腕跟随手指,手臂跟随手腕,肩膀和身体跟随手臂。梦游般的吉姆被旋转着的扶手杆从大地上连根拔起。

"吉姆!"

威尔伸出手去,只碰到了吉姆的脚。刷的一下,这只脚脱离了他的手掌。

夜在呼号,木马沿着巨大、黑暗的圈子转向夏天。吉姆在旋转,威尔紧追不舍。

"吉姆,下来!吉姆,别把我扔在这儿!"

离心力把吉姆向外甩,他一只手抓住扶手杆,继续转动。然后,出自最后一丝残留的本能,他抽出一只手,伸向后面的风中。一部分的他——小小的、白色的、孤立的他——记起了他们的友谊。

"吉姆,跳啊!"

威尔抓向那只手,错过了,脚下一绊,差点摔倒。第一圈追逐输掉了。吉姆会骑完这一圈,独自一人骑完。威尔等着马群第二次奔来,还有那个骑马奔驰、已经不大像男孩的男孩——

"吉姆!吉姆!"

吉姆醒了!已经骑过半圈。他抓紧扶手杆,脸上阴晴不定,嘴里发出绝望的哀鸣。他想要,他不想要。他渴望,他排斥,再一次更加热切地渴望。他飞驰在让人全身发热的风的河流中,飞驰在金属的烈焰中。他和七月、八月的骏马一同奔跑着,马蹄踏着空气,发出水果摔在地上的噗嗒声。他双眼闪耀着火光,牙关紧咬,发出不甘的嘶嘶声。

"吉姆!跳下来!爸爸,停下机器!"

查尔斯·哈洛韦转头望向控制箱所在的地方。五十尺外。

"吉姆!"威尔的两肋刀扎般疼痛,"我需要你!回来!"

远处,转台的另一侧,越转越快的吉姆在奋力搏斗:和他自己的双手搏斗,和扶手杆搏斗,和风声嗖嗖的旅程、愈加深重的夜色、不住转动的星星搏斗。他松开扶手杆，又抓住扶手杆。而他的右手依然伸向下方，伸向外面，乞求着威尔，让他拿出最后一盎司力量。

"吉姆！"

吉姆转过来了。下面是漆黑的站台，而这列火车将由此而过，一去不复返，将票根卷得漫天飞舞。那里，站台上，他看见了威尔——威利——威廉·哈洛韦，他年轻的伙伴，年轻的朋友。当这段旅程结束的时候，这位朋友会更加年轻，不止会年轻，会形同陌路，只是隐约记得的从前某个时间、某一年的往事……而现在，这个男孩、这个朋友、这个年轻了一些的朋友正追着火车奔跑，向上伸出手……是想搭车，还是要他下车？到底是什么？！

"吉姆！记得吗？是我，是我呀！"

威尔猛地一跃。手指触到了手指，手掌触到了手掌。

吉姆的脸，被风吹得发白，从上向下望着。

威尔追着转动的机器奔跑。

爸爸在哪儿？为什么他还不关掉它？

吉姆的手是热的。这是一只熟悉的手，一只正常的手。它握着威尔的手。

威尔攥紧这只手，叫道："吉姆，求求你！"

但他们仍旧在疯狂的旋转中奔走。吉姆骑着，威尔被拖着。

"求求你！"

威尔猛拽。吉姆猛拽。威尔被吉姆抓住的手感觉到了一股七月的热流。它像一只被捉住的动物，被吉姆搂着、安抚着。它在动，在奔跑，向前跑，绕着圈跑，跑进未来的岁月。这只向前奔去的手会变得生疏起来，它将知道的事情，威尔自己只能猜测。十四岁的男孩，十五岁的手！吉姆抓住了它,太好了! 抓得紧紧的,绝不松开。还有吉姆的脸,这一圈旅行之后,变老了一些吗? 他真的十五岁了,正奔向十六岁?

威尔猛拉。吉姆朝反方向猛拉。

威尔倒在转台上。

两人一起驶进夜色。

现在,威尔的整个人都和他的朋友吉姆在一起了。

"吉姆! 爸爸!"

他可以站起来,骑上去,和吉姆一圈圈转下去。很容易做到。他没法把吉姆拉下来,那么,干脆不拉了,好朋友一块儿上路! 他的身体激动起来,激情模糊了他的视线,在他耳边擂鼓,将电流注入他的脊柱……

吉姆放声大喊。威尔放声大喊。

在颠簸摇晃、散发着果园温暖气息的夜里,他们骑马前行,骑过半年光阴。然后,威尔紧紧抓住吉姆的胳膊,大胆一跃,跃离木马许诺的无数美好前景,跃离长高长大的年份。离心力将他甩了出去,向外,向下,拽着吉姆。但吉姆不肯松开那根扶手杆,不肯放弃这趟骑行。

"威尔!"

吉姆夹在机器和朋友中间,一手抓住一个。他大叫起来。

声如裂帛,又像撕裂肉体。

吉姆的眼睛没了神采,像雕塑的眼睛。

木马飞旋。

吉姆尖叫着,摔了出去,在空中发疯般旋转着。

威尔落地,极力控制着身体。吉姆落地,连连翻滚,最后一动不动。

查尔斯·哈洛韦断开了木马控制箱的开关。

空无一人的木马慢了下来,它的马群仍在慢慢跑向某个仲夏的夜晚。

查尔斯·哈洛韦和他的儿子跪在吉姆身边,摸他手腕的脉搏,听他胸口的心跳。吉姆的眼睛白蒙蒙的,定定地凝视着群星。

"哦,上帝啊,"威尔喊道,"他死了吗?"

52

"死了吗……"

威尔父亲的手摸索着吉姆冰冷的脸,冰冷的胸膛。

"我没摸到……"

远处传来求救的哭喊声。

他们抬头望去。

一个男孩从游乐场的方向跑来,磕磕绊绊,撞上售票亭,被帐篷绳索绊倒。他不断回头张望。

"救命! 他在追我! "男孩叫道,"那个人好吓人,好吓人! 我想回家! "

男孩扑向前来,抓住威尔的父亲。

"救命,我迷路了。我怕。送我回家。那个人,那个身上刺青的人! "

"达克先生! "威尔倒吸一口气。

"对! "男孩急促地说,"他从那条路过来了! 哦,拦住他! "

"威尔——"父亲站起身,"——照看吉姆,给他做人工呼吸。没事的,孩子。"

男孩跑开了。"他在那边,跟我来! "

查尔斯·哈洛韦跟了上去,他注视着前面慌慌张张的男孩,打量他的头颈,他的体型,他腰部转动的姿态。

"孩子,"他们来到旋转木马旁,离吉姆和俯身照料他的威尔二十英尺左右,"你叫什么名字?"

"没时间了!"男孩喊道,"我叫杰德。快,快呀!"

查尔斯·哈洛韦停住脚步。

"杰德。"他说。男孩也站住了,转过身,两手在胳膊肘上蹭着。"你多大了,杰德?"

"九岁!"男孩说,"我的天,现在没时间说这些! 我们——"

"现在正是说这些的时间,杰德。"查尔斯·哈洛韦说,"你只有九岁?这么年轻。我觉得自己好像从来没这么年轻过。"

"我的上帝!"男孩气愤地嚷道。

"你提上帝不合适吧。"男人说,一边伸出手。男孩向后退去。"你只害怕一个人,杰德,我。"

"你?"男孩仍在后退,"别说废话! 为什么,为什么?"

"这是因为,有的时候,武器掌握在好人手中,而不是恶人;有的时候花招会被识破。有的时候人不会上当受骗,落进陷阱。分而治之这一套今晚用不上,杰德。你本来打算把我带到哪里去,杰德? 某个你已经准备妥当的狮笼吗? 或者类似镜子迷宫的某种把戏? 找个像女巫那样的人对付我? 我想咱们还是先把你右手的袖子卷起来瞧瞧吧,好吗,杰德?"

石头一般的眼睛盯着查尔斯·哈洛韦。

男孩向后一跃,但威尔的父亲抢在他之前扑上前去,抓住他的胳膊,揪住他的衬衣后背。他没有像刚才说的那样卷起对方的衣袖,而是一把撕下整件衬衫。

"没错,杰德。"查尔斯·哈洛韦说,声音很轻,"跟我想的一样。"

"你,你,你,你!"

"对,杰德,我。但咱们还是先看看你吧。"

他盯着男孩的手背。

在那里,在小男孩的手背,从手指开始,向上伸向手腕,匍匐盘缠着的是一条条蓝色的毒蛇,一双双毒液流淌的蓝色蛇眼;还有匆匆爬行的蓝色蝎子,旁边是鲨鱼的大嘴,这些大嘴贪婪地张向上方,仿佛想吞噬上面密密麻麻的各色刺青怪物。怪物们挤成一团,脸挨着脸,皮肤紧贴皮肤,布满前胸后背,爬进看不见的隐秘部分,将这具小小的躯体挤得满满的,这具冰冷的、受惊的、颤抖的躯体。

"哎呀,杰德,刺得真不错呀,实在不错。"

"你!"男孩一拳打来。

"对,我。"查尔斯·哈洛韦全然不顾脸上挨的这一拳,手像铁钳一样抓紧了男孩。

"不!"

"啊,是的。"查尔斯·哈洛韦用的只是右手,受伤的左手垂在身侧。"是啊,杰德,尽管跳吧,挣扎吧。你这个主意其实挺不错。把我一个人骗出来,收拾掉,再回头对付威尔。警察来时,唔,你不过是个九岁、十岁的孩子。至于这个马戏团,哦不,它不是你的,跟你没关系。警察怎么都别想找到马戏团班主,达克先生早就消失得无影无踪了。是这个主意吧,杰德?妙计啊。"

"你没办法伤害我!"男孩尖叫。

"奇怪的是,"查尔斯·哈洛韦说,"我觉得我有办法。"

他紧紧搂住男孩,搂得很紧很紧,动作仿佛充满慈爱。

"杀人啦!"男孩号叫,"杀人啦!"

"我不会杀你,杰德,达克先生,不管你是谁,不管你是什么东西。只有你会杀死你自己,因为你无法忍受和真正的人、像我这样的人挨在一起,紧紧挨在一起,长时间挨在一起。"

"邪恶!"男孩扭动着,呻吟着,"你,邪恶!"

"邪恶?"威尔的父亲大笑。笑声让男孩如受蜂蛰,如被荆棘。他挣扎得更猛烈了。"邪恶?"查尔斯·哈洛韦的双手像捕蝇纸一样,牢牢粘定那具小小的身体。"你居然会说这个词,真是太古怪了,杰德。是啊,你肯定觉得我邪恶。在邪恶者眼中,最邪恶的莫过于善良。所以,我只会对你行善,杰德,我会搂着你,看着你死于你自己的毒药。我会对你行善,杰德,达克先生,马戏团班主,男孩——除非你说清楚吉姆出了什么问题。让他醒来,给他自由,把生命还给他!"

"不能……不能……"男孩的声音仿佛坠入他身体内部的一口深井,越来越低,越来越远……"不能……"

"你是说你不肯吗?"

"……不能……"

"好吧,孩子,好吧。那么,咱们就这么耗下去吧。"

他们注视着对方,像久别重逢的父子热烈相拥,更热烈地相拥。男人抬起那只负伤的手,温和地抚摸着对方痛苦的脸。无数刺青生灵则颤抖着、奔窜着,结成一队队微型人马,时而逃向这边,时而逃向那边,但终究逃无可逃。男孩的眼睛发疯一样转动着,最后瞪着男人的嘴。他在那里看到了那个奇特的、甚至有些可爱的笑容;这个笑容曾经刻在子弹上,宣告了女巫的死亡。

他将男孩搂得更紧些。他想:邪恶的力量其实来自我们。我们给它多少,它就拥有多少。而我什么都不给你,反而从你那里收回力量。饿死你,饿死你,饿死你!

男孩惊恐的眼睛里,两点火光熄灭了。

男孩,连同他那些受了重创、伤痕累累的恶兽凶灵,一起倒地。

理该发出一声轰鸣,如大山崩塌。

却只有"沙"的一声轻响,像纸灯笼滑落尘埃。

53

查尔斯·哈洛韦站了很久,望着地上的尸体,喘息着,肺里一阵阵疼痛。在帆布帐篷形成的一条条巷道里,黑影或来回奔窜,或晕厥在地,或抱着帐篷支柱,发出难以置信的呻吟。那是形状各异的畸形人,因他们自己的恐惧和罪孽铸成现在的肉身。在某一处,骷髅人走到月光下。在另一处,侏儒只差一点点就能记起自己是谁。他像爬出洞穴的螃蟹一样眨巴着眼睛,四处乱跑;眨巴着眼睛,望着给吉姆做人工呼吸的威尔;望着威尔的父亲精疲力竭地弯着腰、俯视着那个一动不动、男孩形状的东西,旁边是那架旋转木马,越转越慢,终于停下,像一艘渡船,泊在微风吹拂、如水面般起伏不定的草地上,不住地摇晃着。

马戏团是一座巨大的黑色火炉,燃烧着四处聚敛得来的黑色煤块。而现在,这些煤块、这些黑影聚到这里,用熊熊燃烧的目光注视着旋转木马旁的画面。

就在那里,在月光下,躺着那个名叫达克的图画男孩。

被杀死的恶龙。被摧毁的塔群。来自晦暗年代的魔头砰然倒下。翼手龙摔得粉身碎骨,如同在那些总是毫无意义的古老战争中坠毁的双翼飞机。色如翡翠的贝壳被遗弃在生命的潮水已经退去的白色沙滩上。随着那具小小的肉身渐渐冷却,所有的、所有的图画都在改变,不断改变,逐渐枯萎。依照肚脐的位置和形状刺成的那只独眼不再淫邪地眨动,它似乎张嘴结舌地瞪着自己。以双乳为眼、高视阔步的那头史前巨象,瞎了,因此狂性大发。从前那个高大魁梧的达克先生身上的所有图画、每一幅图画,现在都变成了缩微画,变成了过去图画的细末分枝,铺满男孩细细的骨骼。

更多畸形人来了,脸色苍白如床单;许多人正是在辗转难眠的床单上输掉了灵魂的战斗。他们从阴影中浮出水面,缓缓走着,形成一个巨大的、小心翼翼的旋转木马,围绕查尔斯·哈洛韦和男孩转动。

威尔拼命地挤—压—放,挤—压—放,努力让吉姆恢复生机。他不怕那些在黑暗中窥探他的观察者,没有时间害怕。他感觉到,这些畸形人正贪婪地呼吸着,仿佛多年来从未呼吸过如此甘甜的空气!

查尔斯·哈洛韦注视着,或如狐火,或潮湿,或淡漠的眼睛从远处注视着。他们注视着那个曾是达克先生的男孩。现在,他的尸体变得更冷了。死亡破坏了噩梦的材料,男孩身上的图画,形如书法、状如闪电,盘着、蹲着、如战败的旗帜般飞舞着——所有的图画都开始褪色,一个接一个从那具小小的尸体上消失。

许多畸形人心惊胆战地四下张望,好像月亮突然间涨成满月、他们这才看清了周围的情形。他们摩挲着手腕,好像卸下镣铐;他们按摸着脖子,好像沉重的枷锁刚刚从他们肩头砸开。仿佛埋葬已久又重回人世,他们跌跌撞撞地走着,眨巴着眼睛,不敢相信地看着那具摊开四肢躺在安静的旋转木马旁边的尸体、他们悲惨遭遇的源头。如果他们有胆子,也许会伸出哆哆嗦嗦的手,摸摸那张死亡之后突然间变得可爱的嘴,大理石般的额头。这具尸体上有他们的肖像,代表他们身为常人时的种种贪、怨、嗔。翠绿色的抽象图案画着他看不清真相的眼睛、自怨自艾的嘴巴、自作囚笼的身体。在他们麻木的目光下,堆积如雪堆的肖像开始融化,一幅接一幅消失。骷髅人的肖像融化了! 正如虾蟹般横着爬行的侏儒肖像融化了! 接下来,喝岩浆的怪物离开那具秋天的身体,随之离去的是伦敦码头的黑衣刽子手、气球人……图画们一群群离去,死亡擦净了画板!

现在躺着的只是一具普普通通的男孩尸身,没有图画玷污他的身体。那双空空洞洞的、达克先生的眼睛向上凝望着群星。

"啊啊啊……"

阴影里,畸形人发出一声如释重负的叹息。

或许是汽笛风琴发出了最后一声酷似马戏团班主的喝叫,或许是在云中打瞌睡的雷霆翻了个身。突然间,所有人转身四散。他们逃向北方、南方、东方、西方。他们甩开了一切束缚:帐篷、班主、黑魔法,最重要的是彼此之间的钳制。他们奔跑着,像暴风雨到来之前撞倒畜栏、惊慌逃散的畜群。

暴风雨好像真的要来了。人们扯开帐篷的绳索、拽倒木桩,不顾一切地奔跑着。

天空发出粗重的喘息,向下喷出气流,掀翻了帐篷,将沉沉黑暗压向大地。

帐篷绳索滑动着发出咝咝声,像数不清的毒蛇一样盘旋纠缠,嗖嗖飞起,仿佛一根根长鞭刷刷地抽打草地。

草甸中央最大的黑帐篷抽搐起来,摇摇欲坠,接着开始收缩,像一柄巨大的黑色西班牙折叠扇。

风发出指令，一顶顶小帐篷纷纷遵令倒下。

最后，像一头才从爬行类进化而成的史前巨鸟，中央黑帐篷猛地吸入一口气流，紧接着吐出数百条蛇一般的绳索和迸断的帐篷撑杆，如同巨人张嘴吐出一地碎牙。占地数亩的大帐篷鼓胀起来，好似风筝一样振翅欲飞。但它终究被牢牢系在地面，势必屈从于最朴素、最简单的重力法则，势必被它自身巨大的重量压垮。

大帐篷向外吐着热烘烘的、古老陈腐的气息，将早在威尼斯运河还未画界开工时便开始蓄积的残渣碎屑纷纷扬扬地洒向空中。一根根粉红色的棉花糖飘在空中，像疲倦的、羽毛制成的大蟒。无数杂碎雨点般落下。大帐篷仿佛在蜕皮，肌肉痛苦地剥落下来，哗哗作响。最后，构成这头被遗弃的巨怪脊梁的高大柱子终于轰然倒塌，发出三声巨响，如震耳欲聋的炮声。

风吹过汽笛风琴，让它发出不再有任何意义的呜呜声。

火车停在旷野中，像一件被遗弃的玩具。

最后几根柱头上，绘着畸形人的广告画布拍着巴掌，然后栽向大地。

唯一一个还留在这里的畸形人是那个骷髅人。他弯下腰去，抱起那个皮肤干干净净、曾被称为达克先生的男孩，朝旷野走去。

威尔瞥见这个怀抱男孩的瘦子翻过一座小山，踏着已经消失的马戏团畸形人留下的脚印，走远了。

威尔脸上的表情阴晴不定，十分复杂。刚才发生的事情太多：喧嚣、死亡、逃亡、库格、达克、骷髅人、曾经是避雷针推销员的侏儒……别跑，回来！弗利小姐，你在哪里？大家都别动！安静！一切都会好起来的！回来，回来！

但大风已经抹掉了他们留在草地上的脚印。他们或许会永远跑下去，拼命从他们自己身边逃离。

威尔转过身，跨在吉姆身上，推压他的胸膛，然后放开；再推压，再放开。然后，他颤抖着，轻轻碰了碰他最好的朋友的面颊。

"吉姆……"

吉姆浑身冰冷，像新翻耕的土地。

54

冰冷之下是一丝若有若无的温热。惨白的皮肤下好像还有一丝血色。但威尔摸他的手腕时，什么都摸不到；耳朵贴在他胸前时，什么都听不到。

"他死了！"

查尔斯·哈洛韦来到儿子和儿子的朋友身边，跪在地面，摸着毫无动静的咽喉，毫无起伏的肋骨。

"不。"他说，"好像还没……"

"死了！"

泪水从威尔眼里滚落。他隐约感到自己似乎在揍吉姆，在打他，摇晃他。

"住手！"他的父亲喝道，"你还想救他吗？"

"已经太晚了。啊，爸爸！"

"住嘴！听着！"

威尔没听，他大哭起来。

父亲再一次把他拖起来，揍了他。一耳光打在左脸，一耳光打在右脸。打得很重。

两耳光打飞了泪水。眼泪没了。

"威尔！"他的父亲厉声说，手指戳着他和吉姆，"该死的，威利，怎么能这样！达克先生和他的同类，他们喜欢别人哭。上帝啊，他们爱眼泪。你号哭得越厉害，他们越开心。他们喜欢喝你脸上的咸水。哭吧，他们会吸干你的气息。站起来！别跪着，该死的。去周围蹦跶一阵，嚷几嗓子！听到了吗？嚷嚷，威尔，唱！更重要的是笑，懂吗？笑！"

"我做不到！"

"你必须做到！它是我们唯一的武器，我再清楚没有了！在图书馆，女巫在我的笑声前逃走了。我的上帝，她逃得多快啊！我用笑射死了她。仅仅一个微笑！威利，这些属于黑夜的恶人受不了笑声。还有天边的太阳，他们恨太阳。我们绝不能把他们当成什么了不起的玩意，威尔！"

"可是——"

"去他的可是！镜子迷宫的事你不是亲眼看到了吗?！那些镜子差点把我塞进坟墓，已经进去一半了。给我看我的皱纹和腐烂的尸体！讹诈我！他们的讹诈在弗利小姐身上得手了，于是她走上了他们指出的那条看似光明的大道，成了那些什么都想得到的傻瓜之一。多么蠢啊：什么都想得到！可怜的、该死的傻瓜。最后成了那条扔下到嘴的骨头、却去追逐池塘里的骨头倒影的傻狗。威尔，你亲眼看到了：所有镜子都倒了，好像碰上热浪的冰。我没用石头没用刀枪，用的只是我的牙齿、舌头和肺。仅仅凭着对他们的蔑视，我就干倒了那些镜子！干倒了镜子里千百万个被吓坏的傻瓜，让真正的我站了起来！现在，威尔，站起来！"

"可吉姆——"威尔结结巴巴地说。

"一半心思在这儿,一半心思在那儿,吉姆一直是这样。经受不住诱惑。这一次,他走得太远了,或许已经拉不回来了。但他也战斗过,努力自救,对吗? 朝你伸出了手,最后从那台机器上摔下来,对吗? 所以,我们要替他把这场战斗打完。起来。"

威尔摇晃着站了起来,或者说,是头晕眼花地被父亲拽了起来。

"跑!"

威尔又开始抽鼻子。父亲打了他一耳光。眼泪流星似的溅开。

"蹦跶! 跳! 嚷嚷!"

他敲打着威尔,推搡着他,把手伸进他的口袋里乱翻,把口袋整个翻出来,最后抓起一个亮晶晶的东西。

一只口琴。

爸爸吹了一声。

威尔停住脚步,望着地上的吉姆。

爸爸一巴掌揍在他耳边。

"跑! 别看!"

威尔跑了一步。

爸爸又吹了一声,扯着威尔的手肘,让他的双臂挥动起来。

"唱!"

"唱什么?"

"天哪,什么都行!"

口琴荒腔走板地吹了一段《故乡的亲人》。

"爸爸,"威尔拖着脚步跑着,边跑边摇头,他太累了,"这样做太傻……"

"没错,要的就是这个。傻乎乎,直冒傻气,傻乎乎的口琴,跑调的曲子。"

爸爸蹦了起来,笨手笨脚像根棍子似的跳起了舞。他觉得傻得还不够,还得进一步傻下去,傻个透。他要打破这种阴郁气氛。

"威尔,大声些,高兴起来!别让他们尝到你的眼泪,然后索取更多的眼泪!威尔,别让他们把你整哭,然后手心一转,把你的哭变成他们的笑!我就不会,连死神都别想用我的悲伤取乐。威利,什么都别喂给他们。轻松点!呼吸!吐气!"

他抓住威尔的头发摇晃着。

"没觉得有什么……高兴的……"

"当然有!我!你!吉姆!上回开枪成功了!这些都值得高兴。瞧我!"

查尔斯·哈洛韦做起了鬼脸:鼓起眼睛、压塌鼻子、挤出皱纹。他学猴子蹦跳,在风中转圈,在尘土里跳踢踏舞,仰面朝天冲着月亮学狼叫,还拉着威尔跟他一起做。

"死亡本身就很滑稽,简直滑稽透顶!弯腰,一、二、三,威尔。我的故乡在第斯瓦尼河畔——接下来一句怎么唱来着?……多么遥远啊啊啊!威尔,你的嗓子简直糟透了!像个该死的女高音,像麻雀在铁皮罐子里叽叽喳喳。跳,孩子。"

威尔跳呀跳呀,觉得脸颊发热,喉咙里如同沾着柠檬汁一样发涩,胸口像堵着一个吹胀的气球。

爸爸吹着银色的口琴。

"故乡的亲人——"威尔念叨着。

"停!"父亲大叫。

走、跳、转。

吉姆在哪儿？已经忘了吉姆的事。

爸爸戳戳他的肋骨，挠他的痒痒。

"坎普顿的女士们唱起来！"

"嘟—达！"威尔吆喝着，"嘟—达！"他唱起来了，有了调子。胸口更胀了，喉咙痒酥酥的。

"坎普顿的赛道，长呀嘛五里长！"

"呕，嘟—达！"

男人和男孩来了一段小步舞。

跳到一半，怪事发生了。

威尔觉得胸口的气球越来越大。

他笑了。

"怎么了？"突如其来的露齿而笑把父亲吓了一跳。

威尔鼻子里呼噜作响。威尔咯咯地笑了。

"到底怎么了？"爸爸问。

气球炸开，热腾腾的气流冲开威尔的牙齿，把他的脑袋向后一推。

"爸爸！爸爸！"

他跳起来，抓住爸爸的手，发疯一样跑着，叫着，发出嘎嘎的鸭子叫，咯咯的母鸡叫。他的手拍打着悸动不已的膝盖，鞋底踏得尘土飞扬。

"哦——苏珊娜！"

"别为我哭泣——"

"我来自——"

"阿拉巴马带着心爱的六弦琴——"

口琴呜呜作响，叩着牙齿。爸爸仰着脑袋，闭着眼睛，他跳起来，在空中转圈，两只脚跟磕打着。"哈！上帝啊，哈哈！威尔！哈！"

疯子般的大笑声中——

一个喷嚏！

他们转身。他们望去。

月光照亮的地上躺着的是谁？

吉姆？吉姆·赖谢？

他动了一下吗？嘴张得比刚才大了些吗？眼皮好像在颤动？他的面色是不是红润些了？

别看！爸爸借着转圈的势头一扯威尔，舞蹈重新开始。爸爸吹着口琴，蹦蹦跳跳。两人在吉姆身上跳过来跳过去，仿佛他仅仅是草地上的一块大石头。

"有人在厨房里，和迪娜在一起——"

"——我知道，我知道，哦哦哦！"

吉姆的舌头在嘴里动了动。

没人看到。或者，即使看到了，他们也装着没看见，唯恐这只是一闪即逝的偶然现象。

接下来的事是吉姆自己完成的。他睁开了眼睛。他望着两个跳舞的傻瓜。他不敢相信自己看到了什么：他踏上了时间的旅途，走过数年，回来的时候却没人冲他打个招呼。他的眼睛或许会涌出泪水，可他的嘴先动了起来。它弯成弧形，无声地、虚弱地笑了。没人打招呼其实没什么，看那两个人吧，傻乎乎的威尔和他傻乎乎的看门老爹，猴子似的在草地上欢蹦乱跳。他们从他身上跳过，手掌相击，互拧耳朵，弯腰时将明亮的、汹涌河水般奔流不息的笑声倾斜在他身上。哪怕天崩地裂都无法止住他们的欢笑。这笑声和他自己的笑容融合在一起，点燃他体内的引线，让他的欢笑声如炮弹般爆发开来，无可阻挡！

威尔跳着、笑着、向下望着。他想：吉姆不记得他死了，所以我们也不说，现在不说。今后当然会，但不是现在……嘟—达！嘟—达！

他们甚至没说一声"你好吉姆"，或者"一起跳吧吉姆"，只是伸出手去，仿佛他不过是在与他们共舞时摔了一跤，需要搭把手，让他重新回到舞蹈的漩涡中。他们拉起吉姆。吉姆跳了起来，落地时已经踏起了舞步。

手拉着手，热乎乎的手掌相贴。威尔知道，他们真的靠着欢笑和歌唱唤回了生命。他们把吉姆拽回来了，像为一个新生婴儿接生，拍打他的后背让他的肺充满活力，然后将欢乐的气息送进肺里。

爸爸弯下腰，威尔从他后背跳过去。接着威尔弯腰，让爸爸跳过去。接下来，两人等待着，弯下腰，排成一溜，嘴里仍旧哼唱着，精疲力竭但是开开心心地哼唱着。吉姆咽了口唾沫，全力冲刺。才从爸爸背上跳过一半，两人就一齐倒下，倒在草丛中，乐得哈哈大笑，全身粘满草叶。他们高兴得仿佛创世之初、上帝还没有把他们赶出欢乐的伊甸园一样。

他们终于站起来，彼此搂着肩膀，努力让哆嗦的膝盖撑住身体。他们前仰后合，高兴地对视着，陶醉在醇酒般的快乐的宁静中。

带着明亮的笑容，他们注视着彼此。之后，他们将目光投向原野。

黑色的帐篷支柱散落一地，像大象的坟场。风卷走了死气沉沉的帐篷，像吹走巨大的黑色玫瑰的花瓣。

这是沉睡的世界，而他们是仅有的三个人，浴在月光下。

"到底发生了什么事？"吉姆终于问道。

"什么事都发生了！"爸爸喊道。

他们再一次放声大笑。威尔突然抓住吉姆，紧紧搂着他，哭了起来。

"喂，"吉姆说，反反复复，声音很轻，"喂……喂……"

"哦，吉姆，吉姆。"威尔说，"咱们一辈子都要做好朋友。"

"那当然，当然。"吉姆的声音更轻了。

"没关系，"爸爸说，"小哭一场吧。咱们已经闯过来了。哭完以后，咱们再好好笑笑，然后回家。"

威尔松开了吉姆。

他们站起来。威尔望着他的父亲，感到无比骄傲。

"哦，爸爸，爸爸，你做到了。你真的做到了！"

"不对，是我们一块儿做到了。"

"可如果没有你，一切都完了。哦，爸爸，我从前简直不认识你。现在，总算认识了。"

"真的吗，威尔？"

"绝对真的！"

两人都觉得对方仿佛笼罩在明亮、颤动、湿润的光晕中。

爸爸伸出手，威尔握住它。两人都笑了起来，擦拭着眼睛，又马上转开目光，看着缀满露水的草地上那些翻山而去的脚印。

"爸爸，那种人还会回来吗？"

"不会。会的。"爸爸收起口琴，"马戏团这帮人不会了，但他们的同类还会回来。不是组成马戏团回来，只有上帝知道他们下次来时是什么模样。但是，等到太阳升起的时候，中午的时候，最迟明天太阳落山的时候，他们就会露面。他们这时已经在路上了。"

"哦，不。"威尔说。

"哦，是的。"爸爸说，"一生之中，我们必须时刻警惕。战斗只是刚刚开始。"

他们绕着旋转木马慢慢走着。

"他们会是什么样子？我们怎么才能认出他们？"

"这个嘛,"爸爸轻声说,"说不定他们已经在这里了。"

两个男孩猛地扫视四周。

只有草地、旋转木马,还有他们自己。

威尔看了一眼吉姆,又垂下目光看了一眼自己的身体和双手,抬眼望向父亲。

爸爸郑重地向他点点头,接着冲旋转木马点了点头,然后踏上转台,抚摸着一根黄铜扶手杆。

威尔跟着他走上来,吉姆走在他身旁。

吉姆抚着一匹马的马鬃,威尔拍着另一匹的肩膀。

夜色中的木马转台微微倾斜。

只要向前转三圈,威尔想,嘿!

只要向前转四圈,吉姆想,天!

只要向后转十圈,查尔斯·哈洛韦想,上帝啊!

每个人都读出了其他人眼里的想法。

很容易的,威尔想。

只骑这一次,吉姆想。

只要开了这个头,查尔斯·哈洛韦想,你就会不停地回来。再骑一次,再骑最后一次。然后,过一阵子,你就会请你的朋友们来骑,然后是更多朋友,最后……

沉默中,同一瞬间,他们都想到了。

……最后,你就会变成这架旋转木马的主人,手下控制着一批畸形人……你会掌握永恒的某一个片断,成为某个黑暗的、不断旅行的马戏团的班主……

说不定,他们的眼睛说,他们已经在这里了。

查尔斯·哈洛韦走到木马机械所在的地方，找到一把扳手，砸毁各种飞轮和齿轮。然后，他带着孩子们来到控制箱，狠砸了几下，直到它喷出一阵电火花、散落一地。

"也许没必要这么做。"查尔斯·哈洛韦说，"没有畸形人给它提供动力，说不定它已经动不了了。但是——"他最后砸了一下，扔开扳手。

"很晚了，肯定都半夜了。"

镇上的钟听话地响了。政府办公楼的钟，浸礼会教堂的钟，还有卫理公会教堂、圣公会教堂、天主教堂，所有的钟都敲响了十二点，将时间撒向风中。

"最后摸到格林镇十字铁路信号灯的人是老太婆！"

两个男孩像出膛的子弹般拔腿飞奔而去。

做父亲的只犹豫了一小会儿。他觉得胸口有点疼。他想，跑的话会不会出事？可是，死亡是件大事吗？不，重要的是死亡之前发生的一切。我们今晚干得不错，就连死亡都无法否认这一点。孩子们已经跑起来了……为什么……不追上去？

他追了上去。

上帝啊！将生命的足迹印在清冷田野的露珠上，这种感觉真好。漆黑的夜晚仿佛变成了圣诞节的清晨。两个孩子就像一前一后奔跑着的两匹马驹。未来的某一天，他们将分出高下，一个人成功上垒，另一个只能充当第二，甚至彻底失败。但现在是新的早晨的第一分钟，它不是彻底失败的一分钟，今天也不是彻底失败的日子。现在也不是研究面容的时候，他不会琢磨他们中是不是有谁显得大些、另一个显得过分年轻。今天不过是十月里的一天，而今年则是个大好年头。仅仅几个小时之前，没有人能料到今年会这么美好。月亮和星星转动着，绕着巨大的轨道，朝无可避免的黎明前行,而他们在奔跑。今晚不会再有哭泣了。威尔笑着、唱着,吉姆应和着。两个孩子冲开草甸上的枯草残茎,奔向镇子。他们或许会在那里再生活几年,门对门住着。

而在他们身后,一个中年人慢步跑着,心里涌动着无数念头,有的严肃,有的欢乐。

或许是孩子们放慢了脚步,而他们自己并没有意识到;或许是查尔斯·哈洛韦加快了步伐,他说不清。

和孩子们并肩奔跑的中年人伸出手去,探向终点。

威尔的巴掌向前拍去,吉姆的巴掌向前拍去,爸爸的巴掌向前拍去——三个人同时拍在信号灯座上。

风中回荡着三个人兴奋的欢呼。

然后,在月亮的注视下,三个人离开原野,走进镇子。